小学館文庫

こんぱるいろ、彼方

椰月美智子

小学館

目次

こんぱるいろ、彼方

第一章　真依子

揚げたてのコロッケパックを陳列棚に並べようとしたところで、横から、ぬいっと手が伸びた。待ってたのよう、と耳元で言われる。

「いつもありがとうございます。お待たせいたしました」

真依子《まいこ》は何度か見かけたことのある年配女性に、そう返した。女性はコロッケパックを一つカゴに入れ、軽く手をあげて買い物カートを押していった。

コロッケを並べ終えたところで、真依子は大きく息を吸って、

「揚げたてコロッケ入りました」

と声を出した。近くにいたお客さんたちが、おや、という顔をして、総菜コーナーに歩み寄ってくる。

「から揚げはこれだけかっ」

ぐいっと袖を引っ張られた。見慣れた顔のおじいさんが、杖《つえ》をついて立っている。から揚げのパックは残り一つだ。

「今あるのはこれだけなんです。これから揚げますので、少しお時間をいただくことになります」

「はーっ、昼時にないなんてよう！」

大きな声。耳が不自由なのかもしれない。申し訳ありません、と謝るも、おじいさんは迷子になった三歳児のように、真依子の袖をつかんで離さない。どうしようか、ちょっと動いてみようかなと思ったところで、坂井《さかい》さんが調理場から出てきた。

「はい、揚げたてアジフライできました！　今日のは特別においしいですよー！」

マスク越しなのに、よく通る声。おじいさんは、声につられて坂井さんのほうに移動した。意外としっかりとした足どりだ。おじいさんが坂井さんの袖をつかもうとするが、坂井さんは気付いているのかいないのか、磁石の同じ極同士のような動きで、おじいさんと一定の距離を保っている。

ひと足先に調理場に戻り、から揚げの下ごしらえをしていると、坂井さんが戻ってきた。

あのエロじじい、と言う。

「いつも袖つかむんだよね。セクハラ」

ああ、あれはセクハラなのか、と思う。バランスが取れなくて、袖をつかむのだと思っていた。

「野田《のだ》さん、今度からもう少し大きい声でアナウンスしてください」

「あ、はい、すみません」

とっさに謝ると、坂井さんは真依子の目をじっと見てうなずいた。頼んだわよ、という念押しだ。これで二度目の注意。坂井さんは真依子よりも年下だけれど、正社員で総菜調理コーナーの責任者だ。

調味料に漬け込んだ鶏腿肉《とりもも》。あのおじいさん、結局アジフライを買ったのかなと思いながら、ガスコンロに点火し肉を投入した。慣れ親しんだ、ぱちぱちじゅじゅじゅ、と油がはぜる音。

から揚げのパックが完成したところで、お昼休憩となった。昼休みは、みんなで順番にとる。真依子はいつも、おにぎりを二つ持ってくる。来年の四月からは賢人《けんと》が高校生だから、自分のお弁当も一緒に作ろうと思っている。

その後、真依子はアジフライとカレーコロッケを作り、四時にあがった。店内で夕飯の買い物を済ませ、軽自動車に乗って家路につく。日が長くなった。フロントガラス越しの空はまだ明るい。

プッ、とクラクションの音がして視線を送ると、反対車線の車に見知った顔があった。康《こう》介《すけ》くんママだ。笑顔が通り過ぎてゆく。慌てて手を振ったけれど、康介くんママから見えたかどうかはわからなかった。

地元の小さなコミュニティ。小学五、六年生のとき、賢人と康介くんが同じクラスになって、仲よくしてもらった。うちにもしょっちゅう遊びに来ていたっけ。ほんの数年前のことだけど、なんだかずいぶんと昔の出来事みたいだ。

　帰宅すると、賢人はもう帰っていた。

「部活は？」

とたずねると、今日は休みだと言う。真依子は買ってきたものを冷蔵庫に収め、洗濯物を取り込み、リビングで割り座の姿勢になって畳んだ。

台風3号、トランプ大統領、シリア、内戦、外国人技能実習制度、政治家の汚職、芸能人の結婚、パワハラ、セクハラ、世界遺産……。テレビのニュース番組の言葉が、耳に入っては流れてゆく。

「チャンネル変えていい？」

　寝転がってマンガを読んでいた賢人に聞かれ、うん、と答えた。見ていたわけではなかった。このニュース番組だって、賢人がつけたのだろう。

　パッ、パッ、と画面が変わる。どこかの国のアニメーション。ぜんぜんかわいくないキャラクターたち。韓《ハン》流ドラマになり、べつのニュース番組になり、ドキュメンタリーになり、結局、再放送の歌番組に落ち着いた。

　自分が中学生だった三十年前も、やはりこういう時間があった。部活もなくて友達との約束もなくて、テレビのチャンネル権は自分にあるけれど、特に見たい番組があるわけでもないとき。暮れてゆく太陽が部屋をオレンジ色にさせて、少し切ない気持ちになった。大きな出来事よりも、そんな日常の些細《ささい》な時間のことをよく覚えている。

「賢人、塾どこにする？」

「まだいいよ」

「みんな二年生のときから通ってるじゃない。もう五月よ」

「みんなって誰？　塾に行ってない奴《やつ》だっている」

あ、と思う。小学校の卒業式のあと、賢人から、スマホを買って、と言われたことがあった。みんな持ってる。持っていないのはおれだけだ、と。あのとき真依子は、「みんなって誰？」とたずねた。みんなはみんなだよっ！　と癇癪《かんしゃく》を起こして賢人は叫んだ。スマホは中学生になったら買ってあげようと思っていたし、真依子はただ純粋に、誰が持っているのかを知りたかっただけなのだけれど。

中学三年生。受験生だというのに、本人の自覚は薄い。思春期真《ま》っ只中《ただなか》。反抗的な態度が続くときもあれば、打って変わって素直にしゃべりかけてくるときもある。

「ゴールデンウィークを過ぎたら塾に行くって言ってたじゃない。約束、忘れちゃった？」

「その座り方、キモい」

真依子の言葉を無視して、テレビに目を向けたまま言う。

「そう？　これがいちばん楽なのよ」

賢人はむくっと起き上がり、真依子と同じ割り座の姿勢になろうとした。

「うわ、ぜってえ無理！　足折れる！　お母さんの足、一体どうなってんの」

いてえ、いてえ、と言いながら、また横になる。賢人の裸足《はだし》の足の甲が、まるで見ず知らずの大人の足みたいで、ぎくっとする。足の裏が見えたところで、この足なら知っている、と安堵《あんど》した。十五年間、見慣れた足。なめらかな曲線。つるっとしていて、黄みがかっていてきれいだ。

身長は、賢人が五年生のときに越された。わたしはチビだから、似ないでよかったと、いつも思うことを、真依子はまた思う。

鶏腿肉の照り焼き。豆腐としめじとわかめの味噌汁《みそしる》。茹《ゆ》でたブロッコリーとアボカド、ミニトマトのオーロラソース和《あ》え。夫の帰りは遅い。賢人と二人で食べはじめようと思ったら、大学生の奈月《なつき》が帰ってきた。

「お腹《なか》ぺっこぺこ」

手も洗わず、バッグを部屋に置きにも行かず、奈月がダイニングチェアーにどすんと座る。

「喉渇いたー」

そう言って、賢人の麦茶をごくごくと飲んだ。

「うわっ、きったねえ！　マジ信じらんねえわ、その神経！　死んで」

「いいじゃん、姉弟《きょうだい》なんだからさ」

「お母さん、おれの麦茶、新しいのに取り替えて。もうこのコップ、一生使わないから」

はいはい、と新しいコップを取り出すと、賢人はピッチャーから勢いよく麦茶を注いだ。

一方の奈月は賢人が使っていたコップで、おかまいなしに飲んでいる。

「明日は夕飯いらないからね。デートなんだ」

「あら、そう」

「デートと言っても、二対二なんだけどね」

奈月はそう言って、なにがおかしいのか自分で大笑いしている。すかさず賢人が、

「二対二ってなんだよ！　ダッセー」

とロを挟む。

「うるさい。あんたに関係ないでしょ。ところで賢人、あんた勉強してるの？　高校、行けるとこないんじゃない？」

「なんだと！　モテない女」

「アホ男子」

「キモ女！」

「はいはい、もうおしまいにしてちょうだい。食事中よ。ケンカするなら、外でどうぞ」

しずかに言うと、二人とも黙った。真依子がこの場にいなかったら、ケンカなんてしない

のだろう。

「あー、おれのゴールデンウィーク、どこに行っちゃったんだろ。おれ、一体なにしてたんだっけ……」

賢人がつぶやき、思わず奈月と顔を見合わせて噴き出した。

「なんで笑うんだよ」

賢人がムッとした顔で、箸を置く。

「おかわりは？」

「いらね」

そのまま二階へどすどすと上がっていった。

「あはは、大丈夫？ あの子」

「難しい時期なんだから、奈月もあんまりちょっかい出さないでよ」

「お母さんは賢人に甘いんだから」

奈月の言葉に笑って返したけど、甘いかな？ と首を傾《かし》げ、甘いかもね、と小さく納得する。

「一人暮らししたいなあ」

食事を終えた奈月が、腕を伸ばしてストレッチをしている。胸の位置が高い。若さの象徴。しなやかにしなる前の、なにも知らない若木のようだ。真依子よりは身長があるけれど、小柄なほうだろう。

「一時間半で行けるんだから、通いで充分」

そう言うと、はいはい、といいかげんな口調で返された。

「あ、そうだ。わたし、夏休みに海外旅行に行こうと思ってるんだ」

「えっ」

呆《ほう》けた声が出た瞬間、真依子はどういうわけか箸を落としてしまう。

「パスポート取らなくちゃ」

「どこに？　どこに行くの？」

「まだ決めてない。千帆《ちほ》と真梨花《まりか》とこれから相談する」

そう、と答えつつ、頭のなかが一瞬パニックになる。

「どこがいいかなー。やっぱ南の島かな。ヨーロッパもいいなあ」

「お金あるの？」

落ち着いて、冷静に。

「バイト代貯《た》めてるからね」

奈月はそう言って、うっしっし、と折った指を口元に当てた。アルバイトなんてさせなければよかった。夫と賢人と三人で、奈月を驚かそうと、奈月のバイト先のスペイン料理店に行ったときは、とてもたのしかったけれど。

「なに、どうかした？」

「ううん。あ、必要なものがあったら言ってね」

奈月は少し怪訝《けげん》そうな顔で真依子を見て、「必要なものって？」と聞いた。

「パスポート作るときって、いろいろな必要書類があるんでしょ？　ほら、わたしは役所に行くことがよくあるから」

「あー、うん。わかった」

テレビに目をやりながら、奈月が適当な返事をする。

「奈月、夏休みに海外旅行に行くんだって」

帰宅した夫の克典《かつのり》をつかまえて言うと、へえ、いいね、と返ってきた。

「おれも行きたいなあ」

克典は二十代の頃に一度、社員旅行でサイパンに行ったことがあると、昔聞いた。真依子は海外に行ったことはない。パスポートを作ったこともない。新婚旅行は四国だった。海外に行かない代わりに高級な宿に泊まって、ちょっとした贅沢《ぜいたく》を堪能《たんのう》した。

「そうじゃなくて」

ゆっくりと言うと、夫はおどけた顔で真依子を見て、

「もういいんじゃないの」

と言った。

「なにが？」

「もう奈月に言っていいってこと。奈月、二十歳《はたち》だろ」

奈月はつい先日、二十歳になった。自分の娘が二十歳になるなんて驚きだ。

「わざわざ言う必要はないと思うの」

克典が、ふうん、とネクタイを緩めながら眉を持ち上げる。

「ママがそう思うならいいんじゃない。ご自由に」

怒っているふうでもないけれど、夫から、ご自由に、という言葉が出たら、もうこの話に自分は関与しない、ということだ。ちょっと面倒な流れになりそうなときの、いつものパターン。

その言葉を聞いて、真依子はなんだか裏切られたような気持ちになっている。そのくせ、もう夫とはこの話はしたくない、とも強く思っている。本当は最初からそう思っていた。夫には関係ないことだと。ただなんとなく、大ごとのように言ってみたかっただけ。どうしよう、パパ。どうしたらいい？　と、芝居がかって言いたかっただけだ。だから、べつにいいはずなのだ。それなのに、ご自由に、と言われて、真依子はひどくつまらない気持ちになっている。

どうしようかな。

頭にぽつんと、吹き出しみたいに、どうしようかな、の文字が浮かぶ。しばらくして、いや、どうしようもないのだと、当たり前の事実に我に返った瞬間、吹き出しがパッと消えた。考えたところで、真依子にできることはひとつもない。

「なんでこんな簡単なことができねえんだよっ」

大きな声に驚いて、思わず振り向いた。栗原《くりはら》主任だ。

「どうしたんですか？」

坂井さんが飛び出してきた。

「こいつ、ニンジンの皮むきもできねえの？　ジャガイモだって、なんだよこれ。芽を取らなきゃ意味ないだろ。ソラニンだっけ？　毒のやつ。客が中毒でも起こしたらどうすんだよ」

カルロスは下を向いている。一ヶ月前に入ったばかりのカルロス。真依子はカルロスが皮むきをしたニンジンを見た。ちゃんとむけている。ジャガイモだって、ちゃんとできている。芽は最後に一気にやるつもりで、残しておいただけだろう。

「すみません」

坂井さんが謝る。カルロスはどうしていいかわからない様子で、上目遣いでキョロキョロと目線を動かしている。

「カルロスくん、日本語わかる？　今、怒られてるの、わかる？」

カルロスが小さくうなずく。言葉がわからなくたって、怒られてることぐらいわかるに決まってる。

「あーあ、いやんなっちゃうなあ。君、鮮魚のほうができないから、こっちに来たんでしょ？　結局どこも無理ってことじゃん。そもそも日本語わかんなくて、仕事できるの？　仕事バカにしてんの？　おれたちのこと、バカにしてんの？」

カルロスが坂井さんのことを見る。坂井さんはカルロスのほうを見ない。

「はいはい、もういいよ。みんな仕事に戻って。時間の無駄」

栗原主任がおざなりに手を叩《たた》く。

「そろそろ開店だから、よろしくねー」

唇の端を持ち上げただけの笑顔。出て行こうとする前、栗原主任はわざわざカルロスのところに戻り、至近距離に顔を近づけて、

「おい、お前、いい加減にしろよ。ちゃんとできないなら、辞めさせるからな」

と言った。小さい声だったけれど、真依子にはよく聞こえた。カルロスはおびえたような顔をしていた。

栗原主任が出て行ったあとも、カルロスは坂井さんをじっと見つめていたけれど、坂井さ

んはカルロスと話すつもりはないらしく、硬い横顔のまま一度もカルロスを見ずに、自分の持ち場へと戻っていった。

無意識にカルロスを見ていたら、ふいに目が合った。笑おうと思ったけれど、思うように笑えない。

「続きをやりましょう。ポテトサラダね」

野菜を指さして言うと、カルロスはほっとしたように小さく息を吐き出して、作業に戻った。

真依子は時計を見て、キュウリとハムを手早く切った。ポテトサラダはカルロスの担当だけれど、いいだろう。あと五分したら、から揚げに取りかかろうと算段する。カルロスが丁寧にピーラーをあやつる。どこにも不備はない。とてもよくできてる。

小柄なカルロス。日系三世ブラジル人と聞いた。どういういきさつで日本に来たのかはわからない。二十代だと思うが、奥さんと子どもがいると言っていた。顔は東洋人そのものだ。日本語はほとんどしゃべれない。

「ノダサン」

カルロスが、いちょう切りにしたニンジンを真依子に見せる。

「いいよ。グッド」

と、親指と人差し指で丸を作った。言ったそばから、グッドというのは英語だったなと思う。ポルトガル語でグッドはなんと言うのだろう。カルロスは真依子を見て、小さく微笑《ほほえ》んだ。

おにぎりを食べ終わり、テーブルの上を片付けていると、坂井さんと二階堂《にかいどう》さんが休憩室にやってきた。二階堂さんも坂井さんと同じ、三十代後半くらいだろうか。大きな音を立てて椅子をひいて二階堂さんが座り、坂井さんはしずかに二階堂さんの前に座った。

「話ってなに？」

坂井さんが聞く。

「栗原主任のことです。ちゃんと言ったほうがいいですよ。あれ、パワハラです」

二階堂さんの口調は怒っている人のそれだった。真依子の場所からだと、顔は見えない。さっき栗原主任が大きな声を出していたとき、二階堂さんはどこにいたのだろう。洗い場のほうだったかもしれない。

「ただのイジメじゃないですか！　カルロス、がんばってますよ。ニンジンやジャガイモの皮むきだって、きちんとできていました。あんなのおかしいです。許しがたいです。断固、調理部から上層部に抗議すべきです」

「うーん、そうなんだけど」

坂井さんはむずかしい顔を作り、うーん、と言うばかりだ。

「ひどいですよ。ひどいじゃないですか」

二階堂さんの語尾が震えていた。真依子は、お先に失礼します、と胸のうちでつぶやいて休憩室を出た。カルロスのために怒り、泣いてくれる人がいる。指先がじんわりとあたたかくなる。

二階堂さんのようなクラスメイトは昔からいた。真依子の憧れだった。真依子は困っている人がいても、すぐに手をさしのべることができない。よからぬ展開を勝手に想像し、躊躇《ちゅうちょ》してしまう。電車のなかで席を譲ることもできず、だから空席があっても最初から立っている。そうやっていろんなことを回避して、ここまで来てしまった。

調理場に戻ると、カルロスがコロッケを揚げる準備をしていた。今日のメニューは、肉じゃがコロッケだ。

「ノダサン」

「はい」

「コレ、イイデスカ」

きちんと成形できているのを確認して、いいですよ、と返す。カルロスが、油のなかにコロッケをそうっと落としてゆく。とても丁寧な動作だ。

真依子は、フードパックに詰められて、売り場に並べるだけになっているイカ揚げを台車に乗せて調理場を出た。

「イカ揚げできました。今作ったばかりの揚げたてです」

いつもより声を張ったつもりだけど、こちらを気にするお客さんはいなかった。

「おいしいですよー」

と、付け足した。カルロスが揚げたからおいしいですよ、と心のなかで唱える。鮮魚コーナーから、活《い》きのいい声が聞こえる。朝獲《と》れたてのイサキに初ガツオ！　捌《さば》くから声かけてね！　おいしい生シラスもあるよ！　イカも新鮮！　さあさあ、見てって！

今日の夕食に、なにか買っていこうと思う。賢人はイカが大好きで、毎日イカ焼きでいい、なんて言うほどだ。毎日はどうかしら、と真剣に答えたら、うっそだぴょーん！　と、指で頬をひっぱって変顔をしながら言ってたっけ。あんまりおかしかったから、よく覚えてる。あれはまだ賢人が小学生の頃だ。

中学の三年間はあっという間だ。奈月のときも、入学したと思ったら、瞬く間に卒業だった。賢人だって、つい先月ぐらいに中学校に入学したような感覚だけど、来年はもう高校生だ。時が過ぎるのは早い。そうだ、塾を決めなくては。

総菜コーナーの並びが乱れていたので、さりげなく整える。イカ揚げパックを買い物カゴに入れてくれたお客さんに、おいしいですよ、と心のなかで言う。だってカルロスが作ったんですから。誰にも届くことはないけれど、そう心のなかでつぶやくことで、真依子は自分のなかの小さな呵責《かしゃく》を払拭した。

賢人の塾がようやく決まった。テニス部の活動が六月までだから、それからでいい、と最後まで粘っていたけれど、塾は部活動が終わってからの時間帯に設定されているので問題はない。

「ああー！　おれ、受験勉強とかイヤなんだよ！」

と、頭を抱えた賢人に、

「みんなイヤに決まってるじゃない」

と奈月が言い、賢人は黙った。こういう場合は「みんなって誰？」って聞かないのね、とおかしくなる。みんな、受験勉強はイヤだということは承知しているらしい。

「まっ、がんばってよ」

奈月が賢人の背中を叩くと「うるさい」と言って、手元にあったティッシュケースをいきなり投げつけた。

「いったーい！　信じられないっ！　家庭内暴力！　最低男！　お母さん、今の見てた？ひどくない？」

「お前が最初に余計なこと言ってきたんだろっ！」

「がんばって、って言っただけじゃない。がんばらなくて、どうすんのよ。それに、お前ってなによ。言葉遣い、気を付けなさいよ」

「うるせー」

奈月は自分から率先して勉強する子だった。中学に入学してすぐに自ら塾に行きたいと言い出し、高校になっても同じ塾にずっと通っていた。大学受験のときも、勉強について親が口を出すことはなかった。自分で計画を立てて勉強をし、昨年志望の国立大学に入学した。性差だろうか。性格だろうか。

「はい、おしまいにして。ケンカ両成敗」

賢人は不満げな顔をして、二階へ行ってしまった。奈月はおかまいなしに、ファッション雑誌を広げている。

真依子は意識して息を吸ってから、声を出した。

「どこに行くか決まったの？」

「は？　なんのこと」

「ほら、夏休みに、千帆ちゃんたちと旅行に行くって言ってたじゃない」

「あー、うん。まだ場所は決まってない。そうだ！　パスポート取りに行かなくちゃ。申請してから一週間くらいかかるんだよね」

「いつ行くの？　必要書類があるなら取ってくるよ」

「やけに親切」

と笑いながら、奈月がスマホを操作する。

「ええっと、六ヶ月以内に発行された戸籍謄本か抄本だって」

「どちらか一通ね」

「うん」

戸籍謄本や抄本を、これまで取ったことがあっただろうか。結婚するときには、必要なかった気がする。

「じゃあ、お母さん、書類よろしくね。助かっちゃう」

奈月がお風呂に入ろうっと、と言って席を立つ。

意外にも真依子の心は落ち着いていた。マイはいつもぼうっとしてて、いるのかいないのかわからないけれど、不思議と肝が据《す》わってるんだよねえ、と、子どもの頃から言われていた。肝が据わってるんじゃない。あきらめるのが早いのだ。木から落ちた葉のように、風に身を任せることしか、真依子は方法を知らない。

「17番のカードをお持ちの方、窓口にお越し下さい。17番のカードの方」

呼ばれて、窓口へ向かう。途中どういうわけか足がもつれて転倒しそうになり、慌てて体勢を立て直した。

「大丈夫ですか？　そこのところ、カーペットがちょっとはがれてしまっていて」

年若い女性職員さんが、申し訳なさそうな笑顔を作る。こんな表情を瞬時に作れるなんてすごいと、真依子は思う。

「戸籍謄本一通と、奈月さんの抄本一通ですね」

今度は一転、真面目《まじめ》な顔つきで書類を確認する。

「はい」

「一通四百五十円になりますので、二通で九百円です」

今度は実にさわやかな笑顔だ。

「千円お預かりで、百円のお釣りです」

百円玉と領収書を真依子が受け取ると、

「封筒が必要ならどうぞ」

と、無表情で封筒を指さした。お役所の窓口担当ならではの芸当だろうか。自分にはとてもできそうにない。

車に戻り、運転席で封筒の中身を取り出す。パスポートに必要なのは、戸籍謄本か、当人の戸籍抄本のどちらかだ。真依子は、どのような内容が記載されているのかを知りたかったから、両方頼んだ。

まずは、二枚綴《つづ》りの戸籍謄本から。波打つ鼓動を感じながら、上から順に目を通していく。

本籍—東京都狛江市綿貫3丁目16
氏名—野田克典

戸籍事項　戸籍改製【改製日】平成18年4月29日
【改製事由】平成6年法務省令第51号附則第2条第1項による改製

戸籍に記録されている者【名】克典
【生年月日】昭和45年5月23日
【配偶者区分】夫
【父】野田公郎
【母】野田邦子
【続柄】長男

身分事項　出生【出生日】昭和45年5月23日
【出生地】東京都狛江市
【届出日】昭和45年6月4日
【届出人】父

婚姻【婚姻日】平成8年6月16日
【配偶者氏名】青海真依子
【従前戸籍】東京都狛江市先宮町2番地13　野田公郎

ここまでが夫の内容となっている。次は真依子だ。

戸籍に記録されている者【名】真依子
【生年月日】昭和48年2月7日
【配偶者区分】妻
【父】青海義雄
【母】青海春恵
【続柄】二女

身分事項　出生【出生日】昭和48年2月7日

次の項目、【出生地】に視線を動かしたところで、思わず目をみはった。息を吸った音が、ひゅっ、と耳に届く。真依子の出生地欄に、カタカナで国名と市名が記載されていた。突然現れたカタカナが、なにかの間違いのように思える。

しばらく眺めていたけれど、胸にわきあがってくる郷愁はなく、その国名と市名になんの感慨もなかった。ただそのカタカナの異質さだけが、視界を通して胸に落ちる。青果店で、リンゴの横に革靴が置いてあるような感じだ。

意識して、深い呼吸をこころみる。まさか出生地の記載があるなんて思いもしなかった。真依子は心を落ち着かせて、次の欄に目を通す。

【届出日】【届出人】【婚姻日】【配偶者氏名】と続き、その次に【国籍選択の宣言日】という項目があり、日付けが記載されていた。国籍変更を受理された日にちのことかもしれないけれど、出生地の衝撃のあとでは、もはやどうでもいいことだった。

続いて、子どもたちの情報が記載されている。長女／奈月。長男／賢人。生年月日と父、母の項目。夫の克典と真依子の名前だ。

真依子は運転席の座席にもたれて、後頭部を背面につけた。視界が上向きになり、車の天《てん》井《じょう》が広く見渡せた。

「……出生地か」

思わず声がもれる。懸念していた【従前戸籍】は、現在両親たちが住んでいる稲城《いなぎ》市の住所で、なんの問題もなかった。

「出生地ね、出生地……」

深刻ぶって口に出してみても、歌うように言ってみても、そこに記載されているカタカナは消えない。

真依子はぺちりと額をひとつ打って気を取り直し、奈月の戸籍抄本のほうに目を通した。こちらには、克典の名前と奈月本人の情報だけで、真依子のことは書かれていない。よって、真依子の出生地の記載もない。

ほおっ、と胸を押さえて大きな息を吐き出す。よかった。奈月のパスポート申請には、こちらの抄本を持たせよう。そう思ったら力が抜けた。しばらくハンドルに突っ伏す。無。無。無心。

頭が動いてきたところで顔を上げた。フロントガラス越し、前を歩く人に見覚えがあった。思わずクラクションを鳴らした。その人は突然のクラクション音に驚いてビクッと立ち止まったあと、こちらを見た。真依子に気付いたところで、ぱあっ、と花が開いたような笑顔になる。かっちゃんママの、由紀《ゆき》ちゃんだ。

「由紀ちゃん、ひさしぶり！」

車を降りて外に出る。

「真依ちゃん、ひさしぶりー。こんなところで会うなんて偶然だねえ。賢人くん、元気？」

「元気だけが取り柄。受験生だっていうのに、ぜんぜんその気がなくて困っちゃうよ」

「そっか、そっかー」

小学校の六年間、ずっと賢人のいちばんの友達だったかっちゃん。そのママ、由紀ちゃんは真依子のいちばんのママ友でもあった。かっちゃんは中学受験をして、現在私立中学に通っている。

「かっちゃんは元気？　サッカーがんばってる？」

「和也《かずや》はサッカーだけしかしてない。ご飯食べて、あとはぜんぶサッカー」

そう言って笑う。中学受験の勉強でサッカークラブを辞めたとき、かっちゃんはさみしそうだった。だから、今、サッカー尽くしなのはいいことだ。通っている私立中学のサッカー部に入りたくて受験したのだから、つじつまは合っている。

誰々は元気？　誰ちゃん、引っ越したのよ。小学校のときのあの先生、結婚したんだって。たわいもない話がはずむ。

「会えてうれしかったよ。今度ご飯でも行きたいね」

「うん、行こう。LINEするよ。由紀ちゃん、仕事は？」

「相変わらず働きづめよー。今日はお休みとったの。真依ちゃんは？」

「わたし、去年からミナモトで働いてるのよ。今日はお休み」

「そうなの？　ミナモトスーパー、たまに行くよ」

「コロッケ揚げてるから、買ってって」

「買う買う」

二人でころころと笑い合う。こうして話していれば屈託がなくなるかのように、明るいだけの未来が待っているかのように。

「ごめんごめん、長くなっちゃうね。またね」

「うん、またね」

笑顔で由紀ちゃんが手を振り、真依子も車に戻った。さっきよりも、ちょっとだけ気分が晴れやかになっている。子どもの中学校が分かれてからは、LINEで連絡を取り合うことも少なくなっていた。でもそれでも、会えて話せてうれしかった。

車を発進させ役所の駐車場から出るところで、プッ、とクラクションが鳴った。由紀ちゃんが、駐車中の車のなかから手を振っている。車替えたんだ。きれいなイエローグリーンのかわいい軽。由紀ちゃんに似合ってる。笑顔で手を振り返して別れた。

「はい、抄本」

奈月にA4の封筒ごと渡すと、サンキュと言って簡単に受け取り、中身を見ることもしない。スマホに夢中だ。

「どこに行くか決まったの？」

「あー、まだ。でもたぶん、アジア」

そうなんだ、と言ったつもりが、声にはなっていなかった。

「予算の都合でね」

そうなんだ。今度はかろうじて声になった。

「まだ間に合うかな。パスポートセンター行ってきちゃおうっと」

午後三時。午後からは休講だと言って、さっき帰宅してきた。余計な時間をあけずにすぐに抄本を渡すことができて、真依子はほっとしていた。

「さてっと」

ここでようやくスマホから目を離す。

「気を付けてね」

「あ、そうだ。お母さんには教えてあげる。わたし、御蔵《みくら》くんと付き合うことになったんだー。へへへー」

うれしさをかみ殺しているような、へへへー、だ。真依子は目を見開いてみせた。

「じゃあ、行ってきます」

「はい、行ってらっしゃい」

恋愛に疎いのかと思っていたけれど、奈月にも彼氏ができたのか。いいことだけど、彼氏ができたことを、こうも風通しよく母親に伝えることに、わずかな引っかかりを覚える。

真依子は、彼氏のことなんて誰にも言いたくなかった。友達にも姉や兄にも、ましてや母になんて。ねほりはほり聞かれるのは目に見えていた。

もしも彼のことが気に入らなくて、真依子と対立した場合、母はきっと、すべてを飲み込んだような悲しげな顔をするに決まっていた。その顔をすれば、誰もがうなずかざるを得ないことを無意識に知っているのだ。そんな顔を見るのはごめんだった。末っ子でおみその真依子は、余計なことは家族に話さないと決めていた。

戸籍謄本は折りたたんで白色の封筒に入れ、金庫のいちばん下に仕舞った。金庫といっても防火用になっているだけで、持ち運びできる簡易なものだ。

夕刻になり、賢人が帰ってきた。今日から塾だ。

「おかえり」

「ああ」

ただいまぐらい言いなさいよ、胸のうちでつぶやく。

「今日、わかってるよね」

「ああ」

抑揚なく答える。深刻ぶりをアピールしているのだろうか。おにぎりを食べさせてから、送り出した。塾は九時までだから、夕食はそれからでいいだろう。

賢人が出て行って少ししてから、奈月が帰ってきた。申請どうだった？　と口から出てきそうになり、慌てて制す。パスポートばかりにこだわるのはおかしい。

「今日の夕飯なに？」

「カレーでいっか」

と答えると、

「いいよ。わたしが作ってあげる」

と返ってきた。

「あら、めずらしい。彼のために料理でも覚えるの？」

「まあね」

否定するでもなく答える。台所は奈月に任せるとして、洗濯物はもう畳んで仕舞ったし、となると、特にすることはなかった。こういうときに、なにか趣味があったらなと真依子は思う。今この瞬間、無性に編み物がしたいけれど、時季的に暑苦しいし毛糸もない。

今度本屋さんに行って、なにか薄くて読みやすそうな小説でも買ってこよう。ぽっとできた、すきま時間に読めるもの。すきま時間とすきま時間の間隔がたくさんあいても、字を追えばすぐに物語に戻れるような。けれど、続きをすぐさま読みたくなる小説ではだめ。なんの未練もなく栞《しおり》を挟んで、いつか読んでもらえるのを待っている、退屈で上品な小説。と、そこまで考えて、そんな小説ちっとも読みたくないと真依子は思う。

腹筋でもしてみようと、リビングに横になってみた。いつもとは違った角度で見える部屋が新鮮だ。ソファーに手がぶつかるけれど、真依子がぎりぎり大の字になれるスペースはある。

腕を頭の下にいれて膝を立て、えいっ、と上体を起こそうとしたけれど、頭だけが前に動くばかりで、腹筋など一度もできなかった。それよりも、ふと目に入った天井のシーリングファンの羽根についた埃《ほこり》が気になる。起き上がって、折りたたみ式の踏み台を持ってきて、濡らした雑巾《ぞうきん》で埃を拭き取る。

「お母さん、なんで今頃、掃除してるのよ」

台所から、奈月が呆《あき》れたような声を出す。肉や野菜を炒《いた》める音が、雨ふりの音みたいに聞こえる。とたんに真依子は自分が小さな子どもになったような気持ちになる。大人に守られて、安閑と過ごしていたとき。父、母、姉、兄、わたし。スクラムを組んで同じ方向を向き、これでもかというぐらいの思いやりと愛情を持って、いつでも笑っていたとき。

思い出したら、なんだかいたたまれない気持ちになってきて、お尻がもぞもぞした。真依子は、踏み台を片付けながら、いや違う、と思う。それはイメージだ。陽《ひ》だまりみたいな家族像。実際はどうだったかなんて覚えていない。大人になるまでにいろいろな操作をされて、自分で観念を作り、勝手にそんなイメージを持っているだけなのかもしれない。

「あとは煮込むだけ」

奈月の声。いい匂いがただよってくる。こういう時間こそが幸せなのだろう。その証拠に、真依子は今、少し居心地が悪い。

居心地の悪さをさっそく払拭してくれたのは、塾から帰ってきた賢人だった。

「あそこの塾、やめるわ」

開口一番に言い、腹減ったあ、と続けた。鍋のふたを開けて、カレーだ、と大きな声でひとりごち、手も洗わずに皿に盛り付けている。

「どうして？」

「あの塾、康介がいた。おれ、あいつ嫌いなんだ」

真依子は驚いて賢人を見た。風呂に入っていた奈月が、髪を拭きながら出てくる。

「康介くん？　あんなに仲が良かったじゃない」

「はあ？　いつの話？　ぜんぜんしゃべってねえよ。そもそも友達じゃないし」

「そうなの？」

「康介となんてしゃべる奴いない。だってあいつ、くせえんだもん。みんなからハブられてるし」

そう言って笑った。胸の底がひんやりする。

奈月が、首に巻いていたタオルで賢人を叩《はた》いた。

「なにすんだよっ」

「誰かのことを、そんなふうに言うのやめなよ。許さないから」

奈月は、仁王立ちで賢人の横に立っている。

「うるさい。お前に許してもらわなくてけっこう」

「なによ、その口の利き方！」

賢人は、フンッ、と言ったきり、奈月を無視してカレーを食べている。

「誰かのことをおとしめるようなことを、口に出したらいけないと思う。お母さんの言ってること、わかるよね」

真依子はなるべく冷静に言った。賢人はなにも答えない。

「康介くんって、あの康介くんでしょ？　よくうちに遊びに来てたじゃない。仲良く遊んでたよね。それなのに、よくもそんな言い方できるね。信じられない」

腰に手を当てたまま、奈月がまくし立てる。

「うるさい、チビ」

「はあ!?　なにこいつ！　まじムカつくんですけど！」

「とーにーかーく」

と、真依子は少し大きな声を出した。

「さっきの言葉は撤回しなさい。そしてもう二度と言わないこと。それに、奈月に向かってのその態度もいただけないわ」

賢人はなにも言わずに、カレーを大きなスプーンでさっさとすくっては口に放り込み、ほとんど噛《か》まずに飲み込んでいる。

「わかったの⁉」

真依子ではなく、奈月が叫ぶように言いテーブルの上にドンッと手をついた。

「なんとか言いなさいよっ」

奈月が声を張る。

「ほらほら、奈月もムキにならないで。落ち着いて」

真依子が言うも、奈月は般若《はんにゃ》の形相で賢人をにらんでいる。二十歳といっても、まだまだ子どもだ。

「おかわり」

賢人が空になったカレー皿を持ち上げた。

「あんたに食べさせるカレーなんてないわよ」

「はんっ、じゃ自分でやるからいいわ」

「今日のカレー、わたしが作ったんですけど」

奈月の言葉に、賢人はゲッという顔をして、実際ゲッ、と言った。

「どうりでマズいと思った」

そう言い残して、大きな音を立てて二階へと上がっていく。

「なに、あいつ。最低」

ふうっ、とため息が出る。けれど、このぐらいのドタバタ加減が、真依子にとってはちょうどい。

「ねえ、あいつ、イジメに加担してるんじゃない？　康介くんのことを、あんなふうに言うなんてひどいよ」

奈月の語尾が、かすかに震えている。真依子はふいに、カルロスを守ろうとした二階堂さんを思い出す。

「今日は塾の初日だったでしょ。かなりストレスだったんじゃないかな」

賢人のなかでいろんなことが噴出したのだと思う。

「そんなの関係ないよ」

「気の合う子は変わっていくからね。イジメなんて、そんなことはないと思うけど」

「康介くんのことをくさい、なんて言うこと自体、イジメだと思う」

「うーん、そうねぇ」

そう答えると、奈月は強い光をたたえた目で真依子をじっと見た。

「思うけどさ、お母さんってほんと甘いよね。甘いっていうか、適当。いつも曖昧、いつもどっちつかず。その場を無難にやり過ごせば、問題が解決できると思ってる」

思わず奈月に目をやる。奈月はもう真依子を見ていない。

「そういうの、わたし、嫌いなんだよね」

そう言って、自分の部屋へ上がっていった。

先日、すれ違いざまにクラクションを鳴らしてくれた、康介くんママ。康介くんママは、康介くんと賢人が仲良くないことを知っているのだろうか。知っていてクラクションを鳴らしてくれたのだろうか。

真依子は賢人が使った食器を片付け、テーブルの上をきれいに拭いた。そのうちに賢人が二階から降りてきた。声をかける間もなく、風呂場へ直行する。すぐに出て、そのまま二階へと戻っていった。

何の気なしにテレビをつける。東大生が出ているクイズ番組を流しながら、確かにそうかもしれないと、さっき奈月に言われたことを思う。甘い、適当、曖昧、どっちつかず。その場を無難にやり過ごす。

奈月はやさしい子だし、優等生的な正義感もある。大学は教育学部で、小学校の先生になるのが夢らしい。昔から、常に弱い側に立とうとする子だった。

けれど、さっきは少し驚いた。奈月は正義感のある子だからこそ、真依子のような人間に対して、面と向かってはっきりと意見を言うようなことはなかった。あそこまで言われたのははじめてのことだ。

二十歳。ずっと自分の子どもであることは変わらないけれど、社会的にはもう子どもではない年齢だ。なにかの前触れ？　伏線？　いろんなことが近づいている時期なのかもしれない、などと、ちょっと大げさぶって思う。幸せ時間の居心地悪さは払拭されたけれど、それどころではない時限爆弾がまだ残っているのだ。

夫は空気清浄機を製造、販売、輸出している会社に勤めている。先月発売された新製品の売れ行きがいいらしく、ここのところずっと帰りは遅い。それでも、帰宅した克典をつかまえて、戸籍謄本を見せた。

「あー、ほんとだ」

と、謄本の出生地欄を見て夫は言った。

「これはバッチリだね」

と続けた。

「で？」

「決めた？　ってなに」

気楽な物言いに腹が立つ。こういうときは、夫婦できちんと話し合いを持つべきではないだろうか。

「いずれわかることだよ」

克典は、穏やかで鷹揚《おうよう》な人だ。昔から真依子の意見を尊重してくれた。子どもたちに伝えるかどうかの判断も。そしてこの件については、克典は昔から真依子とは反対の意見だった。

なぜ伝えないのか。誇るべきことであっても、恥ずべきことではないと、常に言われてきた。

そう、だから、夫婦で話し合いを持つべきだ、などと言うのは、お門違いだとわかってる。

「パパにはわからないわよ」

「ふうん。じゃあ、ご自由に、と言うしかないな」

真依子は、克典と子どもたちの関係を、ずるいと思うことがある。子どもたちが幼い頃は、多少なりとも父親役をやっていたけれど、今では、同居してる従兄《いとこ》のおにいさんという表現がいちばん近いのではないだろうか。気の置けない関係で、子どもたちとつかず離れずの距離を保っている。在宅していてもいなくても関係ないし、気が向いたらしゃべるし、一緒にテレビを見て笑ってもいい。

夫は小言も言わないし、ましてや塾に行けなどとは言わないだろう。面倒なことはぜんぶ真依子の担当だ。

夫が風呂場に行ったあと、真依子は戸籍謄本を白い封筒に戻し、金庫のいちばん奥にひそませた。

賢人は結局、塾を変えなかった。康介くんがどうのという理由での転塾なんて、真依子も許さなかったし、賢人本人もさほど引っ張らなかった。

　奈月のパスポートも無事にでき上がり、嬉々《きき》として真依子に見せてくれた。写真写りが気に入らないらしいけれど、どこにも問題はなかった。

「どこに行くかは決まったの？」

　しつこいかなと思いつつ、パスポートを眺めながらたずねるのは決しておかしなことではないだろうと思い、聞いてみた。

「うん、ようやく決まった」

「どこ？」

「ベトナム。千帆のおじいちゃん、昔、ODAの職員だったらしくてさ。ホテルとかちょっといいところを融通してくれそうなんだよ、ラッキー」

　思考が止まる。

「ODAって知ってる？　政府開発援助のことだよ。昔ベトナムで、橋とか鉄道とか作ってたんだって」

「そうなの」

　と言って笑おうと思ったら、頬が引きつってまぶたが急にはれぼったくなった気がした。全身がぼあぼあと巨大化していくような感触だった。子どもの頃に一度、じんましんが出たことがあったけれど、あのときの感覚に似ていた。

「初海外、超たのしみー。『地球の歩き方』、買ったほうがいいかなあ。Ｗｉ－Ｆｉも調べなくちゃ。やることがたくさんあるなー」

その前にテストでしょ、と言ってみた。ぼあぼあと身体《からだ》がふくらんでいく。奈月はそれに気付かない。ふいにカルロスの姿が脳裏に浮かび、消えていった。職場が同じというだけで、他にはなんの関係もないカルロスを、こんなときに思い出すとはおかしなものだ。

「ベトナムで、かわいい雑貨たくさん買おうっと。それを思えばテストなんて楽勝」

ぼあぼあぼあぼあ。真依子の身体は、もうリビングに入りきれないほど、ふくらんでいる。誰かに身体を乗っ取られたみたいに不気味に肥大していきながら、もしかしたらこれは、自分が望んでいたことなのかもしれないと、真依子は思う。もしかして、すべて自分が引き寄せたことなのかもしれないと。

第二章　奈月

御蔵くんはパッとしないところがいいと、奈月は思っている。たとえば今、池袋のサイゼリヤで、御蔵くんは目の前でハンバーグステーキを食べているわけだけど、どういうわけかコーンが前歯に挟まってる。たいていの女子はここで幻滅するかもしれないけれど、御蔵くんの場合、ダメージはゼロ。逆に、おもしろい人だなあと思う余裕すらある。

二人で映画を観《み》てきた。アカデミー賞を受賞した恋愛映画だった。途中、隣にいる御蔵くんにちらっと目を向けたら、口をぽかんと開けた状態で画面に釘付《くぎづ》けになっていた。その顔も奈月的にはＯＫで、むしろ好感が持てた。

「ドリンクバー」

とだけ言って御蔵くんは席を立ち、妙な色の飲み物を手に戻ってきた。

「メロンソーダとコーラとオレンジのミックス」

そう言って、うれしそうに笑う。アホな弟の賢人みたいと思ったけれど、そして賢人だったらムカつくけど、御蔵くんだと微笑ましい。

おいしい？　とたずねると、

「うーん、単品でそれぞれ飲んだほうがいいみたい」

と真面目に返された。その、メガネのなかの小さな目を一生懸命に見開いた表情、鼻の頭に寄ったしわ、唇をとがらせての真剣な口調、左目のすぐ下にあるほくろ。ぜんぶいいなあ、と奈月は思う。エスカルゴのオーブン焼きのオイルに、パンをたっぷりと浸して口に入れるのもいい。

四回目のデート。御蔵くんは、奈月にようやく慣れてきた。一方の奈月は、はじめて会った瞬間から慣れていた、というか、まるで緊張していない。

タラコソースシシリー風のパスタを食べ終わった奈月は、刻みのりが歯に付いていないだろうかと気になり、スマホのミラーアプリを開いてさりげなくイーッとしてみた。問題なし。ドリンクバーからカフェオレを持ってくる。

「デザート食べたいなあ。食べちゃおうかな」

奈月がつぶやくと、御蔵くんはこくこくとうなずいた。

注文したプリンとティラミスの盛合せが来て、奈月がスプーンを手に取ると、ぼくも、と言って同じものを頼んだ。奈月のを見て、食べたくなったらしい。

「夏休み、帰るの？」

「うん。ひいばあちゃんの新盆だから」

御蔵くんの実家は長野だ。御蔵くんは一人暮らし。

「旅行、ベトナムに決まったって言ったっけ？」

御蔵くんは、「おっ」と声を発し、いいねベトナム、と言った。それから「初耳」と続けた。

「ゼミにベトナム人の友達がいるよ。出身はダナンって言ってたかなあ」

「へえ、ダナンか」

と返しつつ、実はまだベトナムのことを調べていなかった。ダナンという地名は聞いたことがあるけれど、どのあたりだっけ、と思う。帰りに本屋さんに寄って行こうと決める。

「これからどうする？」

「三時半かあ。なっちゃん、どこか行きたいところある？」

窓の外はどんより曇り空だ。梅雨《つゆ》真っ只中。予報では夜から雨ということだ。

「ねえ、御蔵くんちは？　わたし、御蔵くんちを見てみたい！」

ふいに思いついて言ったら、これぞ名案な気がしてきた。御蔵くんは、驚いたように目を見開き、口に手を当てて「わお」と言った。わお？　思わず噴き出す。

「なにそれー」

笑いすぎてお腹が痛い。

「なんかびっくりしちゃって」

御蔵くんが言う。

「うち、汚いよ」

「いいよ」

「うちに来てなにするの」

「おしゃべり」

御蔵くんは鳩《はと》が豆鉄砲を食らったような顔をしている。

「本屋さんに寄ってから行こう」

俄然《がぜん》たのしくなってきた奈月は、そう言ってさっさと席を立った。

御蔵くんの住むアパートの前に着くと、御蔵くんはちょっと待っててと言って、薄く開けたドアに身体を滑り込ませ、バタンと閉めた。なかから鍵を閉める音まで聞こえた。信用がない。

御蔵くんは、奈月にとってはじめての彼氏と言っていい。高校生のとき、気になる男の子から、付き合おうか、と言われたことがあったけれど、友達以上恋人未満の関係が長く続き、そのうちに気持ちも離れていき、自然とフェイドアウトしていった。

御蔵くんにとっても、奈月ははじめての彼女だ。このあいだ、御蔵くんから言質《げんち》をとった。

少ししてからドアが開いた。

「どうぞ」

「片付けてたの？」

　とたずねると、御蔵くんはうなずいた。

「ぜんぜん汚くないじゃん」

「今片付けたから」

　片付けたといっても、おそらく、出しっ放しになっていた服をしまったり、読みかけの本をまとめたり、テーブルの上に出ていた食べ物のゴミなんかを処分した程度だろう。賢人の部屋は、いつも足の踏み場もないぐらいに散らかっているので、それに比べたら満点以上の部屋だ。

　コンビニで買ってきた飲み物をテーブルに出そうとすると、御蔵くんがちょっと待って、と言って、台拭きで手早く拭いた。テーブルといっても、小さな座卓テーブル。六畳の洋室と二畳程度の板張りの台所。線路が近くを通っていて、けっこう騒がしい。

　奈月は本屋さんで買ってきた『地球の歩き方　ベトナム』を広げ、御蔵くんはパソコンを立ち上げた。

「ここ、大学までどのくらい？」

「ドアツードアで三十分ぐらいかな」

「家賃いくら？」

「四万四千円」

金額を聞いたところで、特に感想はなかった。実家暮らしの奈月には、それが相場なのかどうか見当がつかない。

「なべちゃん、元気？」

急に思い出して、たずねてみる。なべちゃんというのは、奈月と御蔵くんが付き合うきっかけとなった、二対二デートのもう一人の男性で、奈月のバイト仲間である玲《れい》ちゃんの高校時代の友達だ。玲ちゃんが奈月を、なべちゃんが御蔵くんを連れてきて、四人で会った。

「元気なんじゃないかな」

なべちゃんと御蔵くんは同じ大学だけど、学部が違うので頻繁には会わないらしい。同じ手品サークルで仲良くなったそうだ。

玲ちゃんは、高校生のときからなべちゃんのことがずっと好きで、告白したいと考えていて、でも二人ではなかなか会ってくれないということで、奈月が誘われたのだった。なべちゃんに、誰かもう一人連れてきてほしいと玲ちゃんが頼み、その日現れたのが御蔵くんだったというわけだ。

四人で会った居酒屋で、なべちゃんはいきなり付き合っている彼女の話をはじめて、奈月はかなり驚き、ちょっと引いた。玲ちゃんはたのしそうに笑っていたけれど、奈月は玲ちゃんの心情をおもんぱかり、その健気《けなげ》な姿に涙ぐみそうになった。

「なべちゃん、もしかしたら、玲ちゃんの気持ちを知ってて、玲ちゃんが自分の気持ちを伝える前に、玲ちゃんが傷つかないように、先手を打って彼女の話をしたのかもしれないよね」

最大限に心を配って奈月が言うと、さあ、どうかな、と返ってきた。

「そこまで考えているような奴には思えないけどな」と。

玲ちゃんは、なべちゃんのことをあきらめられないと言っていた。高校生の頃から好きだったんだから、彼女がいたって、ぜんぜんへっちゃら、と胸を張った。

なべちゃんは、見た目に気を遣っている人だった。美容院で三週間に一度はカットしているような髪型だったし、化粧水を毎日つけると言っていたし、カジュアルに着こなしていたなにげない長袖Tシャツだってきっと値が張るものだろうし、スニーカーはおそらく二万円以上だし、なによりも顔の作りが整っていた。

けれど、まるで奈月の好みではなかった。大きな声で話す人がそもそも好きではないし、自分とまったくタイプの異なる御蔵くんを連れてくるというのも、どうなの、その人選？と内心思った。

なべちゃんに連れてこられた御蔵くんはちょっとぽっちゃりしていて、丸顔にラウンド型の黒縁のメガネをかけていて、髪には妙な寝癖がついていて、服装はチェックのシャツとチノパンだった。奈月はひと目見て、とてもいいと思った。

なべちゃんは少なからず横柄な態度で御蔵くんに話しかけていたけれど、御蔵くんは意に介さない様子だった。きっとなべちゃんは、御蔵くんの穏やかさやかやさしさにつけ込んで、自分が優位になれると思って御蔵くんを連れてきたのだと思うけれど、奈月からしたら逆効果だった。

御蔵くんは、なべちゃんの無茶振りにがんばって応えるわけでもなく、くだらない話題については、さらりと無視していて、かっこよかった。

けれど奈月や玲ちゃんの問いかけには、どんな小さなことであろうとも、誠意を持って丁寧に答えてくれた。とてもよかった。とってもよかった。

「御蔵くんは、会ってすぐにわたしのことを好きになったんだよね」

奈月が言うと、御蔵くんはなにも飲んでいないのにむせた。照れたからなのか、むせたからなのか、顔と耳が赤くなっている。

なっちゃんのことを気に入ったようだと、なべちゃんから玲ちゃんに話がいき、奈月も御蔵くんのことは好印象だったので二人で会うことになった。

「ぼ、ぼくたち、つ、付き合うのがいいと思うんだけど！」

と、新宿駅構内を歩いているときに突然御蔵くんに言われ、奈月は、そうだね、とうなずき、かくして付き合うことになったのだった。

「す、好きっていうか……」

御蔵くんは自分の首をぺちっと叩き、そのままの手で首をさすっている。緊張しているらしい。

奈月としてはこの話の流れから、ちょっといい雰囲気になって、もしかしたらキスぐらいしちゃうかも、などと考えていたけれど、御蔵くんはそんなことはつゆほども頭にないらしく、困ったように首をさすり続けている。

「御蔵くんは、まだ十九歳だもんねー」

ちょっとつまらない気がして、そんなふうに言ってみた。奈月は五月に二十歳になった。奈月の誕生日のときは、まだ御蔵くんと付き合っていなかった。

「わたしのほうが半年おねえさんなんだよね」

続けて言うと、御蔵くんは「それは……」とあごを持ち上げて言い、「仕方ないでしょ」と、不当な扱いを受けた子どものような目で奈月を見て、「年とか関係ないし」と続けた。

奈月はそれだけで、充分に満足だった。

御蔵くんは一見ぽっちゃりに見えるけど、決してだらしなく太っているわけではなくて、みっしりとぎゅっと詰まった肉づきだし、ラウンド型の黒縁メガネは御蔵くんの人柄に合っているし、服装はほとんど毎回色違いのチェックのシャツとチノパンだけど、きちんと洗ってあって清潔だ。細い目は笑うとなくなってかわいいし、小ぶりな鼻は実は先がちょっととがっていて、なかなかいかしてる。

「旅行ね、ホーチミンはマストで、他にもどこか一ヶ所回る予定なんだ」

千帆と真梨花と会って、早めに詰めなきゃ、と思う。

「南部かあ。さっき話したベトナムの友達、バンちゃんっていうんだ」

「バンって名前？」

「うん、グエン・タン・バン」

「へえー。ミドルネームが入るんだ」

「めっちゃひょうきんな奴で人気あるよ。夏休みに帰るって言ってたなあ。もしダナンのほうに行くならオススメ聞いておこうか」

「うん、ありがとう」

御蔵くんはどうやらバンちゃんと仲良しみたいだ。御蔵くんに仲のいい友達がいるということが、奈月にはうれしい。

「千帆がクチトンネルに行きたいって言ってた。ツアーがあるみたい」

『地球の歩き方』を開いて、クチについての説明を読む。クチトンネルは、ベトナム戦争のとき、解放戦線の拠点だった地域で、地下にトンネルを掘ってゲリラ戦を続けた難攻不落の場所、と書いてある。総距離約二百五十キロメートルにも及ぶ手掘りのトンネルらしい。

「……ベトナム戦争のゲリラ戦で使われたトンネルなんだ」

思わずつぶやいた。

「南ベトナム解放民族戦線だね。南ベトナムをサイゴン政権から解放して、民族を統一するために結成された、北ベトナム側の組織だよ」

「それって、ここに書いてある解放戦線のこと？」

御蔵くんは小さくうなずいた。

「昔の人はベトコンって言うけど、蔑称だから使わないほうがいいよ。ベトナム戦争のこと、知ってる？」

もちろん聞いたことはあるし、大まかなことは知っているつもりだ。アメリカが後押ししていた南軍が負けて、北側勢力の社会主義国になったのではなかったか。

「東西冷戦時代のアメリカとソビエト連邦の代理戦争とも言われてる。ベトナム戦争は複雑だからなあ」

奈月が答える前に、御蔵くんが言う。御蔵くんは理工学部だけど、いろんなことを知っている。旅行に行くまでに少し勉強したほうがよさそうだと奈月は思った。

「いらっしゃいませ」

奈月のバイト先である、町田のスペイン料理店「ケリコ」。入ってきたお客さんの顔を見て、一気に破顔した。母のお兄さん、強司伯父《つよしおじ》さんだ。

「いつもどうもありがとうございます」

奈月が他人行儀に頭を下げたのがおかしかったのか、伯父さんは奈月の肩を叩いて朗らかに笑った。伯父さんは町田に住んでいて職場も町田だから、この店をよく使ってくれる。今日も四名で予約してくれた。

「奈月のスペイン料理はうまいからな！　これ、姪《めい》っ子の奈月。美人だろ。手を出すなよ」

伯父さんがそう言って、会社の人に奈月を紹介した。

「ちょ、ちょっとやめてよ。お料理作ってるのはわたしじゃなくてシェフだし、わたし美人じゃないし！」

伯父さんは愉快げに笑うばかりで、こうなると奈月のほうもどうでもよくなる。強司伯父さんはいつも明るい。母のお姉さんである蘭伯母《らんおば》さんも、いつも明るくて元気。三人姉兄妹《きょうだい》のなかで、母だけちょっとタイプが違う。

母はなんていうのか、あけっぴろげではない。アンニュイを気取ってる。プラス、何事に対しても本気ではない気がする。いつだって適当。いつだって表面をなぞるだけ。

子どもの頃は、無条件に好きだった。やさしくて、どんなときも大丈夫と言ってくれて、いつもそばにいてくれた。母の姿があるだけで安心できた。

でも最近、母を見る目がちょっと変わってきたと奈月は自覚している。母と話していても不完全燃焼というか、はっきり言ってつまらない。

「なっちゃんちの伯父さん、たのしいよね」

玲ちゃんが言う。今日は玲ちゃんとシフトが一緒で、奈月はうれしい。二人で生ビールの大ジョッキを四つ運ぶと、伯父さんたちが歓声をあげて乾杯をした。大人のくせに中学生みたいだ。

「こちらが前菜になります。鰯《いわし》のエスカベッシュ、生ハムとブロッコリーのサラダです」

玲ちゃんの説明に、うまそうやなあと妙な関西弁で伯父さんが応えている。

忙しく立ち働きつつ、ふとしたすきま時間に、御蔵くんも食べに来てくれないかなあと、奈月は思う。制服は黒いブラウスに黒のパンツ、エプロンは赤。普段はパステル系の服が多いから、こういうちょっと大人っぽい色味の装いを御蔵くんに見せたい。きっと、「おっ」と言って目を丸くするに違いない。

このあいだは御蔵くんの家に行けてよかったと、奈月はパン生地をこねるようにしつこく思う。御蔵くんのことを思うとニヤつくし、かなり好きだなあと思う。もうちょっと家が近ければいいのだけれど、これぐらいが適切な距離感なのかもしれない。と、そんなことをぐるぐると考える。

御蔵くんのアパートの最寄《もよ》りの駅は西巣鴨《にしすがも》、もしくはちょっと歩くけど板橋で、御蔵くんが通っている大学の最寄り駅は春日《かすが》。奈月の大学の最寄り駅は相鉄《そうてつ》線の和田町《わだまち》で、自宅は狛江《こまえ》。バイト先は町田。やっぱりちょっと不便ではある。

七時を過ぎたところでお客さんがどんどんやって来て、満席になった。玲ちゃんと話す暇もなく、笑顔でウエイトレス業に徹した。

「ごちそうさま、おいしかったよ。大繁盛だなあ」

伯父さんだ。おかげさまでー、と言いながら奈月はレジに入った。

「賢人はどうだ」

「ようやく塾に行きはじめたよ」

そうかそうか、と伯父さんが笑う。

「大地《だいち》と遥《はるか》は元気？」

大地は高一、遥は中二。二人は伯父さんの子どもで、奈月にとっては従弟妹《いとこ》になる。

「今度は家族で寄らせてもらうよ」

奈月は領収書を渡しながら、夏休みにベトナム旅行に行くことを伝えた。伯父さんは、初海外か、たのしみだな、と言い、

「餞別《せんべつ》渡さないといけないなあ」

と笑った。奈月がよろしくお願いします、と頭を下げると、さらに大きな声で笑った。

伯父さんたちが帰ったのをしおに、第一弾のお客さんたちが帰っていき、第二弾のお客さんたちがやってきた。すでにどこかで食事を済ませてきたらしく、アルコールとつまみが主だ。十時まで働いて、玲ちゃんと一緒にあがらせてもらった。

玲ちゃんとの帰り道、御蔵くんちに行ったことを話すと、いいなあ、と目を輝かせた。

「なべちゃんは彼女とラブラブらしいし、いやんなっちゃう」

わたしにもなにかいいことないかなあ、と玲ちゃんが伸びをしながら言う。玲ちゃんはデザイン系の専門学校に通っていて、控えめに言ってとても美人だ。背が高くて色白でスタイルがよくて、目と鼻がシュッとしていて、リップをつけなくても赤みが差している唇は、ぽってりとして色っぽい。

なべちゃんはモテそうだけど猿系の顔だし、玲ちゃんには釣り合わない気がする。もっといくらでも、玲ちゃんに見合う人はいると思う。

「なべちゃんのどこがそんなにいいの？」

「うーん、よくわかんないんだけど、高校のとき、朝の登校中になべちゃんが転んで鼻血出したことがあったんだよね、わたしの目の前で」

「は？」

「なべちゃん、やべえ、やべえ、って言って立ち上がりながら、鼻血をぼたぼた垂らしてさ。それでなんか好きになっちゃった」

奈月は絶句したあと、噴き出した。玲ちゃんって、おもしろい。きれいでおもしろいなんて最高だ。

登戸《のぼりと》で玲ちゃんと別れ、奈月は各駅に乗り換えて狛江まで帰った。

雨の音が大きく聞こえる。ザーザーザーザー。マンガの擬音語そのものの音。窓ガラス越しに見る外の景色は、勢いよく降る直線の雨のせいで、けぶったような灰色に見える。学内は湿気を含んだ重たい空気と、雨に濡《ぬ》れた衣服のにおいで満ちている。

高校生の頃、奈月は雨が嫌いだった。髪の毛が、すぐにぺしゃんこになってしまうからだ。梅雨時は特に憂鬱だった。朝どれだけがんばってセットしても、学校に着く頃には、頭や首や肩にへばりつくようにぺったりとしてしまう。

「まずはどこに行くかだよね」

千帆が言う。今日は大学のカフェで旅行の打ち合わせだ。真梨花がおいしいパンケーキの店を見つけたと言って、そこで話す予定だったけれど、雨が強く移動が面倒なので、急遽《きゅうきょ》、学内での打ち合わせとなった。節約節約節約、と千帆が言い、節約はもっともだと奈月もうなずいた。

「ホーチミンから行けるところだよね」

奈月が言うと、

「フーコック島なんてどう？　こないだテレビでやってて、めっちゃきれいだった」

と真梨花が受けた。千帆がすぐさまタブレットでフーコック島を検索して、画像を見せてくれる。

「すっごくきれいな海だよね」

真梨花が言い、海いいね、と奈月も続けた。『地球の歩き方』をめくると、ホーチミンのタンソンニャット空港からフーコックまでは一時間程度。日帰りもできそうだ。

「水着買わなきゃ」

気の早い真梨花の言葉に、千帆と奈月は笑った。

九月に行くベトナム旅行は、四泊六日の予定だ。ホーチミンに三泊、どこか別の場所に一泊、最終日の深夜便で帰国する。

行きと帰りのチケットはすでに手配済みで、ホーチミンでの三泊のホテルは、千帆のおじいちゃんが格安で予約を入れてくれた。学生には手が出ない、高めのホテルだ。

現地での買い物や食事代はべつとして、飛行機チケット、朝食付ホテル、オプショナルツアー込みで、十万円以内を目指している。

奈月はページをめくって、御蔵くんの大学の友達であるバンちゃんの出身地、ダナンを調べた。細長いベトナムの真ん中あたりだろうか。

「ダナン？」

隣に座っている真梨花が、『地球の歩き方』をのぞきこむ。

「奈月はダナンに行きたいの？」

前の席の千帆が首を出した。

「いや、御蔵くんの友達がダナン出身だっていうから、ちょっと見てただけ」

奈月が答えると、千帆は、かはっ、と笑い、真梨花は、いーなー、と言った。真梨花は付き合っていた彼と別れたばかりで、千帆は今のところ付き合っている人はいない。

「ダナンあたりも名所が多そうだね。ミーソン遺跡だって。あっ、フエにも行けるんだ。フエは世界遺産だよね、行きたいな。ダナンまで飛行機で一時間二十分か、意外と近いね」

タブレットで検索しながら、千帆が言う。

頬杖をついたまま、ふいに頭に手をやると、髪が湿っている気がした。スマホのミラーアプリで映すと、案の定、見事にへたっていた。

「切っちゃおうかなあ」

ようやく肩甲骨まで伸ばした髪。バイトのときは一つに結ぶけれど普段はおろしている。

「えー、もったいない。つるっつるだよね、奈月の髪」

千帆はあごまでのボブ。真梨花はここのところ、ずっとまとめ髪だ。ふんわりと編み込みをしたりくるっと丸めたりして、とてもかわいい。パーマをかけなくても、くしゅっとなるのがうらやましい。奈月の髪はさらさらしすぎていて、よほどきつく編み込まないとほどけてしまう。

「奈月の髪、ほんと憧れちゃう。艶のある黒色でまっすぐでしなやかで、うらやましい」

そう真梨花は言うけれど、奈月としては、本人曰《いわ》く「くせっ毛でかたくて赤茶けている」真梨花の髪がうらやましくてたまらない。

「フーコックで泳ぎたいけど、髪を濡らすのいやだな。前髪とかやばくなりそう」

真梨花が言い、だから気が早いって、と千帆がたしなめた。

「ホーチミンでのオプションは、クチトンネルツアーとメコン川ツアーだっけ？」

奈月がたずねると、

「一応その予定だけど、まだ未定だよ」

と、千帆が返した。

「わたし、クチトンネルツアー、あんまり気が進まないなあ」

真梨花だ。

「行こうよー。めったにない機会だし。落とし穴に落ちると、串刺しになるような罠《わな》が仕掛けてあったりするらしいんだよね。実際この目で見てみたい」

「げっ、さらに行きたくなくなった……」

「わたしはちょっと見たいかも」

と奈月は答えた。せっかくベトナムに行くんだから、戦争のことも知りたい。

「わたし、エステでもしながらホテルで待ってようかなあ。ホテルの近くをぶらついててもいいしね」

真梨花は、これが四度目の海外だ。家族で小学生のときにハワイ、高校生のときに台湾、去年はお姉さんと二人でシンガポールに行ったと聞いている。旅慣れているから、一人で待つのも平気なのかもしれない。

クチトンネルのページを眺めながら、奈月はふと、ベトナム戦争のとき、ダナンはどっち側だったのだろうと思った。御蔵くんの友達のバンちゃん。バンちゃんは戦争を知らないだろうけど、祖父母世代はリアルタイムで体験したことだろう。年齢によっては親世代でも当時の記憶があるかもしれない。

「ねえ、ベトナム戦争のときの南北って、どこで分かれたの？　千帆、知ってる？」

奈月がたずねると、十七度線だっけ？　と返ってきた。折りたたまれている地図を広げると、小さな印が目に入った。

「あっ、あった、これだ。ごめん、地図に載ってた。非武装地帯って書いてあるところだよね」

ベンハイ川を境にして北と南に分かれている。地図の下部に、大きさの比較として日本地図が描いてあった。ベトナムは、日本より少し小さいぐらいだ。そう思うと、南北で戦争をしていたということが、改めて酷なことに思える。

日本を半分に分けるとしたら、岐阜、愛知あたりが境界線だろうか。いやいや、北海道を入れるとすると関東あたりだろうか。御蔵くんの実家の長野は関東のほうに入るだろうか。

と、そこまで考えて、戦争っていやだなと奈月は思う。悲劇の恋人たちになってしまう。断固戦争反対だ。

「オプショナルツアーは、またあとでゆっくり決めようよ。現地に行ってからでも大丈夫だと思うし。とりあえず今日は、どこに移動するか決めちゃお」

千帆の言葉にうなずいて、奈月は改めて『地球の歩き方』を広げ、真梨花はスマホを操作しはじめた。

「海で遊ぶならフーコック島。遺跡を見るなら中部のほうかな。フエ、ダナン、ホイアンあたり？」

千帆が言う。

「わたしはやっぱり海がいいなあ。マリンスポーツしたい」

「前髪はいいの？」

「あはは、いい、いい。オールバックで過ごす！」

そう言って真梨花が、前髪をぐっと持ち上げる。

「奈月は？」

「うーん、迷うなあ。フエも行きたいけど、でもやっぱり夏だし、リゾート気分を満喫したいから、フーコック島かな」

「おっ、フーコック島に二票。千帆は？」

真梨花がたずねる。

「わたしはどっちかっていうとフエなんだけど、フーコック島にも憧れるー。……でも、うんっ、いいよ。フーコック島にしよっ。みんなで海で泳ごう!」

いえーい! 真梨花が大きな声を出し、奈月も続いた。想像するとわくわくしてきた。真梨花じゃないけど、わたしも水着買わなくっちゃ、と奈月は思う。水着の写メを御蔵くんが見たらなんて言うかな。そんなことを考えると、自然と顔がニヤついた。

帰宅後、ダイニングテーブルの上に置いてあった封筒の宛名と差出人を見て、奈月はうれしさのあまり、その場でぴょんと跳ねた。宛名は「野田奈月さま」、差出人は「宮ヶ瀬《みやがせ》さくら」。

「やっほー、さくらちゃん!」

思わず声に出た。洗濯物を抱えて二階から降りてきた母が、

「ああ、それね。ポストに届いてたわよ」

と、封筒を指さす。「だあれ?」と聞かれ、

「春のキャンプのときのね」

と返した。

奈月は春休みに、子どもキャンプの引率者として、小学校高学年の子たちと一緒に山梨へ

キャンプに行った。大学にボランティアの募集が来ていて、申し込んだのだった。

交通費しか出なかったけれど、無料で参加させてもらえてラッキーだと思うぐらい、たのしい経験だった。手紙をくれた宮ヶ瀬さくらちゃんは、奈月と同じ班で、なかでも特に奈月のことを慕ってくれた一人だ。

手紙を持って二階に行き、雨で濡れたスカートを脱いでスウェット地のハーフパンツに着替えた。机の前に座って、はやる気持ちを抑えながらハサミで封を切る。

そのときふと、小学生のときの、ある出来事が頭に浮かんだ。奈月がさくらちゃんと同じ六年生の頃のことだ。

校外宿泊学習で他の地域の小学校の生徒と仲良くなり、手紙をもらったことがあった。学校から帰宅すると、今日みたいにダイニングテーブルの上に封筒が置かれていた。自分宛の宛名を見て喜んだのもつかの間、すでに封が切ってあったことに、奈月は大きなショックを受けた。

「開けたの？　なんで開けたの？」

母に詰め寄ると、母は、「ごめんごめん、間違えちゃった」と言った。そして、「なんだか、とっぽい子ね」と続けたのだった。奈月はカッと顔が熱くなった。中身まで勝手に読んだのだ。

けれどそのとき、奈月は母に言い返す言葉が見つからなかった。なにも言えずに、ただただだ悔しい気持ちだけがいつまでも残った。

「今思い出しても、ひどいよね」

奈月は声に出して言ってみた。言葉にしないと、あの頃のもやもやした思いがよみがえって心のひだにべったりと張り付き、母をうとましく思ってしまいそうだった。

――なっちいへ
こんにちは。わたしのこと覚えていますか？　春休みの山梨キャンプのBはんで、なっちいといっしょだった宮ヶ瀬さくらです。なっちい、元気ですか？　キャンプの感想文集がとどいたので読んでいたら、なっちいのことがむしょうになつかしくなって、手紙を書いています。

春のキャンプ、ちょうおもしろかった！　ハンバーグ作りのとき、タマネギをなっちいと切ってたら涙がめっちゃ出てきて、二人で涙を流して、うおーって言いながら切ったのがおかしかったよね！

朝の散歩は気持ちよかったし、一日目の夜のきもだめしはマジでこわかったあ！　二日目のキャンプファイヤーで歌をうたってたら、みんな泣き出しちゃって、わたしも泣いちゃって、なっちいも泣いちゃったよね。カンドー！

あー、本当にたのしかった！　夏休みもキャンプに参加しようと思ってます。また、なっちいに会えたらいいな。会いたいなあ。元気でね、なっちい。また手紙書きます。

宮ヶ瀬さくらより——

キリンやゾウ、ライオンやクマのかわいい動物柄の便せん二枚に、大きな字で書いてあった。

「んもうっ、さくらちゃん！　覚えてるに決まってるでしょ！」

手紙に向かって、奈月は大きな声を出した。

神奈川県が主催した高学年キャンプには、県内各地から希望者の小学生が訪れた。川で釣りをしたり、森を探検して飯盒《はんごう》炊さんをしたり、テーマを決めてディスカッションをしたりと、有意義な活動内容だった。

さくらちゃんの将来の夢は、ファッションモデルだ。それぞれが自分の夢を発表したとき、男子たちはサッカー選手やユーチューバーが多かったけれど、女子たちは堅実で、保育士、看護師、学校の先生、カフェの店員、などが多かった。そのなかでさくらちゃんの夢は、多くのきらめきを持って奈月の胸に届いた。

さくらちゃんが、決して夢物語でモデルと言っているのではないことは一目瞭然だった。小学六年生になる時点で、すでに百六十六センチある身長。持てあますような長い手足と小さな頭部は夢への合格点に達していたし、どこかコケティッシュな顔立ちはいかにもファッション界の巨匠が気に入りそうだった。

他の子たちと十五センチ以上の身長差があっても、さくらちゃんはいつでも背筋を伸ばし胸を張って堂々としていたし、誰に対しても気さくな態度で接し、自分の意見もはっきり言えた。

さくらちゃんは、必ずや世界的なモデルになると奈月は確信している。もし途中で夢が変わったとしても、さくらちゃんはきっと新たな夢を叶《かな》えるだろうと思うのだ。

「あと五センチ欲しかったあ」

と、奈月はひとりごちて、ははは、と笑ってみた。奈月の身長は百五十四センチ。思い立って、さくらちゃんとのツーショット画像をひさしぶりにスマホで見てみた。ひょろりと背の高いさくらちゃんの横で、奈月は手を自分の頭に置いて、「参ったなあ」という顔を作っている。

残念ながら、身長は母に似てしまった。高二のとき、当時六年生だった賢人に抜かされたのは、かなりショックだった。母は百五十一センチなので、奈月のほうが三センチ高いけれど、やっぱりもう少し欲しかったなあと思う。賢人はすでに百六十八センチある。もしかしたら、もう百七十センチに届いたかもしれない。この三年間でタケノコのようににょきにょきと背が伸びた賢人を見て、パパ譲りでよかったと、たまに母が言う。

奈月は引き出しのなかから、かわいいレターセットを選び、すぐさまさくらちゃんに返事を書いた。途中、五年生までに習っていない漢字を書いてしまって、一枚書き損じたけれど、さほど時間はかからなかった。あとは切手を貼って投函《とうかん》するだけだ。

奈月は、さくらちゃんからの手紙をスマホで撮影して、御蔵くんに送った。

〈かわいいお手紙もらったよん〉

今日のこの時間はバイトだろう。御蔵くんはマンガ喫茶で週三回働いている。やることさえきちんとやれば自由時間が多くて楽だよ、と言っていた。

〈よかったね〉

めずらしく早い返信だ。きっと今が自由時間なのだろう。奈月は、やったね、という吹き出しがついているスタンプを返した。既読になったけれど、御蔵くんからの返信はなかった。

奈月は続けて、

〈ベトナム旅行は、ダナンじゃなくてフーコック島になりました〉

と送った。

〈りょ〉

もっとなにか書いてほしかったけれど、これもまた御蔵くんらしいと思い直し、なんでもかんでも御蔵くんの好感度アップに結びつけてしまう最近の自分は、おままごとの幸せごっこをしているようにも思えて気はずかしくなる。

来年からは教育実習がはじまる。奈月は小学校教諭になりたいと思っている。子どもの頃からずっとそう思ってきた。子どもの頃から、子どもが大好きだったのだ。

教育実習はいろいろ大変だと、先輩たちから耳にする。授業の準備や朝の早さ。まれに対応の悪い先生に当たることもあるらしい。

奈月は、自分が卒業した小学校に教育実習に行くことを想像する。もちろん大変だろうけど、未知なる経験は自分を成長させてくれるに違いない。かわいい子どもたちの、たくさんの輝いた目。自分はきっと、そこでまた小学校教諭への夢を確固としたものにすることだろう。


母から話があると言われたのは、試験が終わった次の日だった。試験は、まあまあの出来だったと自負している。

すでに日の高い空には、一面の青色が広がっている。夏の到来だ！　夏が来ると思うだけで、気持ちをこんなに高揚させてくれるなんて。季節の役割って、なんてすばらしい。

「こないだ強司伯父さんが行ったんだってね」

食卓でテレビを見ながらぼんやりしているところに、母から声をかけられた。

「え？　ああ、ケリコにね。会社の人を連れて来てくれたよ」

奈月は大きく伸びをして、バターとイチゴジャムをつけた六枚切りのトーストをかじった。

昨日は大学の友達とカラオケで盛り上がり、さっき起きたばかりだ。十一時半。ブランチというより、ランチだ。

「賢人は？」

賢人がいてもいなくてもどうでもいいのだが、つい癖みたいに聞いてしまう。中学生は十日ほど前から夏休みに入った。奈月は今日から休みだ。

「塾。夏期講習よ」

「へえ、ちゃんと行ってるんだ」

えらいじゃないの、と思う。

「あれ、お母さん。今日、仕事じゃないの？」

「今日は休み」

ふうん、と鼻息まじりに返す。

「奈月、何時に家を出るの？」

「二時頃。なんで？」

今日は五時からバイトだ。その前に買い物でもしようかと考えている。

テレビでは、芸能人逮捕のニュースに、司会者が前のめりになって唾を飛ばしている。こういうのは好きじゃないと思い、チャンネルを変える。そこでも同じニュースを扱っていた。鬼の首でも取ったかのような司会者の態度も同じだ。

地デジからBSに変えて番組をさがしていると、再放送のベトナム旅行記が放送されていた。

「ラッキー」

小さく言って、ミニトマトを口に入れる。

「フエかあ」

若手俳優が古都フエをまわっている。

「やっぱりフエもいいよねえ」

アオザイを着た美しい少女たちが、俳優の質問にはずかしそうに答えている。

「この人、パクチーが苦手なんだあ。おいしいのにね」

「奈月」

「ん?」

「話があるんだけど」

「なに?」

「ちょっと大事な話なのよ」

いつのまにか、母が奈月の前に座っていた。そこは普段、父が座っている席だ。

「なに?」

テレビから目を離して向き合ったら、母がすかさずテレビを消した。

母はへんな顔をしていた。笑顔みたいな、幽霊みたいな、割ったお皿をむりやり接着剤でくっつけたみたいな、拾ったお金を交番に届けずにポケットに入れてしまったみたいな。

「うまく説明できる自信がないから、これを見て欲しいの」

母はそう言って、一枚の紙を取り出した。

「はあ?」

怪訝な声を出して母を見ると、母は三つ折りになっていた紙を広げて、テーブルの上で伸ばした。役所関係の書類らしいことはすぐにわかった。

「なにこれ」

「戸籍謄本。見てくれる?」

奈月のほうに差し出すので、手に取った。一瞬、パスポート申請のことが頭をよぎったが、すでにパスポートは出来上がって手元にある。

嫌な予感がした。ほんの一瞬、自分はもしかしたら、養子なのだろうかと訝《いぶか》った。父からは丸い鼻と大きな口を、母からはまっすぐな髪と大きな瞳、それと小柄な体型を引き継いだと思っていたが、他人のそら似だったのかもしれない。奈月は頭のなかで、めまぐるしく野田家の長女の「間違い」をさがした。

戸籍謄本には、父と母の名前が大きく書いてあった。克典。真依子。それぞれの枠には、各祖父母の名前が記されている。野田公郎《きみお》、野田邦子《くにこ》、青海義雄《おうみよしお》、青海春恵《はるえ》。

父方の祖父母は、奈月が小学校にあがる前に亡くなっており、はっきりとした思い出は少ない。母方の祖父母は健在で、お正月には親戚一同がそろう。

上から順番に目を通していき、あるところで突然の違和感があった。母の出生地欄だ。

「……ヴェトナム国ニャーチャン市……？」

ベトナムということだろうか。ニャーチャン？　そんな地名あっただろうか。

ここに書いてあるのが、国と市名だということは理解できるが、それが意味するものがわからない。

「ベトナム国ニャチャン市」

母が明瞭に言った。奈月は母の顔を見た。母は、さっきとは違うへんな顔をしていた。笑顔のような、幽霊のような、泥棒に秘密のヘソクリを盗まれたような、鏡でキメ顔を練習しているのを見られたときのような。

「お母さんね、ここで生まれたらしいの」

奈月は一瞬ぽかんとしたあとで、そうなんだ、とかろうじて口に出した。

「……ベトナム生まれってこと？」

「そうなの」

奈月は、こんがらがった頭の中身を整理した。母、野田真依子はベトナム生まれ。

「やだ、なんでもっと早く言ってくれなかったのよ。わたし、旅行でベトナムに行くって知ってるよね？」

うん、と母がうなずく。

「おじいちゃんの仕事の関係でベトナムに赴任してたってこと？　お母さん、何歳までベトナムにいたの？」

「わたしは五歳までいたらしいの。覚えてないんだけどね」

「そうだったの⁉　なんで今まで黙ってたのよ。海外生まれなんて、かっこいいじゃん。それに、わたしの初海外がベトナムなんて、超偶然じゃない？　なんか運命っぽい」

なんだかピンとこない会話だと頭のどこかで思いつつ、奈月はそう返した。

「わたしもびっくりしたわ。奈月がまさかベトナムに行くなんて」

母の顔は相変わらずへんだった。

「話って、このこと？」

「うん、まあ」

ベトナムで生まれたことを、母がなぜ今まで秘密にしていたのか、奈月にはわからなかった。隠すようなことではない。不完全燃焼の消化不良。

奈月はいつもと違う母の顔を見ているのが嫌で、席を立とうとした。

「ちょっと待って」

腕をつかまれ、「奈月」と、呼び止められた。

「なに。なんなのよ」

奈月はなぜか無性に腹立たしかった。

「あのね、お母さんね、ベトナムで生まれたっていうだけじゃないの」

「痛い。放して」

ああ、ごめん、と言って、母が手を放す。

「一体なんなの。わけわかんない」

母が大きく息を吸い込んだ。

「わたしね、ベトナム人なの」

「……はあ?」

奈月は母の顔をまじまじと見た。

「わたし、ベトナム人なのよ。奈月と賢人は、日本人とベトナム人のハーフなの」

あっ、今はダブルって言うんだっけ。そう続けて、母は遠慮がちに乾いた笑い声をあげた。

「……ベトナム人? お母さんが? どういうこと? わたしがハーフ? なにそれ?」

母は首を少し傾けた。一気に歳《とし》をとったみたいだ。母、野田真依子はベトナム人。奈月は胸のうちでそうつぶやいたが、頭にきちんと入ってこない。

「……じゃあ、おじいちゃんとおばあちゃんもベトナム人ってこと?」

「うん」

「蘭伯母さんと強司伯父さんは？」

母が同じようにうなずく。

「なにそれえ⁉ じゃあ、大地と遥と美咲《みさき》も日本人とベトナム人のハーフってこと？」

大地と遥は強司伯父さんの子どもで、美咲は蘭伯母さんの子どもだ。

「このこと、みんな知ってるわけ？ 賢人は？」

母はゆっくりと首を振って、

「賢人は知らないわ」

「大地と遥は？ 美咲は？」

「大地と遥は知らないと思う。美咲はたぶん知ってる」

「なにそれ」

さっきから同じ言葉しか出てこない。

美咲家族は母方の祖父母と一緒に、稲城市に住んでいる。美咲は高校二年生だ。

奈月が美咲のことを頭に思い浮かべた瞬間だった。これまで奈月が感じていたかすかな引っかかりが、ふいに一本の糸でつながった。

おじいちゃんとおばあちゃん、蘭伯母さん、美咲。彼らには、確かになにか隠し事があった。隠し事というか、あやふやな感じがいつもつきまとっていた。おじいちゃんの家に遊びに行くたびに、奈月は曖昧模糊《もこ》とした、よくわからない感覚に陥った。

おじいちゃんとおばあちゃんの話し方は、少し変わっていた。たまに、まったく通じないときもあった。それを伯母さんが、わかりやすく説明してくれた。美咲にはちゃんと通じているようだった。

おじいちゃんとおばあちゃんは、訛《なま》っているのだと奈月は思っていた。山深い北の国や、遠い南の孤島。そんなところで生まれ育ったのだと、奈月は本気で思っていた。

蘭伯母さん、おじいちゃん、おばあちゃんは、強司伯父さんのことを「クオン」と呼ぶ。へんなことだなんて、ちっとも思わなかった。子どもの頃からのニックネームだと信じて疑わなかった。

けれど、今改めて考えてみたら、なんとおかしなことだろうかと思う。本気で、それが当たり前のことだと思っていた自分は、よほどのお気楽者ではないだろうか。

「……今さらなによ」

「ごめんね」

「もっと早く言ってほしかった」

奈月は、それが本心なのかどうか自分でもわからなかったが、そんな言葉が自然と口をついていた。ごめんね、と母が謝る。

「でも帰化しているから、戸籍上は日本人なの。もちろん奈月も賢人も」

今この時点で、戸籍のことは二の次だった。母がベトナム人だということが衝撃すぎて、そこまで頭が回らない。

「ベトナム戦争って知ってる？」

「知ってるに決まってる」

そう答えると、わたしはよく知らないんだよね、と母は言った。そして、

「おじいちゃんとおばあちゃん。強司伯父さんと蘭伯母さんとわたし」

と、さっき「ベトナム国ニャチャン市」と言ったときのように、やけに明瞭な声を出した。

「わたしたちね、ボートピープルだったの」

奈月は、めまぐるしく頭を働かせた。言葉が空中ではじかれて、頭に入ってこない。

「……ボートピープルってなんだっけ？」

自分の口から思いがけず軽い調子の声が出て、奈月は舌打ちしたくなる。

「ベトナム戦争の難民として、ボートに乗って日本に来たのよ」

「はああ？　なにそれえ？」

かぶせるように言ったその声も、妙に明るく響き、奈月は自分を叱《しか》りつけてやりたかった。

気持ちと声のギャップが気味悪い。

「ボートピープルだったのよ」

自分に言い聞かせるように言った母は、もうへんな顔ではなかった。いつのまにか、いつもの母の顔に戻っていた。

「なによ、それ。笑えるんですけど」

これまで出したことのないような甲高い声が出た。

「ボートピープルって、なんなのそれ！　めっちゃヤバいよね！」

頭蓋骨の外側がしびれたように、じんじんしていた。

第三章　春恵

「スアン、スアン！　まったく、あの子はどこに隠れているんだろうね」

祖母が腰に手を当てて、頭を振っている。

「バーノイ。チー・スアンなら、あそこよ」

妹のダオが言って、こちらを指さした。

「スアン、早く支度をおし。もう出ますよ」

レ・ティ・スアンは、満開の花を咲かせている庭のオオバナサルスベリの陰から、ひょいっと顔を出した。祖母と目が合い、早くしなさい、と視線で合図を送られる。

オオバナサルスベリのレースのような紫色の薄い花びらに、くっきりとした花脈がきれいに映っている。スアンは指先で花びらをそうっとなぞって鼻を近づけた。夜の間の湿り気をまとって、濃密に香っている。ああ、いい香り。

五月半ば。もう少しで長い夏休みがはじまる。夏休みが明けたら、スアンは中学生だ。

「スアン！　いいかげんにおし」

祖母の大きな声にびくっとしたら、黄色い花粉が鼻先をかすめた。

「今行く！　バーノイ、待って！」

かけ足で二人に追いついたところで、ダオに「おしゃべり！」と嚙みついた。ダオはすまし顔で歩いている。

「なにその歩き方。モデルのつもり？」

ダオは将来、モデルになりたいらしい。毎日鏡を見てかわいい角度を研究して、手をひらひらさせながら、爪先から地面につけて歩くという奇妙な歩き方の練習をしている。

「黙って、チー・スアン」

ひとつ違いの四年生のダオは、おませだ。おしゃれのことばっかり。

「バーノイ」

スアンは意味もなく「おばあちゃん」と呼びかけ、祖母と腕を組んだ。スアンと祖母は海に着くまで腕を組んだまま歩いていった。スアンは、このちょっと厳しくて、それでいて懐の深い祖母が大好きだ。

「ほら、急ぐよ。太陽が顔を出しちまう」

浜に着き、スアンとダオは祖母に促されて、母が作ってくれたおそろいのかぶりのワンピースを脱いで海水着になった。母は裁縫が得意で、スアンとダオのワンピースやスカートをさっと作ってくれる。

サンダルを脱いで白い砂に素足をのせた瞬間、スアンとダオは手をつないでかけ出した。どんなにケンカをしていても、砂浜を走るときはダオと手をつなぐ。理由なんてないけれど、そういうふうになっている。

わあっ、と二人で声を上げて海に入る。これも毎日のことだけど、声を上げずにはいられない。

「しずかに入りなさい」

大きな身体を揺らして、祖母がゆっくりと海に入る。その姿を見て、なにもおかしくないのだけれど、やっぱりダオと顔を寄せ合ってくすくすと笑ってしまう。

海に入った瞬間はつめたいって思うけれど、身体は瞬く間に水温に慣れて、自分はもっとずっと前から海のなかにいたように感じる。

早朝のこの時間、多くの人が水浴びをしている。おじさんよりおばさんのほうが多い。スアンのうちでも、水浴びに来るのは女ばかり。たまに祖父が一緒に来ることもある。

「ほら、太陽が昇るよ。日の出だ」

太陽が昇る方向の海面が、赤くにじんで揺れている。スアンは爪先で砂底を蹴って身体を上下させながら、水平線に目をやる。

「出た！」

太陽が頭を出した瞬間、まばゆい光線が空と海に放射線状に広がった。太陽ってなんであんなに赤いんだろうと、毎日思うことを、今日もスアンは思う。祖母は首まで海水に浸《つ》かったまま、太陽に顔を向けて目を閉じている。

ニャチャンの海。急に深くなる場所があるから要注意だけれど、多くの恩恵を与えてくれる。毎日、太陽の昇る時間に海に来て、身体の熱を取る。

ニャチャンはサイゴンからおよそ四百キロ北東に位置する、南シナ海に面する街だ。ベトナムは四年前の一九五四年に南北に分かれ、その翌年、ニャチャンのある南側はベトナム共和国となった。

「きゃっ！」

ぼんやりしていたところに、ダオが海水をかけてきた。

「ダオ、やめてよ。痛い、目に入った！　やめてってば、もうっ！」

しつこく海水をかけてくるダオにしびれを切らしたスアンは、思い切りジャンプして、ダオの頭を海のなかに突っ込んだ。ダオがやみくもに手をばたつかせる。水しぶきが盛大に顔にかかる。

「プハッ！」

ずぶ濡れになった髪をふるいながら、ダオが「ひどいっ！」と声をあげる。

「息ができないじゃない！」

「ダオが先にやったんじゃない」

「だからって、ひどい！　鼻に海水が入って痛い！」

鼻水をたらしながら、ダオが泣き出した。わざと大きな声で泣いている。ダオはすぐに泣く。

「スアン」

見ればすぐ後ろに祖母が立っていた。さっきまで海のなかに隠れていた、祖母の肉づきのよい肩と豊満な胸元が海面からにゅっと出ている。

「バーノィ、チー・スアンがひどいことしたの」

ダオが祖母に泣きつく。

「スアン」

もう一度名前を呼ばれた。わたしだって目が痛い、と抗議する前に、

「妹にはやさしくするのが姉の務めだ」

と、低い声で言われた。

「さあ、もう行くよ」

ダオは祖母にべったりとくっついたままの状態で、海からあがった。スアンはその後ろを、肩を落としてついていった。お姉ちゃんなんてつまらない。ダオは五人姉兄妹の末っ子だ。年少者のダオは、みんなから特にかわいがられている。ずるい、たったひとつしか違わないのに。

浜辺で軽く身体を拭いて、家路につく。ダオはすっかり機嫌が直って、一人でまたモデル歩きをはじめている。スアンはつまらない気持ちのまま、二人から距離を置いて小石を蹴りながらわざとゆっくり歩いた。

「スアン」

名前を呼ばれて顔を上げると、祖母が目の前に立っていた。待っていてくれたらしい。ダオは、もうずいぶん先に行っている。

「バーノイは、ぜんぶわかってるさ」

祖母がやさしく微笑む。

「バーノイは、ちゃあんとわかってる。スアンがとってもいい子だってことをね」

そう言ってスアンの腕を取って、さわさわとさすった。祖母の手は、ぷっくりと厚くて温かいけれど、手のひらは少し荒れていて、ときおりスアンのすべらかな肌に引っかかる。その感触がとても好きだと、スアンは思う。スアンという名は、祖母が名付けたと聞いた。春という意味だ。

「バーノイ大好き」

「わたしもだよ、おてんばスアン」

言いながら、祖母がスアンの肩をぎゅっと引き寄せた瞬間、スアンのつまらない気持ちはあとかたもなく消えていった。

お手伝いのチュンさんとハンさんが、朝食の用意をしている。

「バーノイ、エム・スアン、エム・ダオ。海はどうだった？」

高校二年生の兄クックが、戻ってきたスアンたちに笑顔を向ける。

「そりゃあ、気持ちよかったさ、朝の新しい太陽と海はいつだって最高だ。ねえ、お二人さん」

祖母がスアンとダオに顔を向ける。

「うん、最高だった。でもね……」

ダオが目を見開いてあごを持ち上げる。みんなの前で、スアンに沈められたことを言いたくてたまらないのだ。

「ダーオ」

祖母がゆっくりと名前を呼んでダオを見つめると、ダオは口をつぐんで姿勢を正した。

「姉妹で仲良く過ごせたね」

祖母の言葉に、スアンとダオはうなずいた。この話はもうおしまい、ということだ。ダオと目が合うと、ダオはおもしろくなさそうにスアンから目をそらした。

「なんかあったんだな、きっと」

中学二年生の兄ホップが、スアンとダオを交互に見て、含みのある表情でにやりと笑う。

スアンとダオは、聞こえないふりをしてそっぽを向いた。

「ホップも一緒に海に入ればいいのにねえ。顔のニキビがきれいに治るよ」

祖母が言うと、ホップは「うへえ」と眉を持ち上げて、それきり黙った。そのうちに、庭で身体を動かしていた祖父と父が食卓に着き、母も椅子に座った。

レ家は、祖父、祖母、父、母、長兄、次兄、自分、妹の八人家族だ。二十二歳の年長の姉、トーアは結婚してダラットに住んでいる。二歳になる甥《おい》のロンがとてもかわいくて、スアンは写真を一枚もらって、いつでも見られるように必ず持ち歩いている。

「さあ、食べよう」

スアンは父の声が大好きだ。低くて重厚でやさしくて。寡黙で穏やかな父。

卵スープ、野菜炒め、揚げ豆腐、ご飯。チュンさんとハンさんが作る料理はとても美味《おい》しい。レ家は熱心な仏教徒なので、日頃から肉や魚はほとんど食べない。

「さっき、見よう見まねでカラテをやったら、なんだか首の筋がおかしくなったよ」

祖父が首を回しながら言う。祖父はおしゃべりだ。いつでもたのしそうに笑っている。

「オンノイ、昨日は腰を痛めたって言ってなかった？」

クックが心配そうにたずねると、祖父は「そうだっけ」と返して、目玉をぐるりと回した。ホップは今にも噴き出しそうな顔だ。スアンも笑いたいのをこらえた。毎日どこかを痛めたと言うけれど、祖父の口癖のようなものだから誰も気にしていない。やさしい長兄だけが、心配して声をかけるのが常だ。

「今朝は鳥の声がチチチ、チチチって、そりゃあ、きれいな声だったよ。あんなきれいな声、はじめて聞いたなあ」

「オンノイ、昨日も同じこと言ってたよ」

ダオがすかさず返すと、祖父は「そうかあ?」と、機械人形みたいに首を傾げたあと、一人で豪快に笑った。

太陽の光が、庭にさんさんと降り注いでいる。オオバナサルスベリの花びらは、魔法の光のシャワーを受けて、透き通るような色味に変わっている。

「そろそろ時間よ」

母が時計に目をやる。二人の兄が立ち上がり、スアンとダオも箸を置いた。

「行ってらっしゃい」

「メー、行ってきます」

競走するように、勢いよく家を飛び出して行こうとするスアンとダオに、

「女の子なんだから、少し慎みなさい」

と母が声をかける。スアンとダオは目配せして、「はーい」とそろって返事をして、おしとやかに歩いて家を出た。しばらくして振り返り、誰も見ていないのを確認してから全速力でかけ出す。

「スアン、ダオ」

父が娘の名前を呼びながら自転車でやってきて、二人を追い越してゆく。

「たくさん勉強しておいで」

「バー！　行ってらっしゃーい！」

父は役所に勤めている。二人は大きく手を振り返した。父は笑顔で何度も振り返りながら、自転車をゆっくりとこいでいった。

スアンは算数が好きだ。割り算をすると数字が分かれていくところや、足し算が集まった、かけ算の妙をおもしろいと思うし、小数点をつけると永遠に数字が続いていくところもたのしい。

「スアン、教えて。わかんない」

小数点のかけ算のおさらい。隣の席のフォンだ。

「小さい位から順番にやっていけばいいんだよ」

「ああ、そっか」

昨日も教えてあげたのに、フォンはすぐに忘れる。いちばんの仲良しのリエンにそのことを言うと、リエンはスアンの耳元に口を寄せて、

「フォンはスアンのことが好きなのよ。だから、わざとスアンにたずねるの」

と声をひそめた。スアンは驚いて、息が止まりそうになった。

「へんなこと言わないでよ」

「ちっともへんじゃないわ。だって、見ればわかるじゃない。フォンはいつでもスアンのことを見てるのよ。ほら」

リエンの視線をたどると、フォンとばっちり目が合った。フォンはびっくりしたように瞬《まばた》きをしたあと、なんだよ、と言わんばかりに口をとがらせた。

「照れてる」

リエンがくすくすと笑う。

「そんなんじゃないわよ。へんなの」

スアンは心から思って、そう言った。へんなの！

「スアンはお子ちゃまね。好きな男の子いないの？」

「いるわけないじゃない。リエンはいるの？」

「もちろん」

「誰？」

「言わない」

「教えてよ」

「いやよ」

「じゃあ、いい」

スアンがそっぽを向くと、内緒よ、と前置きして、「ティンよ」とリエンが告げた。

「なあんだ」

「なあんだ、ってなによ」

「だって、ティンは人気者じゃない。みんな好きでしょ」

「わたしの気持ちはみんなとは違うの。特別なの」

リエンが泣きそうな顔で声を張ったので、スアンは驚いた。

「絶対に内緒よ」

そう言って、スアンの腕をぎゅっとつかむ。

「わかった」

スアンは殊勝にうなずいたけれど、なんだか胸のあたりがもやもやした。男の子を好きになるなんて、リエンってませてる。特別の好きってなに？　そもそも、男の子のことを好きになったりしていいの？　結婚する人しか好きになっちゃいけないんじゃないの？

「ねえ、リエン。好きってどういう気持ち？」

スアンの問いに、リエンは大仰に目を見開いた。まるで、幼い子の拙い質問にわざと驚いた振りをしたみたいに。

リエンはゆっくりと胸に手を当てて、

「ティンを見ると心臓がドキドキするの」

と、言った。

「なにそれ、病気じゃない。病院に行ったほうがいいんじゃないの。大丈夫なの？」

スアンが真面目に返事をすると、リエンは呆れたように頭を振って足を大きく鳴らした。

そりゃあ、ティンは少しだけかっこいいし、サッカーも得意だし、勉強もできてやさしいけれど、だからって心臓がドキドキするなんて、やっぱりへん。

「リエンはティンと結婚するのね」

スアンが言うと、

「そんなのまだわからないわ」

と、頰を赤らめながらリエンが小さく答えた。そんなリエンを見ていたら、スアンはどういうわけか、腹立たしいような心持ちになった。なんだかいやだ。へんなの。

自分では理解しがたい気持ちを持てあまして、スアンは思い切り大きな音を立てて椅子を引いた。

「おおっ、こわっ」

声に振り向くと、後ろにティンが立っていた。ティンのことを考えていたところだったから、ものすごくびっくりした。

「そんなに驚かないでよ」

ティンがおかしそうに笑ったところで、「ねえ、スアン」と、リエンに名前を呼ばれた。

「なに？」

「なんでスアンは髪の毛を伸ばさないの？　いつになったら伸ばすの？」

顔が赤くなった。スアンはおかっぱ頭だ。リエンは、肩下まである髪を左右で三つ編みにしている。

「知らないっ！」

大きな声が出た。ティンとリエンが目を丸くしてスアンを見る。そんな二人を見たら、さらに顔がカアッと熱くなって、スアンは教室から飛び出した。早足に廊下をずんずんと進む。

去年ぐらいから、女の子たちはみんな髪を伸ばしはじめている。妹のダオも伸ばしていて、ダオのほうがスアンより長い。母親にも髪を伸ばすように言われたけれど、スアンはいやだった。だって、おかっぱのほうが楽ちんだし、速く走れるような気がする。

それにしたって、わざわざティンの前で髪のことを聞いてくるなんて、リエンって意地悪だ。なんであの場面で、そんなことを聞いてくるの？　べつに髪なんて伸ばしたくないから関係ないけれど、でも、なんだか悔しくてつまらなくて、涙がにじんできそうになる。

「……もういやっ。知らないっ」

フォンもティンも嫌い。男の子なんて嫌い。そんな男の子を好きになるリエンもばかみたい。結婚できなくなっても知らないんだから！

「スアン」

リエンだ。追いかけて来てくれたらしい。

「ごめんね」

しょんぼりとした顔で、リエンが謝る。スアンはしばらく無視していたけど、そのうち面倒になって、いいよ、と言った。だって、やっぱりリエンのことが好きだもの。

「教室に戻ろう」

「うん」

二人で手をつないで教室に戻る。

「わたしたち、親友だよね」

リエンが言い、スアンは大きくうなずいて、親友だよ、と握っている手に力を込めた。生ぬるい風が二人の髪を揺らす。

もうじき夏休み。家族で近くの島に遊びに行くのがたのしみだ。海で泳いで、みんなでキャンプをするのだ。姉夫婦も来ると聞いた。早くロンに会いたい。母から教わった得意のプディングを、ロンに食べさせてやりたい。


真っ白いアオザイの制服。円錐《えんすい》形の笠《かさ》帽子、ノンラーの下に長い髪が揺れている。一九六五年、スアンは十七歳になった。公立中高一貫校の、女子高の三年生だ。妹のダオも一緒に通っている。

「おはよう、ダオ。乗ってく？」

「おはよう、トゥアン。乗っていくわ。ありがとう」

自転車でやってきたクラスメイトのトゥアンに声をかけられたダオが、荷台に腰をおろす。

「チー・スアン、お先に」

「行ってらっしゃい。エム・ダオ」

ダオに手を振り返して、白いアオザイが美しく揺れる通学路を歩いていると、スアン、と声をかけられた。

「おはよう、リエン」

幼なじみのリエンも同じ学校だ。

「風が気持ちいい」

海風がニャチャンの町を通っていく。風が通るたびに、艶のある長い黒髪がさらさらと流れる。朝の七時を過ぎたところだけれど、すでに陽は高い。ベトナムの太陽はいつだって力強い。

「リエン。見てあの子」

反対側の通りで、なわとびをしている男の子たちがいる。まだ就学前だろう。二人が縄を回して一人が跳ぼうとしているのだけれど、なかなかタイミングがつかめないようで、顔を突き出しては引っ込めることを繰り返している。

「おかしいわね。笑っちゃう。かわいいわ」

「ほんと、かわいいわね。五歳ぐらいかしら」

そのうちに、縄を回している男の子が業を煮やして交代しろ、というしぐさをした。けれどその子は頑としてゆずらず、縄を持とうとしない。しまいには、べそをかきはじめた。

「あーあ」

立ち止まって見ていたスアンとリエンの声に反応するように、男の子の泣き声が大きくなり、こちらにまで聞こえてきた。

「スアン、行こう。遅れるわよ」

「先に行ってて。すぐに行くわ」

スアンはそう言って、通りを渡った。

「スアン！　まったくもう！」

リエンの声を背中に聞きながら、スアンはなわとびをしている男の子のところにかけ寄った。

「わたしが教えてあげる」

泣いていた男の子は泣き止《や》んでスアンの顔を見上げ、縄を持っている男の子二人もきょとんとした顔で、やっぱりスアンを見上げた。

「縄を回してくれる？」

スアンが声をかけると、縄を手にしていた男の子たちが縄を回しはじめた。

「いい？　わたしが『今よ！』って言ったら、輪に向かって走るの。怖いことなんてなにもないの。とってもおもしろいわよ。いい？」

男の子がうなずく。

「よーく縄を見て。縄が向こう側を回ったときに入るの。ほら、今のところね。わかった？じゃあ、次ね。1、2、3のあと、声をかけるわよ。いいわね、せーの。いーち、にー、さーん、今よっ！」

その瞬間、スアンは男の子の背中をそっと押した。男の子は勢いよく輪に入っていき、見事跳ぶことができた。

「できたじゃない。すごいわ」

「ぼく、できた！　簡単だった！」

男の子は鼻の穴をふくらませてご満悦顔だ。

「みんなで仲良く遊ぶのよ。じゃあね」

スアンはそう言い残して、元来た通りに戻った。リエンが腕を組んで待っている。

「待っててくれるなんて、やさしいんだあ」

おどけて言うと、リエンは、

「わたくしはスアンお嬢様のお目付役ですから」

と、右手をお腹の位置に置いて恭々しくおじぎをした。誰々のお目付役、という言い回しは、スアンたちの最近のお気に入りフレーズだ。

「あの子、ティンに似てたのよ。年も同じぐらいだと思う」

「ティンってお姉さんの子どもだっけ」

「うん、下の子ね。上のロンはもう小学四年生」

ロンとティンを思い出すと、会いたくてたまらなくなる。姉家族はティンを妊娠中にニャチャンに帰ってきて一年間滞在していたけれど、すぐにまたお義兄《にい》さんの仕事の都合でダラットに戻った。

「ほら、急ごう。遅刻しちゃう」

「うん」

アオザイの裾をひるがえして、二人は学校までかけていった。

「今日、学校終わってからどうする？」

クラスメイトのアンとハオ、幼なじみのリエン。スアンはこの三人と仲良しで、いつも一緒にいる。将来は四人で一緒に暮らしたいと思うくらい、リエンとアンとハオのことが好きだ。

「チェーは絶対だよね」

少しぽっちゃりめのハオが言う。ハオは色白。うらやましい。

「アイスでもいいな」

アンだ。アンはとてもきれいな顔をしている。

「で、冷たいもののあとは？」

これはリエン。小学生のときにおませさんだったリエンは、今ではしっかりしたおねえさんタイプだ。

「うーん、どこかでおしゃべり」

「どこ？　浜でもいいし、屋台でもいいし」

「本屋さんも行きたいね」

「まあ、どこでもいいよね。おしゃべりできれば」

スアンも加わる。

「そうだねー」

結論のない会話のあとは、決まってころころと笑う。なにもおかしくないのに、なんでこんなにおかしいんだろうとスアンは思う。毎日こんな調子で、とにかくたのしくて仕方ない。

国語の先生の話し方を真似《まね》して笑って、数学の問題が難しくて笑う。テストができてもできなくてもおかしくて、誰かがくしゃみをしただけでも笑ってしまう。

クラスにはいくつかの仲良しグループがあるけれど、グループを超えてクラスみんなの仲がいい。制服の白いアオザイは百合《ゆり》の花みたいで、クラス中、学校中が百合畑のようで華やかだ。

「わたし、なんだか急になわとびをやりたくなっちゃった」

スアンが言うと、「スアンったら！」と、またみんなが笑った。

「なんでなわとび？」

ハオはいつでも笑っているような顔だから、一緒にいるとこっちまで幸せな気分になる。

「今朝の男の子でしょ」

リエンが指を立てる。なになに？　なんの話？　リエンは、ハオとアンに登校時のことを話して聞かせた。

「スアンらしいわ！　で、跳べた男の子はどんな顔してたって？」

「こんな顔よ」

スアンは男の子の真似をして、鼻の穴をふくらませた。

「きゃあーはっはっは！　笑わせないで！」

「見てないからわからないけど、きっとそっくりー！」

「やめてー！　お腹痛い！」

笑い声につられて、クラスメイトが集まって来た。

「おもしろい話？　わたしたちにも教えて！」

リエンが朝の一部始終を、最初から説明する。

「で、そのときの男の子の顔をスアンが真似してくれたのよ。それがおかしくって！」

「スアン、やって見せて！」

「んもうっ、これが最後よ」

スアンはそう前置きしてから、さっきよりもさらに鼻の穴をふくらませて、

「ボク、デキタ！　カンタンダッタ！」

と、男の子の真似をした。

「きゃーはっはっは！　最高！　見てよ、スアンの顔ったら！」

みんなお腹を抱えて、涙を流して笑ってる。スアンもたのしくなって、これが最後よ、と言いながら、何度も朝の男の子の真似をした。何度やってもおかしくて、笑いすぎて頰が痛くなるほどだった。

「まあまあ！　若いあなたたちはいつだってたのしそうね。すばらしいことだけど、さあ、けじめをつけて。授業がはじまりますよ」

教室にやってきた英語の女性教諭が手を叩く。百合の花たちは、笑いの余韻を引きずりながら席に着き、笑顔で姿勢を正した。

放課後、結局四人は海のほうまで行くことにした。街では色とりどりの花が売られている。スアンは花が大好きだ。女の子はみんな好きだと思う。いや、ニャチャンの人はみんな、いやいや、南部の人はみんな、ううん、ベトナム人はみんな花が大好きだと思う。

グラジオラス、キンギョソウ、ブーゲンビリア、ストック、ハイビスカス、カトレア、ゴクラクチョウカ、グロリオサ、ジンジャー、バラ、プロテア、ヘリコニア……。花の色というのは、なんてあざやかで美しいのだろうと、スアンはつくづく思う。

赤、ピンク、紫、白、黄、オレンジ、こんな単純な色の名前だけでは、とうてい足りない繊細な色たち。わたしだったら、「海と空を掌握する朝日色」とか、「恋人たちの吐息色」とか、「天から落ちてきた鳥の羽根色」なんて、そんなロマンチックな名前を付けるのにな、とスアンは思いをめぐらす。

サングラスをかけた男の人が黄色い花を買っていった。「美しい陽光を集めた色」だ。これから家に帰って、奥さんにプレゼントするのだろうか。想像すると、思わず口元がほころんでしまう。

アメリカの軍人さんが二人、店先でコーラを飲んでいた。ニャチャン空港は軍用空港として使われているため、多くの軍人さんが働いている。近頃、街でもこうして見かけるようになった。ニャチャンは比較的穏やかだけど、昨年八月にトンキン湾事件があり、徐々に戦争の気配が色濃くなっているのを肌で感じる。

浜の入口に自転車を停《と》めて、屋台でチェーを注文した。

「わたし、パパイヤとマンゴー多めで」

「わたしはドラゴンフルーツ」

「わたしは白玉が好き」

顔見知りの店なので、みんなわがままにオーダーする。

「ええっと、わたしは、小豆《あずき》と寒天とタロイモとバナナとココナッツミルク大盛りで」

ハオが言い、

「それってほとんど全部じゃない」

とリエンに返され、ここでも大笑いとなった。

熱い身体につめたいチェーがおいしい。チェーはベトナムで人気のスイーツだ。豆や芋、米を甘く煮たものにフルーツや寒天、ココナッツミルク、クラッシュアイスなどを入れて、冷たくしていただく。北部のほうでは温かいチェーもあるらしい。

「ねえ、数学の宿題出てたよね。スアン教えて。今やっちゃう」

アンが言う。アンは数学が大の苦手で、「意味がわからない！」「こんなのが役に立つ日がくるとは思えない！」と、いつも数学に対して腹を立てている。

「二次関数だったよね」

スアンはバッグからテキストを出して、問いを読みあげた。

「グラフの頂点をどこに平行移動するかってことだよね。そうでしょ、アン」

アンはそっぽを向いて両手で耳をふさいでいる。

「ちょっとー、アン。聞いてないじゃない」

そう言ってスアンがアンの腕を取ると、アンは酸っぱいものを食べたときみたいな顔をして、ごめんごめんと謝った。

「もうさ、わたしはいさぎよく生きることに決めたの。数学はわたしの人生でいらないものとする！　だから、答えだけ教えて。お願い、スアン」

スアンの肩に腕を回してアンが言い、ハオとリエンが笑う。

「ったく、しょうがないわねえ」

ため息をつきつつ、スアンもおかしくてつい笑ってしまう。スアンはチェーを食べながら、数学の宿題を解いていった。

「できたわ」

はやーい！　さすが！　かっこいい！　などと、アンがひやかす。

「はい、どうぞ。お礼はアイスでいいわ」

「えーっ⁉」

「じゃあ、見せない」

「うそうそ！　アイスなんてお安いご用よ」

そう言って、アンはそそくさとスアンのノートを写した。

「では、わたくしたちもご相伴にあずかりまして」

リエンとハオが顔を合わせて、ノートを手元に寄せる。

「ずるいわっ!」

「なにがずるいのさ」

「問題が解けるのに写すのはずるいわよ。わたしの場合は本当に本気で、なにひとつできないんだから!」

ムキになって言うアンがおかしくて、みんなで噴き出す。

「アイスは三人でおごろう」

三人で話し合って最終的に合意となった。

「数学おもしろいのにねえ」

スアンがつぶやくと、三人はぎょっとした顔でスアンを見て、なかでもアンは大仰に顔をしかめて「アンビリーバブル!」と、天を仰いだ。

数学は方程式に則《のっと》って答えを導けるところも好きだ。確実な答えと問題は、当たり前だけど相互でひとつになっていて、大げさかもしれないけれど、それは陰と陽、太陽と月、光と影みたいに切っても切り離せないもので、だからこそきちんと答えを出したいと、スアンは思うのだ。

スアンは、英語や歴史みたいに暗記するものが得意ではない。国語も小説を読むのは好きだけど、文章を切り取って、これはどういう意味か？　などと問われると、うまく説明できない。自分が好きか嫌いかだけでいいじゃない、なんて思う。

「あんたたち、お気楽でいいねえ」

屋台のおばさんが言う。

「そう？　そんなことないわよ。こう見えても悩み事で頭がいっぱいなの」

ハオが答える。

「へえ、そうかい？　なにを悩んでるのさ」

「このあと、プディングを食べるかどうか……」

ハオの真剣な口調と言ってる内容がおかしくてみんなが笑い出すと、おばさんは眉を持ち上げてやれやれと首を振った。

「♪ス　ソワジュスレ　ラップリュ　ベール　プラレ　ダンスェーダンスェー」

アンが突然歌い出した。フランスの歌手、シルヴィ・バルタンの『アイドルを探せ』だ。二度目の「ダンスェー」を色っぽく歌うのがコツ。

アンが二度目の「ダンスェー」を、大げさに息を吐きながら歌い、「あっ、はーん」なんてつけたものだから、もうおかしくておかしくて椅子から転げ落ちるかと思ったほどだ。

Ce soir je serai la plus belle pour aller danser, danser
Pour mieux évincer toutes celles que tu as aimées, aimées
今夜のダンスパーティーでわたしはいちばんきれいになるわ
あなたのために踊るわ
あなたが好きになったどんな女の子よりもきれいなんだから
どの女の子よりも

アンが口ずさむうちに、自然とみんなも歌い出した。四人で肩を組んで身体を揺らして、大きな声で歌う。

Je fonde l’ espoir que la robe que j’ ai voulue
Et que j’ ai cousue point par point sera chiffonnée
わたしの望みは
期待を込めて一針ずつ縫ったこのドレスが
くしゃくしゃにされて

Et les cheveux que j'ai coiffés, décoiffés par tes mains
今夜のためにセットした髪が
あなたの手で乱されることなの

スアンは、かわいくて大人っぽいシルヴィが大好きで、あごのラインでくるりと内巻きにしている、あの髪型を真似したくてしょうがない。金髪にはなれないけれど、働きはじめたら絶対に同じ髪型にしようと決めている。

すっかり覚えた歌詞を四人で二回続けて歌い上げて、また笑う。ほんとお気楽だねえ、と屋台のおばさんも笑った。

「はーっ、大声で歌ったら喉渇いたわ。ココナッツジュース飲みたい」

リエンが言い、みんなも注文した。ココナッツジュースは女性の身体に良いといわれている。生理でお腹が痛くなったりすると、祖母は決まって「ココナッツジュースを飲みなさい」と言ったものだった。

大好きだったバーノイ。「バーノイ」と心のなかで呼ぶだけで、その姿を思い浮かべるだけで、自然と涙がにじむ。バーノイの温かい胸。バーノイの肉厚の手。スアン、と呼ぶやさしい声。厳しくも愛情たっぷりに接してくれたバーノイ。

スアンはいまだに、祖母がこの世にいないことが信じられない。六十八歳。早すぎる死だった。前日まで元気だったのに、突然胸を押さえて倒れ、意識が戻らないまま、あの世へと旅立ってしまった。教えてもらいたいことがもっとたくさんあった。もっと話したかった。バーノイに会いたくてたまらない。

「かわいいスアン。ほら、飲みなさい」

祖母のことを思い出して、さみしくなっているのがわかったのだろう。リエンがのぞきこむようにスアンを見て、とびきりの笑顔でココナッツを差し出した。青い実の上部を切ったところにストローをさした、丸ごとのココナッツ。

「ありがとう、リエン」

ココナッツを受け取って、リエンの肩に頭を預ける。

「スアンとリエンは心の友だね。親友ってやつだ」

リエンと遊んでいるスアンを見ながら、祖母がよくそう言っていたことを思い出す。

そろそろ祖母の一周忌だ。大勢の親類や友人が訪れて、祖母を偲《しの》ぶ。精進料理の準備で、前日から忙しくなるだろう。

祖母は親族のなかでも熱心な仏教徒で、菩提寺《ぼだいじ》の住職を心から尊んでいた。一昨年、寺の僧侶が焼身自殺を図るというニュースがあった。祖母はなにも言わなかったけれど、誰が見てもひどく悲しんでいることは見てとれた。スアンは、そのニュースを聞いてから亡くなった祖母が不憫《ふびん》だった。できれば知らないまま旅立ってほしかった。

一昨年までベトナム共和国の大統領だったゴ・ディン・ジエムは熱心なカトリック教徒で、仏教徒への弾圧がすさまじく、それに抗議するための僧侶の焼身自殺だった。ジエム大統領の義妹が「あれは単なる人間のバーベキューにすぎない」と発言して批判を浴び、スアンも、その言葉には胸が悪くなった。

スアンたちは南部の人間で南側の体制に属するけれど、仏教徒だ。南部の大半の人は仏教徒なのだ。ジエム大統領は、その後クーデターによって殺害された。

「ほら、飲んで」

リエンが、ほらほら、と促す。

「ありがとう、リエン」

「どういたしまして。わたくしはスアンお嬢様のお目付役ですから」

芝居がかったリエンの言葉を聞いて、スアンに笑顔が戻った。

ココナッツの果汁が、身体の乾いたところにすーっと沁《し》み込んでいく。

祖母が亡くなってから、あんなにおしゃべりだった祖父はすっかり寡黙になってしまった。

祖母はまだ若かったし、それまでずっと健康で、家族のなかでもとびきり体格がよかった。

祖父より先に死んでしまうなんて、家族の誰も思っていなかった。祖母自身も思っていなかったたろう。年かさで、ひょろりとのっぽで痩せぎすの祖父は、すっかりしょぼくれてしまった。

長兄のクックはダラットの士官学校を卒業して、現在はサイゴンの軍関係の職場で働いている。文学が好きだった長兄は詩人になりたがっていた。クックとスアンは兄妹のなかでも特に気が合っていたので、胸のうちを話してくれることがよくあった。

「このご時世、詩人じゃ食べていけないからね」

「夜寝る前に、毎日書けばいいのよ。いつでもどこでも詩人になれるわ。そうでしょ、アン・クック」

「そうだな。エム・スアン」

「アン・クックは、すでに立派な詩人よ」

そんな会話をしたことを覚えている。

次兄のホップはサイゴンの親戚宅に下宿して、市内の大学に通っている。ホップは絵を描くのが得意で、絵描きになりたいと口を開けば言っていたものだった。家には、高校生の頃にホップが描いた絵が何枚か飾られている。

二人の兄は優秀で勉強がよくできた。祖父、父ともに役所勤めということもあり、ホップも大学を卒業したら、軍関係の仕事に就くことだろう。

八人いた家族は、今では五人だ。お手伝いのハンさんも辞めてしまって、今はチュンさん一人。

浜辺では、アメリカの軍人さんらしき数人が日光浴をしている。よく見ると、東洋系の人もいる。韓国の軍人さんだろうか。海で泳いでいる人もいる。

いちばん暑い日中に泳いだり、肌を陽に当てたりしているのは、観光客か軍人さんぐらいだ。地元の人はまずいない。スアンたちは日焼けしないように、いつも注意深く太陽と折り合いをつけている。

視線を上げると、どこまでも青い空が広がっていた。まっすぐに延びている水平線。この海の色はなんと言ったらいいのだろう。水色と緑を混ぜたようなあざやかなブルー。キラキラときらめいて、まるで宝石のようだ。ニャチャンの海を見ていると、地球が丸いだなんてにわかには信じられない。

潮風を頰に受けながら、この海の向こうはフィリピンだろうか、インドネシアだろうか、とスアンは思いをはせる。そこでもこうして女子高校生たちが、顔を寄せ合いながら冷たいものを食べたり飲んだりしているのだろうか。

「スアン、スアンってば」

「え？　なに。ごめん、ぼけっとしてたわ」

「ほら、あれやって」

ハオが目を大きく見開きながら言う。

「あれ、ってなんだっけ？」

「今朝のなわとびの男の子のものまねよ！」

言いながら、すでに笑っている。スアンは大きく息を吸って、

「ボク、デキタ！　カンタンダッタ！」

と幼い子どもの声を真似て、鼻の穴を思い切りふくらませた。

「きゃーっはっはっは」

「助けて、お腹痛い！」

「もうだめ、ココナッツジュースが出てきそう！」

アンとハオ、リエンが、身体を揺すって笑う。

「ボク、デキタ！　カンタンダッタ！」

今日これを何回やっただろうと思ったら、ばかばかしく思えてきた。けれど、そんなことに笑ってくれるみんながおもしろくて、スアンも一緒になって大笑いした。

青い青い空、青い青い海。大好きな友達。いつまでもずっとこんなふうに笑っていたいと、スアンは思った。

第四章　真依子

「できたてですよー」

なるべく大きな声を出して、総菜パックを売り場に並べる。真依子の母親世代の女性が手に取って、あら、おいしそうね、と真依子に声をかけた。今日の総菜のメインはマグロ。竜田揚げとカブト煮。刺し身や生食用として捌ききれなかった分が、こちらに回ってきた。

「家で揚げ物をするの、面倒なのよねえ。もう年寄り二人だけだしねえ」

言いながら、竜田揚げをカゴに入れる。

「ありがとうございます」

真依子は軽く会釈をし、お子さんたちは社会人になったり結婚したりで家を出て、今は夫婦二人暮らしなんだろうなと想像する。

十年後、我が家の子どもたちはどうしているだろうかと思う。奈月は三十歳、結婚しているだろうか。小学校の先生になっているだろうか。賢人は二十五歳。無事に社会人になっているだろうか。同じ家に住んでいるだろうか。

子どもたちが小学生の頃までは、子育て期間の長さを思い疲弊していたが、今となって思えば、子どもと一緒にいられるのは本当にわずかな時間だ。ああしてやればよかった、こうすればよかった、もっと他にやり方があったのではないだろうかと、過去の出来事のいちいちを思い出して後悔することも多い。

カートを押して調理場に戻ったところで、ああ、そうだった、カルロスは休みだったと思い出す。真依子が調理場にいるときは、常にカルロスの姿を目にしているから、不在ということにすぐに慣れない。

カルロスが休むのは、真依子が記憶する限りはじめてのことだった。体調不良だと聞いたが大丈夫だろうか。奥さんがいるだろうから心配ないとはいえ、ちゃんと食べているのか、病院には行ったのか、子どもたちにはうつっていないか、と気になってしまう。

我が家でも、おととい奈月が熱を出した。子どものときから健康で、高熱を出したことがほとんどなかったので、真依子はとても心配したが、そんなときですら奈月の機嫌は悪く、真依子が話しかけてもウンともスンとも言わなかった。

奈月に、自分はベトナム人でベトナムからのボートピープルだと告げてから一週間が過ぎた。大学は夏休みに入ったようだが、奈月は家に寄りつかず、朝食も食べずに早くから出かけて、戻ってくるのは夜中だ。お風呂に入って寝るためだけに帰ってくる。

いくら二十歳になったとはいえ、学生の身だ。連絡もよこさずに一日中家を空けるなんていいわけがないと真依子は思い、ちゃんと話をしようとした矢先に熱を出したのだった。臥《ふ》せっている間も、奈月は頑として口を利かなかったけれど、真依子が作ったプリンやお粥《かゆ》、リンゴのすりおろしは食べた。

病気のときに小言を言っても仕方ないと思い、とりあえず食べただけでもよしとしたのだが、体調が戻った今朝から、また朝食も食べずに無言で出かけていった。奈月が帰ってきたら、今日こそちゃんと話そうと、心づもりしている。

ベトナム人であること、ボートピープルであることは、二十二歳で日本に帰化して以来、自分からは誰にも告げたことはなかった。それまでは当たり前にベトナム名を使って、どうして日本に来たの？　と聞かれたら、「ボートピープルだったの」と、なんのてらいもなく答えていた。若さゆえの屈託のなさだ。だから学生時代の友達はみんな、真依子がベトナム人だということを知っている。

ファン・レ・マイ。これが、真依子が生まれたときの名前だ。帰化して日本名になるとき、姉と兄が名字を考え、「青海」となった。その字の通り、青い海を渡ってベトナムから日本に来たからだ。

名前はそれぞれが自分でつけた。真依子はマイの音の通り「真依」にした。「子」をつけたほうが日本人らしいよと誰かに言われ、「子」もつけた。小学生の頃から社会人になるまで、真依子はずっと「マイ」と呼ばれており、帰化してからも「マイ」か「マイコ」だったから、違和感はなかった。

姉のベトナム名はラン。姉もそのまま蘭とした。兄はクオン。クオンはベトナム語で強い、という意味があるから、強司に。兄はそれまでの読みとまるで違う名前になったので、多少の苦労があったのかもしれないと、今頃になって思う。

家族の誰もが兄のことをクオンと呼ぶけれど、真依子は子どもたちの前では、その名前を呼ばないように気を付けていた。「なんでクオンって呼ぶの？」と、聞かれるのが怖かった。だから、子どもたちに合わせて「伯父さん」と呼んでいた。ベトナム語で父はバー、母はメーだが、両親に関しても、子ども目線で「おじいちゃん」「おばあちゃん」と呼んだ。

父のベトナム名は、ファン・ヴァン・フン。フンを漢字にすると雄だから、日本語名は義雄。母は、レ・ティ・スアン。ベトナムでは結婚しても元の名前を使うため、レ姓のままだ。スアンは春という意味がある。母は春恵とつけた。

ファン・レ・マイが青海真依子になって、結婚して野田真依子となった。今の自分は野田真依子以外の何者でもないと、真依子は思う。奈月が就学してからは、特にその思いが強くなった。日々の忙しさに、過去を思い出すことはほとんどなく、ましてやベトナムにいた頃のことなど、まったくといっていいほど記憶がない。ボートピープルとして日本にやって来たのは、真依子が五歳のときだ。

克典は真依子の生い立ちを知っている。知っているけれど、おおらかというか、興味がないというか、はっきり言ってどうでもいいことだと言う。おれだったら自慢しちゃうけどな、などと言う夫の気楽さに、真依子は呆れてもいるし救われてもいる。

真依子は、なんとしても子どもたちには絶対に隠しておきたかった。もしどこかから漏れて、それが原因でイジメにあうようなことがあったら後悔しきれない。兄の家庭も同じ考えで、特に、日本人である義姉が強く隠したがっていた。その気持ちはよくわかる。

けれど、とうとう奈月に話してしまった。兄から、奈月がベトナム旅行に行くことを聞いたよ、と電話があったことがきっかけだった。兄は、どうするんだ、とは真依子に聞かなかった。ただ、

「奈月がベトナムに旅行に行くんだってな。運命というか、さだめというか、人生っていうのは、おもしろいね」

と言っただけだった。

「どうしたらいいと思う？　アン・クオンだったらどうする？」

と逆に聞いたのは、真依子のほうだ。

「それはぼくが答えることではないよ。克典くんとよく相談して決めなさい」

兄はやさしい声でそう言い、

「なにかぼくにできることがあったら、すぐに連絡するんだよ。いいね、エム・マイ」

と続け、電話を切った。

克典は、奈月がベトナムに行くことを知ると、腕を組んで一人深くうなずき、そうなっているんだよ、と言った。そういうもんなんだ、と。

「おれが言おうか」

と打診されたが、真依子は首を振った。伝えるとしたら、他の誰でもなく、自分がすべきことだとわかっていた。さんざん迷ったが、最終的には半ば勢いで、伝えることに決めたのだった。

奈月は思った通りの反応をして、思った通りの行動に出た。すべては想定内だったはずなのに、今、真依子はかなり腹立たしく感じている。奈月がどういう思いで、真依子を無視しているのかはわからないが、それがベトナムという国そのものに対するものだったら、許せないような気がするのだ。

母親がベトナム人だから、自分がベトナム人とのハーフだから、親がボートピープルで日本に来たから。そんな理由で不機嫌になっているのだとしたら、娘とはいえ、断固、抗議しなくてはならない。

二十年間、あれほど必死に隠していた自分がそんなふうに思うなんて、真依子は自分の感情の変化に戸惑っていた。我ながら相当なあまのじゃくだと思うけれど、にわかに湧き起こった単純な正義感を抑え込むことはできなかった。祖国をばかにするような誰かがいたとしたら、いつでも対決するぐらいの決意がみなぎっていて、そんな自分に、真依子自身がいちばん驚いているのだった。

ただいまも言わずに玄関を開けて入ってきた奈月が、二階へ上がる前に呼び止めた。時計の針は午後十一時をとうに過ぎている。賢人は夏期講習から帰ってきて風呂に入り、すでに自室に引っ込んでいる。眠い眠いと言っていたので、もう寝ているだろう。

「なに」

鋭く言い、強い視線を送ってくる。

「話があるわ。お風呂から出てからでいいから」

ついつられて厳しい口調になってしまった。奈月は挑むような目つきで真依子を見て、わかった、と答えた。

「わたしも聞きたいことあるから」

そう言って、二階へ上がっていった。

「穏やかじゃないな」

リビングで、夕刊に目を通していた克典が新聞から顔をあげる。

「あんな態度でいいわけないでしょ。もう十一時半になるのよ。連絡もよこさないで」

「おれも一緒に話聞くわ」

「え？　いいわよ。こっちのことだから」

これまでの経緯は夫に伝えている。任せてと言ってあるため静観してくれていた。

「家族なんだから、こっちもそっちもないだろ」

「……でも」

「そういうの、もうやめよう」

広げていた新聞をたたんで、夫が席を立つ。奈月が慌ただしく二階から降りてきて、小走りで風呂場に向かった。

「なんだ、歯磨きしようと思ったのに」

夫はひとつ大きなあくびをして、テレビをつけた。深夜のほうがおもしろい番組が多いよなあ、とつぶやきながら。

「で?」

奈月が首にかけたタオルで髪の水分を取りながら、反対の手でテーブルをはじく。

「座ったらいいじゃん」

奈月に声をかけた夫は、真依子が去年作った梅酒を、炭酸水で割って飲んでいる。しぶしぶといういで、奈月が椅子を引く。

「話ってなに?」

「あなたの行動と態度のことよ」

正面から奈月を見据えて、真依子は口を開いた。

「おはようもただいまも言わない。ご飯も家で食べない。連絡もよこさないで、日付けを越えて帰宅することもあったわよね。ひどい一週間だった」

奈月は真依子の顔をじっと見て、それはすみませんでした、と言った。

「挨拶は必ずする。朝ご飯は家で食べる。遅くなるときは連絡する。最低限のルールです。この家にいる限り必ず守りなさい」

奈月がふんっ、と鼻息を出す。

「いいわね。返事は」

「はいはい。話ってそれだけ？」

「わたしからはそれだけよ」

「あっ、そう。で、なんでお父さんもいるわけ？」

「いたらダメか？」

「ねえ、お父さんは、お母さんがベトナム人だって知ってたわけでしょ」

「もちろんだ」

克典の返答に、奈月がへえー、と間の抜けた声を出す。

「奈月が聞きたいことっていうのは、なに？」

「まず、聞きたいことの前に、わたしはお母さんに対して、とても怒ってることを知ってもらいたい。この一週間、口を利かなかったことなんてたいしたことないぐらい、わたしは怒ってる。なんで今までそんな大事なことを隠していたのか、それを教えてほしい。フェアじゃないよね。ひどいと思う」

そう言った奈月の声を聞いて、ああ、この子はすでに泣き終えたあとなんだと真依子は思った。怒って泣いて自分なりに消化して、今こうしてここにいるのだと。

「奈月が二十歳になるまでは言わないでおこうと思ってた。でもね、奈月の二十歳の誕生日が来ても、やっぱり言えなかった。社会人になったらちゃんと話そうと思ってたのよ」

真依子の言葉に、奈月は大きなため息をついた。

「はーっ、お母さんって、永遠に先延ばしにしそうなタイプだよね。きっと社会人になったらなったで、今度はわたしの結婚のときにしようってことになって、結婚したらしたで、わざわざ言わなくてもいずれ自分で気付くでしょう、とか言い出しそうだよね。お母さんって、嫌なことを回避するのが得意だもんね」

「おいおい、厳しいな。奈月」

夫がおどけたように言い、とってつけたように少し笑う。

「確かに、奈月の言う通りかもしれない。奈月がベトナム旅行を予定しなければ、言わなかったかもしれない」

「ベトナム旅行そのものじゃなくて、強司伯父さんから連絡があったから、わたしに言おうと思ったんでしょ？　小さいことをごまかさないで。そういうところが嫌なのよ」

「おいおい、そんな言い方ないんじゃないか。もうちょっと言い方があるだろ」

夫がやんわりと注意する。夫がこんな奈月を見るのは、おそらくはじめてのことだろう。ついこの間も、こうして奈月に意見されたことがあった。そのときは驚いたけれど、今、真依子の気持ちは落ち着いていた。

これまで心の奥底に隠れていた、奈月の本来の資質が表に出てきたような気がして、「そうだそうだ、もっとやれ。もっと言いたいことを言いなさい」と、親に詰め寄る奈月を応援したくなる自分もいるのだった。

「ごめん。そうだね。奈月に話そうと思ったのは、強司伯父さんからの電話がきっかけだった。パスポートに必要な書類をわたしが取りに行ったのも、奈月に知られるのが怖かったから」

奈月が大きく息を吐き出す。いかにもうんざりだと言わんばかりだ。

「で、これまでずっと黙ってた理由はなに？」

力強い視線を投げてくる。

「学校でいじめられるかもしれないと思ったからよ」

奈月が再度、大きく息を吐き出す。

「それって、お母さんは、わたしのことをまったく信用していないってことだよね」

「え?」

「余計なお世話ってこと。親がベトナム人だからなんなの? わたしがハーフだからなんなの? なんの問題があるの? 小中のとき、クラスにフィリピンの友達いたよ。高校のときだって、イギリスと韓国の子がいた。みんな大好きな友達だよ。なんでいじめられるのが前提なわけ?」

語尾がかすかに震えていた。

「……そうだね、ごめん」

奈月の言う通りだ。

「わたしたちのせいにして、本当はお母さん自身が隠しておきたかったんじゃないの? お母さんが自分のことをはずかしいって思ってるんじゃないの?」

すぐに言葉が出ない。そうかもしれないし、そうじゃないかもしれない。わからなかった。

自分の出自を、突き詰めて考えてこなかった。

「言い過ぎだ、奈月。子どものことを心配しない親はいないから」

夫の言葉に奈月は、

「お父さんも同罪だよ」

と、ぴしゃりと言い放った。

「子どもたちに伝えるべきだ、って、お母さんを納得させてほしかった。だって夫婦でしょ?

わたしと賢人の親でしょ？」

　夫は少し沈黙したあと、そうだよな、とゆっくりうなずいた。

「奈月、パパは伝えた方がいいって、ずっと言ってたわ。でもわたしが、どうしても言えなかったの。パパの責任じゃないわ」

「ちょっと勘弁して。そういうのは二人でやってよ」

す、すみません、と冗談みたいに夫が舌を出して、肩をすぼめる。

「今さら責めても仕方ないけど、あんまりだと思った」

「ごめんね、奈月」

「OK、その件はもういい、忘れないとは思うけど。本題に入る。ベトナムのこと、わたしなりにいろいろ調べたの。っていうか、調べてる最中なんだけど。あ、ちょっと待ってて」

　そう言って奈月は二階へと上がっていき、本を抱えて戻ってきた。

「はーっ、重たっ！」

　テーブルの上に本をどさっと置く。ベトナム、ベトナム戦争、ボートピープル、というタイトル文字が目に飛び込んでくる。

「図書館で借りてきたり、買ったりした本」

　思いがけなかった奈月の行動に、真依子はしばしぽかんとした。それから、ああ、そうだった。奈月はこういう子だった、と我に返り、見当違いに怒っていた自分をはずかしく思った。奈月は、母親がベトナム人であることや、ボートピープルとして日本に来たことを憂えるような子ではない。

「ねえ、ボートピープルってなに？　お母さんはどっち側の人間だったの？　北？　南？　ニャチャンって南部だよね？」

「そ、そう、南部」

喉が詰まったようになった。

「アメリカ側だったってこと？」

「……アメリカ側っていう表現が合ってるかどうかわからないけれど、南ベトナムの体制側だった」

唇を尖《とが》らせて、ふーん、と奈月がうなずく。

「ベトナム戦争って、南北で戦争してたんだよね？　それはなんで？　今の韓国と北朝鮮みたいな感じだったの？　本によって書いてあることが微妙に違うんだよね。結局、北側が勝ったんでしょ？　社会主義国になったってこと？　でもガイドブックを読むとそういう雰囲気はないよ」

「ごめん、奈月。わたしはベトナムのことや戦争のことをよく知らないのよ」

「そうなの？」

「知ろうとしたこともなかった」

「なんで？」

「興味がなかったから」

心底驚いたような顔をして、奈月が目でクエスチョンマークを投げかける。けれど、説明のしようがない。興味がなかった。それだけだ。真依子は物心ついたときから日本にいて、日本という環境に身を置いて、考え方や習慣、人間関係など、身についたものはすべて日本人としてのそれだ。

「ふつう、気になって仕方ないんじゃないの？　自分の故郷でしょ？」

奈月にそんなふうに言われるなんて思いもしなかった。ふいに口元がゆるむ。

「なに笑ってるの？　なにもおかしくないよ」

哀れむような視線だ。２２００グラムしかなかった奈月。本当に大きくなった。

「お母さんって、ベトナム語話せるの？」

真依子はしずかに首を振った。

「蘭伯母さんと強司伯父さんは話せるわ。たぶん美咲も」

姉のラン一家は、真依子たちの両親と同居している。ランの夫の崇《たかし》さんは日本人だけれどベトナムで仕事をしていたこともあり、ベトナム語は堪能だ。ランはアメリカに留学経験があり、英語もできる。崇さんも英語は得意だ。家庭では主に日本語とベトナム語らしいが、美咲はきっと英語もできるだろう。

「だからわたしは、おじいちゃんとおばあちゃんとあまり話ができないのよ」

奈月が口をあんぐりと開けている。声に出さなくても、信じられない！　という言葉が顔に書いてある。

「……ねえ、だって、家ではベトナム語だったんでしょ？」

「うーん、小さい頃はそうだったと思うけど、小学校に入ってからは日本語を話すことのほうが多くなったから。そのうち自然に日本語ばかりになって、いつのまにかしゃべれなくなってたの」

「……うそみたい。勉強しなかったわけ？」

真依子が正直にうなずくと、人それぞれだからな、と夫が助け船を出した。

「なんとなくわかる。お母さんの性格……」

姉兄妹でも、考え方や資質、感性はまるで違う。末っ子ということもあるのだろうか。真依子は昔からマイペースでのんびりした子どもだった。

日本に来たばかりの頃は、もちろんベトナム語を話していたはずだ。それが小学校に通うようになって、中学に入学する頃にはもうできなくなっていた。

お姉さんとお兄さんはできるのにどうして？　と言われるし、自分でもどうして？　と思うけれど、ベトナム語ができないことを苦に思ったことはないし、申し訳ないと思ったこともない。さみしいと思ったこともないし、恥だと思ったこともない。ベトナム語を話せないことが不便だなんて、ちっとも思わなかった。日本に住んでいて、日本語ができれば充分だった。

両親とは複雑な話はできなかったけれど、友達がいれば、親に相談を持ちかける必要はなかったし、両親のカタコトの日本語と、単語を羅列しただけの真依子のつたないベトナム語を合わせれば、意思疎通はなんとかなった。なんとかならないときは、姉と兄が通訳をしてくれた。

姉と兄は勉強もよくできて、兄は奨学金で大学院、姉は大学まで出ている。真依子は高校卒業後、服飾の専門学校に通った。けれど最初に就職したのは、勉強したこととはまったく関係のない不動産会社だ。

いつも、そのときそのときで選択してきた。計画をしてあれこれ考えるのは苦手だったし、そんなことをしてうまくいった例《ため》しもなかった。

「で、わたしがいちばん気になるのはボートピープルのこと。お母さん、大変な目にあったりしたの？　海賊とか？　人が亡くなったり？　ボートは劣悪な環境だったって本に書いてあった」

奈月がテーブルの上の本に目をやる。

「ボートでのことはなにも覚えていないのよ。ベトナムにいたときのことも記憶にないの」

そう答えた真依子だったが、庭に大きな木があったことと、広い海を見たことは、おぼろげに覚えていた。それはきっと、ニャチャンで住んでいた家とニャチャンの海だろう。

「ほんと？ 本当に忘れちゃったの？ わたしは五歳の頃のこと、ちゃんと覚えてるよ。幼稚園の先生のことも友達も、好きだったアニメもお気に入りのキャラクターも」

「悪いけど、本当に覚えてないのよ」

奈月が真依子をじっと見つめる。

「なあ、奈月が小さい頃のことを覚えてるのは、写真や映像があるからじゃないのか？ 少し大きくなってからそれを見て、記憶が頭に焼き付けられたってことないか？ おれはまさにそうだけどな。アルバムに貼ってある写真を見て上書き保存された感じだよ」

克典が言う。

「お父さんは、人それぞれだから、って言いたいんでしょ」

「まあ、そうだな」

「人それぞれだけど、親だから許せないっていうか、見過ごせないことってあるんだよね」

奈月の言葉に、夫がぎょっとしたのがわかった。

「ベトナムは翻弄され続けた国だからな。ベトナム人も翻弄され続けた民族だ」

夫がゆっくり言うと、奈月はようやく、そうだね、と答えた。

「わたし、ベトナムのこと、ベトナム戦争のこと、ちゃんと知りたい。おじいちゃんやおばあちゃんにも話を聞きたい。蘭伯母さんや強司伯父さんにも。ベトナム旅行に行くまでに、自分なりに理解したい」

姉のランはイベント会社を作って、日本とベトナムの架け橋になるべく日々忙しく奔走している。ベトナム雑貨のネット販売もしていて、けっこう人気があるらしい。

「わかったわ。奈月の気持ち、伝えておくね」

「よろしく」

ランはきっと、喜んでいろいろな話をしてくれるだろう。

「もう遅いから、今日は寝た方がいいな」

「言われなくてもそうする」

午前一時十五分。時計を見たとたん、あくびが出た。

「おやすみ」

奈月が本を抱えて、おやすみなさいと夫に返す。

「奈月」

真依子は娘の名前を呼んだ。階段をのぼろうとしていた奈月が振り返る。

「どうもありがとう」

ちゃんと自分の気持ちを伝えてくれて、うれしかった。

「そういうの、もういいから」

「うん」

「ねえ、それにしてもわたしって、意地悪な娘だよねえ」

真依子は小さく笑って、首を振った。

「おやすみ、奈月」

「おやすみなさい」

奈月の後ろ姿を見ながら、もしかしたら、今日が子育て卒業の一次試験だったのかもしれない、などと真依子は思う。

カーテンを細く開けて、窓を少し開ける。生ぬるい風と濃厚な夜の匂いがなだれ込んでくる。一瞬、ベトナムの景色が脳裏に浮かんだが、きっとあとづけの思い出だろう。

真依子は大きく深呼吸をした。夜が味方をしてくれて、自分のみっともないところや情けないところを黒く塗りつぶしてくれるような気がした。


「カルロス辞めたんですか⁉」

今日もカルロスの姿が見えなかったので、坂井さんにたずねると、辞めたのよ、と返ってきた。

「なんでですかっ」

思わず大きな声が出た。坂井さんが驚いたように真依子を見る。

「……すみません」

「あ、ううん。ちょっとびっくりしちゃって。野田さんが、そんなにカルロスのことを気にしてると思わなかったから」

「……気にしてるというか、同僚ですから」

そうよね、うん、そうだよね、と坂井さんが自分に向けるようにうなずく。

「体調悪くて休んでいるって聞きましたが、違ったんですか？　どうして辞めたんですか？」

「ごめんなさい。理由はわからないの。総務のほうの管轄だから。わたしは退職届を受理したって聞いただけ」

絶句だった。そんなおかしな話があるわけない。

「だって三日前まで出勤してたんですよ。おかしくないですか？」

二階堂さんだ。真依子より一歩進み出て、強い口調で詰め寄った。

「わたしに言われてもねえ……」

坂井さんが視線をそらす。真依子は、知らぬ間に拳をきつく握っていた。短く切りそろえた爪が、手のひらに食い込む。

「栗原主任ですか？」

二階堂さんがたずねた。低い声だ。

「栗原主任が、カルロスを辞めさせたんですか？」

張りつめた空気を察して、神田《かんだ》さんと綾瀬《あやせ》さんをはじめ調理場にいた人が集まってきた。

「カルロスが自分から辞めるって言い出すなんて、絶対にないと思うんですけど。家族もいるんだし」

二階堂さんの言葉にみんながうなずく。

「カルロス、とても真面目に仕事してました」

真依子も言った。言わずにはいられなかった。

「みんなの気持ちはわかるけど、カルロスはもう辞めたわけだから。ねっ、仕方ないじゃない」

少しの間のあとで、それぞれが顔を見合わせた。

「ひどくないですか？」

二階堂さんの拳も固く握られている。

「ひどいですよ。あんまりじゃないですか」

切羽詰まったような二階堂さんの声。つられないように、真依子は気を引き締めた。

「あれえ？　なにやってんの」

ドアが開いたと思う間もなく、栗原主任がなだれ込むように入室してきた。

「今、仕事中だよね？」

坂井さんを見て言う。

「カルロスの件でちょっと……」

「あー、なるほどね。みんな心配してくれたわけだ？　カルロスは辞めることになりました。求人出してるから、すぐに新しい人が入ると思います。以上です。よろしくね」

「なんでカルロスは辞めたんですか」

「そんな個人的なこと、言えるわけないでしょ。さあ、みんな。持ち場に戻って。坂井さん、しっかりしてね」

それだけ言って、栗原主任はさっさと出て行った。

「はい、みんな。仕事に戻って」

坂井さんが手を打つと何人かは持ち場に戻ったが、二階堂さんは動かなかった。真依子と神田さんと綾瀬さんも動かなかった。

「ここで働くようになった頃、わたしは坂井さんのことを尊敬してました。仕事は丁寧で早いし、みんなに気配りはできるし、リーダーシップもあって……。でも今は、申し訳ないけど軽蔑しています。心から軽蔑します」

二階堂さんの言葉に、坂井さんの顔がゆがむ。

「わたし、辞めますね」

二階堂さんはかぶっていたキャップを外し調理衣を脱いで、それを押しつけるように坂井さんに渡した。

「お世話になりました」

軽く会釈して、そのまま出て行った。

坂井さんが大きなため息をついたのをしおに、神田さんと綾瀬さんがのろのろと持ち場に戻った。真依子は力が入らずその場に立ち尽くしていた。

「野田さん、新しい人を至急入れますので、それまでよろしくお願いします」

坂井さんは毅然《きぜん》とした態度を崩さなかった。事情があるのはわかる。けれどカルロスのことを思うと、どうしようもない憤りが湧いてくる。

「わたしも辞めます」

と坂井さんに告げる自分を、真依子は想像する。それはすごく簡単なような気がする。けれど現実では、言葉は出てこなかった。真依子は、はい、と小さく返事をし、作業に取りかかった。


仕事から帰宅したところで、LINEの着信があった。表示された「加代子《かよこ》」という名前を目にしたとたん、嫌な予感がした。康介くんママだ。LINEをもらうのは、ずいぶんひさしぶりのことだ。

真依子は落ち着いてから読もうと思い、まずは買ってきた食材を冷蔵庫に入れ、リビングのエアコンを入れて、洗濯物を取り込んだ。ひと息ついたところで、緊張しながら画面を開いた。

〈こんにちは。おひさしぶりです。少し前に車ですれ違ったとき、クラクション鳴らしちゃったけど、気付いてくれたかな。賢人くん、康介と同じ塾なんだよ。今後ともどうぞよろしくね〉

「えっ、それだけ？」

思わず声が出た。

てっきり賢人が康介くんになにかしたのかと思い、身構えていた。

真依子は冷蔵庫から作り置きの麦茶を出して、コップに注いで飲んだ。康介くんママからのLINEをもう一度読む。絵文字満載で、本文のあとには「よろしくお願いします」とウサギの吹き出しスタンプもあった。

いや、と真依子は頭を振る。きっとなにかあったんだろう。なにかあったから、こうしてわざわざLINEをくれたのだ。おそらく何度も書き直し、送ってくれた。

〈こんにちは。ご連絡どうもありがとうございます。康介くんと塾が一緒のことは、賢人から聞いていました。こちらこそ、どうぞよろしくお願いします！　賢人は反抗期なのか、ほとんど家で話しません……。もしなにかあったら、すぐに教えてもらえると助かります〉

〈追伸　クラクションに気付いてすぐに手を振ったんだけど、遅かったみたい。ごめんね〉

二通を送信してしばらくすると、「ありがとうございます」と、さっきと同じ種類のウサギの吹き出しスタンプが届いた。真依子は、クマがお辞儀をしているスタンプを返し、流れはこれで終了となった。

家に着くまで、真依子はカルロスと二階堂さんのことばかり考えていた。二階堂さんはあのますぐに店を出て行ったらしく、その後話を聞くことはできなかった。

坂井さんがいるので大きな声で不満を口にすることはできなかったが、顔を合わせるたびに誰もが「ひどい話だ」と口をそろえた。カルロスの退職に栗原主任が絡んでいるのはあきらかだろう、と。

二階堂さんが辞めることについては賛否両論があった。

「わたしは辞められないわ。生活がかかってるから」

と言ったのは、綾瀬さんだ。綾瀬さんは小学生のお子さんが一人いて、旦那さんは現在入院中だと聞いている。

「辞めてもいいけど、困るのはここで働いているみんなだから」

これは神田さんだ。

仕事を辞めることは、真依子にとっては大きな問題ではなかった。辞めたら他の店をさがせばいいだけだ。いろいろな理由をつけて辞めないのは、ただたんに面倒だからだ。これまでもずっとそんな感じで生きてきたし、きっとこれからもそうだろう。

すでに頭のなかは、賢人と康介くんのことでいっぱいになっている。カルロスの困惑や悲しさ、二階堂さんの正義とやさしさを頭の隅に追いやって、ママ友からのLINEに感情を持っていかれてしまう。

「はっ？　なんもないけど？　なんで？　なにそれ？　ムカつくんですけど」

夏期講習から帰ってきた賢人に、やんわりと康介くんとの関係をたずねると、片方の眉を上げたまま、そう返ってきた。

「おれを疑ってるわけ？　誰かになにか言われたわけ？」

「なにもなければいいの。変なこと聞いてごめんね」

なんだよ、それ、と鼻息荒く言う。

「まあ、どうせあいつはみんなから嫌われてるからな」

「どうして」

「ウザいから」

「どういうところが？」

畳みかけるようにたずねてしまったのが失敗だった。賢人はそれきり黙った。

「とにかく、賢人は康介くんになにもしてないのよね」

「してねーよ。うるせーなー」

ちょうど風呂から出てきた夫がそのやりとりを耳にし、

「なんだ、その言葉遣いは」

とロを挟んだ。今日は帰宅が早く、夕食前に風呂に入っていた。賢人は夫を無視して、二階へと上がっていった。

「思春期真っ只中かあ」

牧歌的に言う。真依子はため息をついて、エプロンの裾をはじいた。

「パパ、日曜日お願いね。賢人は朝から夜まで夏期講習だから」

なるべくその間に済ませて帰ってきたいと思うが、どのくらい時間がかかるか、わからない。

あさっての日曜。稲城市の実家に集まることになっている。奈月がいろいろと知りたがっていると姉に話したところ、二つ返事で了解してくれた。兄にも連絡をとってくれたらしい。

奈月はとてもたのしみにしている。話を聞きたくて仕方がない様子だ。

「はいはい。洗濯もの取り込んで畳んでおくよ」

夫が言い、よろしくね、と真依子は念押しした。

些細だけれど、それなりに重要な出来事は次から次へとやってきて、対処しているだけで一日が終わる。一週間、一ヶ月、一年のなんと早いことか。ついこの間お正月で、それからすぐに新学期があって、今はもう夏。アイデンティティについて考えるよりも、今日の夕飯の献立を考えるほうが切実で、日々をなんとかこなすことで精一杯だ。

一日が終わり、頭のなかのカレンダーに、日ごと「済」をつける。そうやって生きていき、そしていつか死んでいくのだろう。真依子は、それでなんの不満もないのだった。

日曜日。賢人が塾に出かけてから、奈月と家を出た。

「賢人にはいつまで黙ってるつもり？」

駅までの道すがら奈月に聞かれ、真依子は曖昧に首を傾げた。

「今は受験生だから仕方ないけど、高校生になったら言ってもいいと思う」

奈月が言う。考えておくね、と答えつつ、高校生なんてまだまだ無理だろうと真依子は思う。なんにせよ、賢人がもう少し落ち着いてからの話だ。

稲城までは、電車を乗り継いで三十分弱。駅からは歩いて十分ほどだ。真依子が二十三歳のときに、両親が建てた一戸建ての家。外塀には色とりどりの鉢植えが吊《つる》されていて、外を通る人たちの目をたのしませる。母は花が好きでこまめに世話をしている。駐車場脇の小さな庭には、枝ぶりのいい松の木。盆栽棚にはいくつかの盆栽。こちらは父の趣味だ。

「こんにちはー」

奈月が玄関ドアを開けて元気のいい声を出すと、真依子の母、奈月にとっての祖母が出迎えた。

奈月に会えてうれしそうだ。お正月以来となる。すぐに姉のランも出てきた。

「いらっしゃい」

「奈月、ひさしぶりね。マイも。さあ、上がって。クオンはもう来てるわ」

実家の匂い。決してベトナムの匂いというわけではない。真依子は日本に来てからベトナムに行ったことがないからわからないが、例えばベトナム料理店やベトナム食材店に入ったときの匂いとは違う。洗濯石けんと父の整髪料の香りが入り交じったような匂い。この家に住むまで、いくつかの家を転々としたけれど、匂いはずっと変わらない。

リビングのソファーセットに座っていた父と兄が、奈月を見てうれしそうに立ち上がる。

ひとしきり奈月との挨拶が終わったところで、

「バー、アン・クオン」

と、真依子は父と兄のクオンに声をかけた。考えて口にしたわけではなかった。奈月がじっと真依子を見ているのに気付き、そのときようやく、自分がベトナム語で呼びかけたことに気付いたのだった。

「おいしいお菓子あるよ」

母が盆に載せた小皿を台所から持ってくる。和菓子屋さんでそろえたらしい、笹《ささ》の葉に包まれた涼しげな葛饅頭《くずまんじゅう》だ。

「わたしの大好きなやつ！」

奈月が声をあげる。真依子は、奈月が葛饅頭を好きだなんて知らなかった。母はうれしそうにうなずいている。ランが冷たい蓮茶《はすちゃ》を配る。

「今日、崇さんと美咲は？」

義兄と姪の姿が見えなかった。

「一緒に羽田空港に行ったわ」

「旅行？　二人で？」

真依子がたずねると、ランはおかしそうに首を振った。

「美咲が飛行機を見たいって言うんで、連れてってくれたの。あの子、飛行機を見るのが大好きなのよ。飛行機を間近で見るのがなにより楽しいんだって」

おそらく今日は席を外したほうがいいと思って、崇さんが美咲を連れ出してくれたのだろう。

「そうなのね。美咲、女性パイロットにでもなるんじゃない？」

真依子が返すと、ランは目を見開いて口をへの字にした。

「女性パイロットって言葉。美咲、嫌がるのよ。女性蔑視だって言うの。男性パイロットとはふつう言わないからって」

ランは笑いながら説明してくれたけど、真依子は少し傷ついていた。自分が当たり前に、女性パイロットという言葉を使ってしまったことに。それを姉にやんわりと否定されたことに。

「わたしも嫌だな。女性パイロットって言葉。女性ドライバー、女性自衛官、女性市長……。わざわざ女性ってつける必要ないよね」

奈月が口を挟む。

「はいはい、わたしが悪かったです。ごめんなさいね」

真依子は冗談みたいに謝った。面倒くさい人たちだと思わないわけでもない。身内だからといって、なにもかも気が合うわけじゃない。

リビングに置いてある大きなソファーセットは、父、母、姉、兄、奈月、真依子の六人が座っても余裕がある。同郷の人たちが、いつでも来て話ができるように購入したと昔聞いたことがあった。

「奈月、ベトナム旅行に行くんだってね」

口火を切ったのはランだ。

「奈月のバイト先で聞いて、びっくりしたよ。どうしてベトナム⁉ってね」

クオンが笑う。

「気を付けてね」

母が心配そうに奈月に声をかける。

「まだ一ヶ月以上先だよ、おばあちゃん。行くのは九月だから」

母はそれでも心配そうに、気を付けてね、と再度言った。

「奈月はなにが知りたい？　奈月の質問に答えていったほうがいいわよね」

ランが言い、奈月はうなずきながらノートを取り出した。聞きたいことを書き出してきたようだ。

「お母さんから話を聞いて、わたしはとっても驚いたの。みんながベトナム人だってこと、ボートピープルとして日本に来たってこと。ぜんぜん知らなかった。ものすごい衝撃だった」

ランとクオンが大きくうなずく。父はいかめしい、というか、いつもの無表情でお茶を飲んでおり、母はただ聞いている。二人とも、日本語の理解は七割程度だ。

「ベトナム戦争のこと、わたしなりに勉強したの。ボートピープルのことも」

ランとクオンはさらに大きくうなずき、ここでようやく父もうなずいた。

「おじいちゃんたちは南の体制側だったってことだよね」

奈月が父にたずねると、父はランに向かってあごを持ち上げて話を促すようなしぐさをした。

「ベトナムはフランスの植民地という長い時代があったんだけど、そこは割愛するわ。一九三九年に第二次世界大戦がはじまって、その翌年、フランスがドイツに降伏。ベトナム、カンボジア、ラオスに、ドイツの同盟国だった日本軍が進駐することになったの。一九四五年、日本が負けて、ベトナムから日本軍は撤退。ホー・チ・ミンが独立宣言をした。ここまではいい？」

ランの説明に奈月がうなずき、

「独立宣言をフランスが認めずに、そこからインドシナ戦争に発展したんでしょ」

と、そのまま引き継いだ。

「そう。八年間続いて多くの犠牲者を出したインドシナ戦争は、一九五四年にフランス軍が降伏して終わった。このときのジュネーブ会議で、ひとつの国だったベトナムが非武装地帯を境に南北に分断されてしまったの。北ベトナムは、ベトナム民主共和国。南ベトナムは、ベトナム共和国」

「名前が似てて、わかりづらいんだよね。北は共産主義で主席はホー・チ・ミン。南が資本主義で、アメリカの支援を受けたゴ・ディン・ジエム大統領だよね」

奈月がノートを見ながら言う。真依子は素直に感心していた。自分が何十年間も知ろうとしてこなかったこと、放置しておいたことを、娘の奈月から聞くことになるなんて、半月前までは思いもよらなかった。

「そこから南北で戦争になっていったってことだよね」

奈月の言葉にランとクオンがうなずく。

「おじいちゃんたちが住んでいたのは、南部のニャチャンだったよね。おじいちゃんはなんの仕事をしてたの？」

急に振られた父は一瞬眉を上げ、それから「役所で働いていたよ」と言った。

「バーは政府関係の職に就いていたんだ。軍服姿がかっこよかったのを覚えてるよ。バーは、ダラットの士官学校を出てるんだ。優秀なんだ」

クオンがやさしい声で言う。

「へえ、そうなんだ。すごいね、おじいちゃん」

父が奈月を見て、ふうっ、と笑った。すっかり白髪になってしまったけれど、七十四歳になった今でも背筋はしゃんと伸びている。やさしくて寡黙な父。顔に刻まれたたくさんのしわ。

外出時に必ずかける大きなサングラスは、父を年若く見せてくれるが、小学校の運動会のときは嫌だった。ベトナム人だからといっていじめられることはなかったけれど、大きなサングラスをかけた父を見た級友たちから、「グラサン」「色眼鏡」などと、からかわれることがあった。お願いだから学校に来るときは外してよ、と頼んでも外してくれなかった。

真依子は父と遊んだ記憶があまりない。父は勤勉だった。仕事から帰ってくると、テレビも見ずに本を読んでいた。なにかの資格を取ろうとしていたのかもしれない。たずねそびれて、もうこんなところまで来てしまった。

「おじいちゃんたちは、ガチの南の体制側の人間だったってわけだ。アメリカの支援を受けて大統領になったゴって人はあまり評判よくなかったみたいだけど……？」

奈月の問いかけに、ランとクオンはしばし黙った。言葉をさがしあぐねているようだ。

「ええっと、じゃあ、質問をかえて、南側の人はホー・チ・ミンについてはどういう思いがあるの？　ベトナム建国の父って呼ばれてるでしょ。ホーおじさんは北側だから対立してたってこと？」

ランの顔が一瞬険しくなったのを、見逃さなかった。昔、同じような場面があったことを真依子は思い出す。ランたちが難民だということを知り、聞きたいことがあるとたずねてきた年配の男性がいた。知ったような口ぶりでベトナムについて演説をぶって、南側と北側の人間性の違いをうそぶいた。その手前勝手な内容に、父が怒ってすごい剣幕で追い返したのだった。今思えば、その人は北側贔屓《びいき》だったのかもしれない。ベトナムの歴史は複雑だ。当事者でなければわからない感情がうずたかく積もっている。

真依子が「奈月」と声をかけようとしたところで、クオンが口を開いた。

「ホー・チ・ミンのことは、もちろん尊敬してる。けれど、共産主義には反対だ。人間は自由でなくちゃいけない」

「人間の尊厳を考えたとき、その根底にあるのは自由だと思うの」

ランが間を置かずに口添える。

「そっか、そうなんだね。どうもありがとう」

にっこりと笑って返事をする奈月に、真依子はひそかに感嘆していた。ちゃんとわかっている、と思ったのだ。奈月は、避けるべき話題を瞬時に読み取って最善の対応をした。それは、ベトナム戦争についてよく勉強した証《あかし》でもある。

「おじいちゃんは戦争に行ったの？」

父は奈月の顔を見たあとで、ゆっくりと首を振った。

「わたしは行かなかった。兵士ではなかったから」

「そうなんだ」

「ニャチャンには軍の空港があったんだ。アメリカからの物資を搬入してたんだよ」

クオンが父の言葉を補足するように言う。

「ダラットにいるとき、一度、爆弾が落ちたことあったよ。庭の木焼けた」

母が小さな声で言った。母の日本語はいつもとても声が小さくて、聞き取るのが大変なほどだ。けれど、今日はちゃんと真依子の耳に届いた。

「爆弾!? 怪我《けが》はなかったの？　おばあちゃん」

「だいじょぶ」

そう言って笑い、手をひらひらとさせる。

「蘭伯母さんと強司伯父さんは、戦争中のこと覚えてる？」

奈月の質問に、二人は曖昧に首を振った。

「戦争をしてるってことはわかっていたと思うけど、それで大変な目にあったことはなかったと思う。あまり覚えてないわ」

ランが言うと、クオンもうなずいた。ランとクオンは年子だ。ランは真依子の四つ上で、クオンは三つ上。もちろん、真依子も戦争時の記憶はない。

「戦争が終わったのは、サイゴンが陥落した一九七五年四月三十日だよね」

奈月の言葉に、ランとクオンがうなずく。父と母はオブザーバーだ。

「北ベトナムが勝って、南ベトナムが負けたんだよね」

「そう。ベトナム共和国は消滅した」

ランが肩をすくめる。奈月は小さくうなずいたあと、壁にかかっているカレンダーの一点を見つめていた。カレンダーを見ているわけではなく、視線の先にたまたまカレンダーがあったという感じだ。考え事をするときの奈月の癖。

母が立ち上がろうとしたのを制して、真依子は席を立った。母も話の中心人物だからいてもらわなければならないし、なにより真依子が熱いお茶を飲みたかった。

ひさしぶりに立つ実家の台所。緑茶の缶をさがして急須に茶葉を入れ、ポットからお湯を注ぐ。部屋はゆるく冷房が利いていて適温だけれど、それでも身体が冷えているのを感じる。

父も母も日本茶は好きだ。盆の上に人数分、用意してあった湯飲みに注いでいく。

「ベトナムは悲願だった祖国統一を果たしたんだよね？　それなのに、なんで脱出する人がいたの？　そこのところがイマイチわからない」

　奈月がたずねると、ランがすかさず「自由がないからよ」と受けた。

「北ベトナムが勝って、ベトナムは社会主義国となった。それは南側の人間にしてみたら大変なことだったのよ」

　母がなにかに反応して、ベトナム語で話しはじめた。近頃特に、母は日本語を話すのがおっくうになってきたように思える。

「ベトコン、やだやだ」

　と母が日本語で言って、首を振る。そして早口のベトナム語でランになにかを話した。ランが同意するように大きくうなずき、父もうなずいた。

「七五年以降、生活が大きく変わってしまった。北の軍人が来て、お金や本を没収された。この人数でこの家は大きすぎると言って家を取られる。そして、再教育をするという名目の強制労働があった。特に米軍の施設で働いていた人たちが、次々と捕まっていった。十日間だけと言って、何年も帰って来ない人も大勢いた。バーの弟は六年間強制労働させられて、そのときの後遺症で右足が動かなくなった」

　ランが淡々と、母の言葉を日本語に置き換えてゆく。

「いつ捕まるか、毎日ビクビクして暮らしていた。朝から晩まで監視されて、自由がなかった。仕事もなくなって、どうやって生活していったらいいのか、先がまったく見えなかった。

脱出するしか方法はなかった」

そうだったんだ、と奈月が小さくつぶやく。

「ボートで脱出する人もたくさんいたけれど、失敗談も聞いていた。ボートが壊れて海で死んだり海賊にやられたり。誰かに密告されて、出発する前に北の軍人に見つかるケースも多かった。脱出するのは大きな賭けだった。それでも、あのままいるよりはマシだった」

クオンは組んだ手を膝に置いた格好のまま、ぼんやりとテーブルの上の湯飲みを見ている。

「……何年に脱出したの？」

「七八年」

奈月の質問に、母とランとクオンの声がそろい、父はゆっくりとうなずいた。真依子は少なからず驚いていた。脱出した日は、彼らにとって忘れがたい「特別な日」なのだと感じ入ったのだった。

七八年に脱出したことはもちろん知っていたけれど、真依子にとっては前のめりになって言うほどのことではなかった。それはただの過去であって、そこに感情は伴わない。

「七八年の脱出は、ボートピープルとしては比較的早めのほうだったけれど、当時の環境や、精神面ではぎりぎりのところだった。ベトナムから出たい、出たいけれどリスクがある。さんざん悩んだ結果、バーが決断したんだって」

「脱出したときのこと、教えてほしい」

奈月の言葉にランが父に目をやり、父がうなずいた。話してやりなさい、ということだ。父はいまだに警戒しているのかもしれない。いつか追っ手がくることを。家族が危険にさらされることを。残してきた親類に危害が加わることを。父が、顔を隠すようにいつも大きなサングラスをかけていた理由がわかったのは、真依子が大人になってからだ。

「脱出することを決めてから、バーとメーは綿密に計画を立てた。綿密というのは、ボートに乗って沖合に出るまでのことね。脱出する人たちを阻止しようと、北の軍人がいつも見張っていたから、そこをどう乗り越えるかが大事だったの。北に捕まって拘束されて、拷問みたいなことをされた人も大勢いたから」

ランが母にたずねながら、話してくれる。奈月は神妙な表情でうなずいていた。真依子も脱出時のことは、今日はじめて聞く話だった。両親も話さなかったし、おそらく兄と姉もかなり年数を経てから知ったことだろうと思う。

「まず、満月の日はだめ。どうしてだかわかる?」

「……明るいから?」

「そう。月明かりで見張りにバレてしまうからね。新月の日がいいの。それと、天気のいい日もだめ。なぜかわかる?」

奈月が首を傾げる。

「海の上でも北の人たちが見張っていたのよ。ボートで脱出する人たちを捕まえるために、夜になると何隻も北の船が浮かんでたわ」

眉根を寄せて奈月がうなずく。

「わたしたちが脱出したのは台風の日。ものすごい雨と、ものすごい風。外も真っ暗。これが脱出に最適な天気なの。北の軍人も、こんな日にはパトロールはしないからね」

そんな天気の日によく出航できたものだと、真依子は他人事《ひとごと》のように思う。

「家族五人で二手に分かれて、船で落ち合うことにした。バーとクオン。メーとマイとわたし」

マイと名前が出たところで、奈月が一瞬はっとしたのがわかった。母親がメンバーに入っていることを、忘れていたのかもしれない。

「それぞれ時間差で家を出た。脱出ってバレたらいけないから、家のなかは片付けないで、わざとそのままの状態。食事をしたお皿も出しっ放しにしてきたそうよ。もちろん普段着のまま、ほとんどなにも持たずにちょっとそこまでお散歩に、という感じでね」

「その日のこと、蘭伯母さんは覚えてる？」

「わたしはそのとき、九歳だった。台風の日に、外に行くっていうのがおもしろかったのは覚えてる。ゴーゴーと風が吹いてる土砂降りの日に出かけることなんて、はじめてだったからね。子どもって台風とか好きじゃない？　でも、そのあとのことは覚えてないわ」

「強司伯父さんは？」

「ぼくは八歳だった。風でなにかが飛んでくるのがおそろしくて歩くのが遅くなって、バーがおぶってくれたのを覚えてる」

クオンの言葉に父がかすかに微笑む。母が早口でなにか言った。

「船に乗るまで、おじいちゃんたちが本当に来られるのかわからなかったから、とっても不安だったって」

奈月が泣き顔を作って席を立ち、「おばあちゃーん、大変だったねえ」と、母に抱きついた。母はうれしそうに奈月に頭を預け、その様子を見たランとクオンが笑った。

「嵐のなか、なんとか浜辺まで行って、目当てのボートに乗り込むことができて、ひとまずホッとしたって」

「おじいちゃんたちには会えたの？」

「ううん、その時点ではまだわからないの。脱出する漁船は沖に停まって待ってるのよ。そこまでは各自が小さなボートに乗っていくの。だから漁船に着くまでは心配で心配でたまらなかったって」

「そうだったんだ。おばあちゃん、ほんと大変だったんだね……」

奈月が母の手を握り、母は笑いながらランになにかを話している。

「そのボートの船頭さんが、見つかっちゃいけないからって頭を低くするように子どもたちの頭を押さえたんだって。そしたらマイが大声で泣き出して大変だったって。船頭さんに文句を言いたかったけど、それどころじゃないから、メーがマイを抱っこして耳元で歌をうたってあげたんだって」

え？　わたし？　突然自分の名前が出てきて、真依子は驚いた。

「なんの歌？　おばあちゃん覚えてる？」

奈月が聞くと、母はいきなり歌い出した。

「♪Mai là một cô gái tốt. Mẹ yêu con」

「あはは。おばあちゃん上手。誰の歌？　なんて言ってるの？」

「わたし、自分で作った。『マイはいい子ね、大好きよ』って歌ったよ」

マイラー　モッコー　ガイトッ　メーイゥ　コン……

マイラー　モッコー　ガイトッ　メーイゥ　コン……

ふいに目の前がにじみ、真依子は唇を噛んだ。覚えているわけがなかった。覚えているわけがない。けれど、その懐かしい歌声を知っているような気がして、胸が熱くなった。マイはいい子ね、大好きよ。マイはいい子ね、大好きよ。

真依子は、母をしみじみと見やった。メーはすっかり年をとってしまった。七十歳。元気ではあるけれど、老いは、その小さな細い身体に確実に根を張りつつあった。親孝行したいと、唐突に思う。

「嵐のなか、海に落ちそうなほどボートが揺れて大変だったけど、沖で待っていた漁船になんとかたどり着くことができた。バーとクオンを見たときは、本当に安心したって」

「おじいちゃんと強司伯父さんも、小さなボートに乗って漁船まで行ったの？」

「うん、メーたちとはかなり離れた場所から、小さなボートに乗ったんだ。大きな船が浜辺にあったら、あやしまれるからね。出航するのが漁船っていうのもポイントだよ。職務質問されても、魚を捕ってます、って言い訳できるから」

クオンの言葉に、奈月がなるほど、と感心する。

「本当はバーのお姉さん家族六人も一緒に乗る予定だったの。二人ずつ三組に分かれて、ボートに乗る予定だったんだけど、高校生の二人が間違えて違うボートに乗っちゃったのよ。わたしの従兄弟《いとこ》なんだけどね。その二人は結局、北の人間に捕まってしまったの。体罰を受けて帰されたそうよ。かわいそうだったわ。伯母さんは気がふれんばかりに泣いて心配してた」

母が険しい顔で、おおいにうなずいている。

「その二人はどうなったの？　まだベトナムにいるの？」

「伯母さんたちは、結局アメリカに渡ったの。従兄弟たちもアメリカに行ったわ」

「ふうっ、よかったあ」

奈月が胸を押さえる。

「で、その漁船には何人ぐらい乗ってたの？　ボートピープルの本を何冊か読んだけど、どの本にも劣悪な環境だったって書いてあった。すし詰め状態で身動きが取れなくて、窒息して死んだ子どももいたって。水も食料もなくて、なかには餓死した人もいたって……」

父と母、ランとクオンがうなずく。

「そういう人たちも大勢いたわ。特にサイゴンから脱出する人たちは大変だったみたい。わたしたちはニャチャンからの脱出だったし、時期もよかったのよ。漁船には三十人程度しか乗っていなかったから、悪い状態ではなかったわ。ん？　なあにメー？　ああ、うん。あは、そうね」

話の途中で母がなにか言い、ランが笑ってうなずく。

「うちは資産家だったんだって。親類や知り合いでお金を出しあって漁船を買い取ったそうよ。金《きん》で買収して、ボートを用意させて、漁船にも時間通りに乗れたって。食べ物や水もすべて漁船の人に事前に用意してもらったそうよ。そんな人はめったにいなかったって」

ランが言う。

「へえ、そうなんだ。それって、めっちゃくちゃお金持ちってことだよねえ。すごいねえ。でもよかった！　なんだかちょっと安心した」

奈月が言うと、母はいとしそうに奈月の手をさすった。

「家がもぬけの殻だったから、バーノイやバーゴアイたちはとても驚いたそうよ。バーノイっていうのはバーのお母さんのことで、バーゴアイはメーのお母さんのことね。父方と母方で呼び方が違うのよ。奈月にとってのひいおばあちゃんになるわ。バーゴアイたちは、バーたちが北の軍人に捕まったんじゃないかって、大騒ぎだったらしいわ」

「ひいおばあちゃんたちは、脱出のこと知らなかったの？」

「秘密にしてたのよ。身内にも言わなかった。どこから話が漏れるかわからないから、用心に用心を重ねたって。バーのお兄さんだけに伝えておいたそうよ」

「スパイ映画の話みたい」

　奈月が言うと、本当にね、とランがしみじみとうなずいた。

「最初の三日間は船酔いで大変だった。ぜんぶ吐いちゃうからなにも食べられなかったって。一週間漂流して、ノルウェー国籍の船に助けられたの。日本に荷物を届けに行く途中だったらしいわ。それで、そのまま日本に一時入国という形で来たというわけなの。おじいちゃんはフランス語ができるし、フランスには親戚もいたから、本当はフランスがよかったんだけど、って言ってる」

「ううん、日本でよかったよ！　フランスに行ってたら、わたし、おじいちゃんにもおばあちゃんにも会えなかったもん。蘭伯母さんにも強司伯父さんにも、お母さんにも。っていうか、そもそもわたし生まれてなかったし！」

　奈月の言葉に、母は奈月の肩をぎゅっと抱いて、そうだねそうだね、と言った。

「それからずっと日本なんだね」

「ええ、そうよ。最初は栃木、それから神奈川、そして東京。みんなとてもよくしてくれたわ。はじめはカトリック教会が用意してくれた施設で暮らしたの。最初に住んだ栃木は、自然があふれていて遊ぶのがたのしかった。クオン、マイ。覚えてるでしょ？」

「ああ、覚えてる。きれいな小川があって魚釣りをしたよ」

「わたしも覚えてる。木登りをしておもしろかった」

真依子が言うと、お母さんが木登りなんて信じられない、と奈月が笑った。

そこからは、昔話に花が咲いた。真依子も、日本に来てからのことはよく覚えていた。一家は、日本が難民条約を発効してから、早い段階で条約難民として受け入れられたこともあってか、まわりの人たちはとてもよくしてくれた。

「ほら、これ」

母がアルバムを持ってきた。日本に来てからの写真だ。

「わあ、見せて見せて！」

奈月が歓声をあげながら、アルバムをめくる。

「うわあ、おじいちゃんもおばあちゃんも若い！　蘭伯母さん、かわいい！　お母さんもかわいい！　二人でおそろいのワンピースとロングブーツじゃん！　おしゃれー。強司伯父さんだけ、なんでいつも横向いてるの！　笑える」

ひさしぶりに目にしたアルバム。ランやクオンも、懐かしそうに目を細めている。家族でピクニックに行ったり、公園で遊んだり、旅行に行ったり。アルバムのなかは、たのしい思い出だけが詰め込まれている。

「これ、なあに。もしかして、取材受けたの？」

雑誌や新聞の切り抜きだ。

――ボートピープル難民！　日本でつかんだ幸せ――

――ベトナム戦争の爪あと。罪のない子どもたち――

――日本の小学校たのしいよ！　友達たくさんできました――

見出しの下には、姉兄妹の笑顔の写真。母が大事に切り取って、アルバムに貼ったのだ。父と母は、どれほどの苦労をしたのだろうか。日本に来て幸せだったのだろうか。真依子は今改めて、そんなことを思う。

「今日いろんな話を聞けて、すごくよかった。蘭伯母さん、強司伯父さん、おじいちゃん、おばあちゃん。どうもありがとう」

奈月がぺこりと頭を下げる。

「わたし、なんにも知らなかった。お母さんにはじめて聞いて、本当にびっくりしたんだ」

奈月が言い、真依子は思わず謝った。

「奈月」

クオンが呼びかける。

「ぼくも大地と遥には言ってないんだ。いつか言わなくちゃいけないと思っているけど、それがいつかはわからない。マイも悪気があって、奈月に黙っていたわけじゃない。わかるよね、奈月。奈月のことを誰よりも考えてるのはマイだよ。マイを責めちゃいけないよ」

穏やかな口調でクオンが言う。

「うん、わかってる。それにもう存分にやり合ったから大丈夫」

奈月が言うと、クオンは目を丸くして「やり合ったのかあ」と笑った。

「わたしね、もっとベトナムのこと知りたくなった。もっともっと知りたい。ベトナムに旅行を決めたことにも、きっと意味があったんだと思う」

本当にそうだ、と真依子は思った。奈月が海外旅行に行くと言ったときから、こうなることは決まっていたに違いない。

「どこに行くかは決まったの？」

「ホーチミンとフーコック島」

「フーコック島は行ったことないわねえ」

とランが返す。ランは仕事でベトナムと日本をよく行き来している。真依子はベトナムどころか、海外自体に行ったことがない。同じ姉妹なのに、どこで道が分かれてしまったのかと、ときどき不思議に思うことがある。

「……わたし、ニャチャンに行きたい」

奈月がつぶやく。

「え？」

「わたし、せっかくだからニャチャンに行ってみたい！　お母さんが生まれたニャチャンを見てみたい。フーコック島やめて、ニャチャンに行く！」

みんなで顔を見合わせる。ハハッ、と笑い出したのはクオンだ。

「いいぞ、奈月。あっぱれな行動力だ。奈月はどこにでも行けるよ」

ランも笑い、「ニャチャンのことなら、なんでも聞いて」と言った。

「いいよね、お母さん」

奈月に振られて、真依子はふっ、と鼻から息を吐き出した。

「奈月の好きにすればいいわ。千帆ちゃんと真梨花ちゃんに早く言わないとね」

「うん、すぐに連絡する。怒られるかなあ、大丈夫かなあ」

心配そうなそぶりをしつつ、奈月の目には強い光が宿っていた。まるで、蝶《ちょう》が羽化する瞬間を見ているようだ。美しく大きな翅《はね》を広げて、奈月は飛び立つのだろう。広い未知の世界に。

第五章　奈月

どこまでも青い空が広がっている。窓をのぞき込むようにして視線を下げると、白い帯状の雲が三本、所在なげに浮かんでいるのが見えた。

ジャンケンで勝って選んだ窓側の席。奈月の位置からは、飛行機の主翼が見える。まるでおもちゃみたいだ。あんなに薄っぺらで、大丈夫なのだろうかと心配になる。ベトナム航空301便。奈月たちは今、ホーチミンに向かっている。

母から、自分はベトナム人でボートピープルとして日本に来たと告げられた翌朝、奈月は一睡もできないまま、始発電車で御蔵くんのアパートへ向かった。

家を出てすぐに、電話でこれから行くと伝えていたせいか、御蔵くんはちゃんと着替えて待っていてくれた。朝の六時十二分。御蔵くんの寝ぼけた顔は、なかなか色っぽいと奈月は思った。本当は内緒で行って、寝起きの御蔵くんを突撃したかったけれど、御蔵くんはそういうのが苦手だから忖度《そんたく》してあげたのだ。

部屋はすでにカーテンがすっかり開けてあって、夏の朝の陽射しがまぶしかった。それでもまだ、御蔵くんが寝ていたときの気配は色濃く残っていて、なじみのあるけだるい空気に、奈月は身体を預けたくなった。

「こんな朝早くにどうしたの？」

目をしょぼしょぼさせて御蔵くんが言い、奈月は、

「かわいい彼女がたずねて来てくれたのに、うれしくないの？」

と返した。少しの間のあと、「うれしい……けど」と、忖度全開で御蔵くんが答えた。

奈月はコンビニで買ってきたオランジーナを飲んだ。それから御蔵くんに抱きついて、キスをした。ファーストキスだ。

「な、な、なに急に……」

「布団どこにあるの」

「はっ？　なに？　押し入れに仕舞ったよ」

奈月は無言で押し入れから布団を引っ張り出して畳の上に敷き、カーテンを閉めた。

「ちょ、ちょっと、なっちゃん」

びっくりしている御蔵くんに再度抱きついて、体重を乗せた。

「ちょっ、なっちゃんてば！」

「いいから黙って」

奈月は制しようとする御蔵くんに唇をくっつけて、断固として離れなかった。

その後、お互いによくわからないまま結局は未遂に終わり、いつの間にか二人で寝てしまった。目が覚めたのは十時半。聞けば、御蔵くんも三時に寝たばかりだったらしい。

「わたし、スペシャルワンなんだよ」

身体が親しくなると、いろんなことが言いやすくなるんだなあと思いながら、奈月は告げた。

「スペシャルワン？」

御蔵くんは少し考えてから、

「世界中のみんながスペシャルワンでしょ」

と言った。その通り。この世の誰もがスペシャルワンだ。

「どうしたの、なっちゃん。なにかあったんだよね？」

「うん、いろいろあった」

奈月は包み隠さずにすべてを話した。御蔵くんは、驚いた様子だったけれど、そうなんだ、と言っただけだった。

「複数のルーツを持つ人の呼ばれ方っていろいろあるけど、半分とか倍とかそういうことじゃないでしょ。ミックスやミックスルーツは、まだあんまり聞き慣れないしさ。わたし、他にピッタリな言い方あるかなあって考えて、それでスペシャルワンにたどりついたってわけ。でも考えてみたら、世界中のみんながスペシャルワンだよね。あ、ミックスワンのほうがいいかな」

まくしたてるように、奈月は言葉を走らせた。

「ええっとさ、わざわざ名称を付ける必要はないよね。だってもう、野田奈月って名前があるじゃない」

御蔵くんはいつだってこんなふうに言う。奈月が言ってもらいたいこと、探しあぐねてまだ見つけられないこと、それを見事に掘り出してちゃんと言葉にしてくれる。

「……でも、なっちゃんはスペシャルだと思う。ぼくにとってのスペシャルだから」

耳を赤くさせながら、御蔵くんが小さな声で付け足した。奈月は、きゃっ、とひと声発して、御蔵くんのほっぺたにチューをした。

「なっちゃんはさ、お母さんからその話を聞いてショックなの？」

「……わからないんだよね」

ものすごくびっくりはしたけれど、ショックというのとは違った。それでも、昨夜は部屋で泣いた。どういう理由の涙なのか自分でもよくわからなかった。泣こうと思えばいくらでも泣けたし、今でも泣ける。

「人ってさ、突然びっくりさせられると、ものすごく理不尽に感じて怒っちゃうでしょ。今はそれに近い感じかな。お母さんの話が想像の斜め上をいく展開すぎて、まだ頭のなかが整理できてない。他人事みたいに思ってる」

「うん」

「ねえ、御蔵くんは、わたしが半分ベトナム人ってことについて、どう思う？」

「どうも思わない」

「お母さんがボートピープルだったってことは？」

「大変だったなあって思う。無事に日本に来ることができてよかったと思う」

奈月は満足していた。やっぱり御蔵くんは、奈月が言ってもらいたいことを、ちゃんと言ってくれる。

「なんかね、このタイミングでベトナム旅行に行くってことが、すごく不思議な気がするんだ。だってベトナムって言い出したのは千帆だよ。わたし、ほんとはオーストラリアがよかったんだもん。コアラを抱っこしたかったから」

「そうだったんだ」

御蔵くんはちょっとだけ目を見開いて、ちょっとだけ笑った。

「御蔵くん、どうもありがとうね。話せてよかった。少し軽くなった」

母から、ベトナム人であると告げられたのは、ほんの昨日のことだ。その翌日に御蔵くんに話せたことは、奈月にとっては最短期間での最上の選択だった。

自分がベトナムにルーツを持っていることについては、まだぜんぜんピンときていない。

「……こちらこそ、話してくれてありがとう」

ぼそぼそと言う御蔵くんがとてもよくて、奈月は「もうっ」と言って大げさに抱きついた。

御蔵くんはその日、奈月に合い鍵をくれた。

それから熱で寝込むまでの一週間、奈月は毎日、朝早くから夜遅くまで御蔵くんのアパートに入り浸った。御蔵くんちからバイトに行って、御蔵くんちから図書館に行って、御蔵くんちから本屋さんに行った。御蔵くんの前で泣いて、御蔵くんの前で怒った。御蔵くんと一緒に本を読み、御蔵くんと一緒にベトナム戦争関連の映画を観た。

あたたかくてやさしくて、濃密な一週間だった。十年後、自分が三十歳になったとき、たとえ御蔵くんと一緒にいなかったとしても、絶対に忘れないんだ、と奈月は思う。絶対に絶対に絶対にだ。


千帆と真梨花には、これまでのことを洗いざらい話した。彼女たちがこの話を聞くことによって、奈月に対する態度を変えるとは思えなかった。御蔵くんの後押しもあった。

「えええっ⁉　まじっ⁉」

二人は声をそろえて驚いて、そのまましばらく驚いていた。

「びっくりがおさまらないけど、運命の旅になりそう」

と千帆が言い、

「波瀾万丈《はらんばんじょう》っていうか、まるで映画みたいね」

と真梨花が言った。

「もちろん、わたしたちも一緒に行くに決まってるじゃん」

と千帆が言い、

「フーコック島もニャチャンもたいして変わらないよ。海辺のリゾートだもん」

と、真梨花が言った。

ニャチャンには自分一人で行こうと思っていた奈月は、まさかの展開に驚いた。

「いいの？」

もちろん、と二人は言い、たのしみー！　と声をそろえた。結局、ホーチミンに三泊、ニャチャンに一泊の予定となったのだった。


初の飛行機。機内食はカツ丼、のり巻き、パン、胡麻《ごま》饅頭、果物。炭水化物祭りじゃん！

と言いながらも、奈月たちは残さずに平らげた。

お腹がいっぱいになったところで、奈月は二時間ほど眠った。高速エレベーターでどこまでも降りていくような深い眠りで、目覚めは、高台からぴょんっと飛び降りて着地するみたいに軽やかなものだった。

そして、飛行機はもうじきベトナム、タンソンニャット空港に着く予定だ。

「あっ、見えてきた！」

千帆が奈月のほうに身を乗り出す。窓の下にベトナムの町が小さく見える。

「わあ、ほんとだ！」

「川！」

「めっちゃ茶色！　ベトナムって感じ！」

着陸態勢。町がどんどん近づいてくる。奈月の胸は高鳴っていた。はじめての海外。はじめてのベトナム。お母さんの故郷。おじいちゃんとおばあちゃんが過ごした国。

わけもなく胸がいっぱいになる。まだ降り立ってもいないのに、すべての運命が見えそうな、自分が生きている意味がわかりそうな、そんな不思議な感覚があった。

クラクションの音、ニョクマムの匂い、目に飛び込んでくるあざやかな原色たち。ホーチミン市街はものすごい喧噪《けんそう》だ。目と耳と鼻から、さまざまな情報が洪水のように身の内になだれ込んでくる。

ホテルにチェックイン後、荷物をフロントに預け、奈月たちは街に繰り出した。ベトナム時間で午後二時半、日本より二時間遅い。今、日本は夕方の四時半だ。

「ねえ、ちょっとこれ、どうやって渡ればいいの？　さっきからぜんぜん向こう側に行けないじゃん。信号ないし、バイクがひっきりなしに通ってるし」

「あっちに渡らないと統一会堂に行けないよ」

「無理だよ、轢《ひ》かれる」

足を一歩出しては、引っ込めることをさっきから三人で繰り返している。

「永遠に渡れないかも」

「こうなったら勢いで行くしかないっ」

「隙間を狙おう」

「あっ、今だっ！　行こう！」

三人で手をつないで、きゃーっ、と叫び声をあげながら、前だけを見て全速力で渡った。

「ひーっ、寿命縮まった……」

「セーフ……」

汗がどっと吹き出す。ものすごい湿気と暑さだ。太陽が近い。

通りでは、色とりどりの花が売られている。目に映るものすべてが、ガイドブックに載っている写真みたいで、ホーチミンにいることが冗談みたいに思える。

奈月は手をかざして青い空を仰ぎ、改めてまわりを見渡す。今すれ違った人、バイクで通り抜けた人、露天で絵はがきを売っている人、ここにいるのはみんな、祖父母、母、伯父、伯母と同じベトナム人なんだ、と思う。

ベトナム人と日本人。確かに顔は似ているけれど、母は日本人にしか見えないし、隣を歩く母と同年代の女性はベトナム人にしか見えない。二人が逆になって、この女性が日本で暮らしたら日本人に見えるのだろうか。母がずっとベトナムに住んでいたら、ベトナム人にしか見えなくなるのだろうか。

「奈月、どこ行くの！　こっちだよ」

千帆の大きな声に、我に返る。千帆と真梨花が左手方向で立ち止まって、奈月を見ている。

奈月は、女性につられて右手側に歩いていきそうになっていた。

「なにやってるの、迷子になるよ」

「ごめんごめん、ぼけっとしてた」

どうにも気持ちがふわふわして、地に足が着いていない感覚だ。奈月はペットボトルの水を飲んだ。

「ほら、渡るよ」

千帆の音頭で道路を渡る。さっきよりは楽に渡れた。ひっきりなしに通っているバイクだけれど、歩行者が渡るときは直前でスピードを落としてくれるようだ。

「ねえ、あの木見て。かっこいい」

千帆がかけ寄ってスマホを向ける。たくさんの幹が何十何百と重なって、ひとつの大木になっているみたいに見える。木が生きている、という当たり前のことを思い知らせてくれる存在感だ。

「お化けが出てきそうな木だね」

真梨花が言い、

「お化けっていうより、おとぎ話や映画に出てくる『歩く木』っぽくない？」

と、千帆が返す。

「樹齢どのくらいだろう。百年以上あったりして……」

木の迫力に圧倒されながら奈月はつぶやいた。

樹齢百年……。この木は、きっといろいろなことを見てきたのだろう。フランスの植民地時代、日本の占領、インドシナ戦争、南北分断、ベトナム戦争……。なんともいえない感傷のようなものがわき上がってくる。ありがとう、大変だったね、そんなふうに声をかけて、ねぎらいたい気分だ。奈月もスマホを向けて、何枚か写真を撮った。

あちこちに目を向けながら、はじめての国を三人でかしましく歩いていく。まだふわふわした足どりだったけれど、奈月は、自分の人生の通過ポイントをひとつクリアできたような気分だった。それは母の生い立ちやベトナム云々《うんぬん》のことではなく、海外を訪れることについてだ。

簡単だ、と思ったのだ。遠いと思っていた外国だけど、こんなにも簡単に来ることができるのだと、妙な感慨があった。飛行機に乗って着陸したら、そこはもう異国の地だ。自分が思っていたよりも世界は近かった。行こうと思えばどこにだって行けるのだ。

「あそこが統一会堂みたい」

スマホの地図を頼りに、ホテルから歩いて二十分。統一会堂に着いた。

「歴史的な場所だよね」

「うん、わたしもここだけは勉強してきた。って言ってもウィキだけど」

奈月も、統一会堂は今回絶対に来たかった場所のひとつだ。旧大統領官邸。一九七五年四月三十日、南ベトナム解放民族戦線軍と北ベトナム軍の戦車が、この官邸の鉄柵を突破して無血入城を果たし、ベトナム戦争は終結した。おじいちゃんたちが暮らしていた南ベトナムは、この日に消滅したのだ。

きみどり色の芝に、噴水がきらきらと輝いている。戦車に乗って突入する瞬間のモノクロ写真を、日本で何度も見てきた。奈月は目を細めて、俯瞰《ふかん》するようにあの日を感じてみる。目の前に広がる美しい景色に、当時のセル画を合わせるようなイメージで。その光景は思った以上の感覚で奈月の胸に迫ってきたけれど、そこに爆音や緊張感はなかった。

「入館料四万ドンだって。日本円で二百円くらいってこと？」

「うん、そうだね。ゼロを二つ取って、二分の一」

「わたし、日本語案内も付けようっと。七万五千ドン。えっと、三百七十五円ぐらいかな」

奈月は日本語の音声案内を頼んだ。千帆もせっかくだから、と言って借りることにし、真梨花は、わたしはいいや、と断った。

タンソンニャット空港で、それぞれ一万円分を両替した。オプショナルツアーの代金はすでに支払い済みだ。一万円分のベトナムドンはけっこうな量の札束で、外国のお金をはじめて手にした奈月は、それだけで気分が上がった。

ポシェットから、まだ見慣れないお金を数えて取り出し、チケットとイヤホンガイドを受け取る。ポシェットは餞別にと、御蔵くんがプレゼントしてくれたものだ。ナイフでも切れない頑丈な布でできているそうで、ポケットがいっぱい付いていて、見た目はちょっとダサいけどとても便利だ。

統一会堂内は、どこもかしこも洗練されていた。さりげなく飾られている絵画や調度品のひとつひとつが、とんでもない金額だろうことが見てとれた。贅の限りを尽くした、という言葉がぴったりくる。アメリカからの援助がなければ到底できなかった建築物だろう。最上階には展望台、屋上にはヘリポートまであった。

軍事施設になっていた地下室だけは、戦争の色合いが濃く残っていた。司令室や暗号解読室。通信機器、昔の電話、壁に貼られたベトナム全土の地図。

奈月はまた、この風景に当時のセル画をのせるように想像してみた。鳴り響く電話、忙しく出入りする南ベトナム軍の軍人たち、アメリカと連絡を取り合う放送係……。さっきと同じように、それはリアルに想像できた。けれど、やはりそこに音や風や匂いはなく、自分はただの傍観者でしかなかった。

千帆が顔をのぞきこみ、反対側から真梨花が肩を組んできた。

「大丈夫？　奈月」

「大丈夫だよー」

気付かないうちに、険しい顔をしていたのだろうか。奈月は笑顔で答えながら、千帆も真梨花もやさしいなあと思う。

「そろそろ行こうか」

「うん」

奈月たちは統一会堂をあとにして、戦争証跡博物館へ向かった。ガイドブックやネットで事前に調べていたので覚悟はしていたが、それでも衝撃は大きかった。

戦争中の拷問の写真や兵士の死体の写真、ナパーム弾で火傷《やけど》を負った人の写真。枯れ葉剤の影響を受けた胎児や子どもたちの写真は特に辛《つら》く、目を覆いたくなった。日本人カメラマンの沢田《さわだ》教一《きょういち》や石川文洋《いしかわぶんよう》の写真も多くあった。

それでも奈月は、目をそらさずにひとつずつ見ていった。絶対に忘れないようにしよう、と強く思いながら、スマホを向けて撮影した。

「わたし、ちょっと無理……」

真梨花が目を伏せて、写真の前を足早に通り過ぎていく。

「ねえ、この子たちの補償って、ちゃんとしてるのかな」

千帆が、枯れ葉剤の影響と思われる肢体不自由児の写真を見つめながら言う。

「お母さんの苦悩やこの子たちの生き辛さを考えたら、せめてお金とか住環境とかしっかりやってほしいよ。だってこんなのひどいじゃん。なんでこの子たちがこんな目にあわなきゃいけないわけ？　なんの罪もないよね？　勝手に戦争はじめて一般市民巻き込んで、生まれてくる子たちまでこんな……。ひどくない？　おかしくない？　ムカつくよ。ほんと、まじでムカつく！」

奈月は驚いて千帆を見た。

「わたし、今めっちゃ怒ってる。怒りで身体が燃え出しそうなくらい頭に来てる。だってそうでしょ。この子たち、枯れ葉剤の影響でこんな身体になっちゃったんだよ。どう考えてもおかしいでしょ！　誰が責任取るのよ。誰が責任取ってくれるのよ」

奈月は、怒りながらほとんど泣きそうになっている千帆に身体を寄せた。もちろん奈月にも怒りはあった。あったけれど、この怒りは一体誰に対しての怒りなんだろうとも思う。

枯れ葉剤を撒《ま》いたのはアメリカと南ベトナムだ。敵対する南ベトナム解放民族戦線、通称ベトコンの隠れ場となる森林を枯れさせる目的で散布したと言われている。奈月の祖父母は、南ベトナム側の人間だ。枯れ葉剤を撒いた側なのだ。

「奈月、ちょっとこれ見て。うそみたい、補償はないんだって。ベトナムの被害者たちがアメリカに対して補償を求めて訴訟を起こしたけど、二〇〇九年にアメリカ連邦最高裁判所が訴えを却下。枯れ葉剤と障害には直接の関連は認めないだって。なによこれ」

千帆が、さっそく検索したスマホの画面を読み上げながら声を張る。

「わたしさ、生まれた時点で、これからの人生の大枠が決まっちゃうっていうのが許せないんだよ。そういうの、ほんといやだ」

ごめんなさい、という言葉を飲み込んで、

「……わたしも本当にそう思う」

と、奈月は言った。

自分はどういう立場で、どういう位置で、ベトナム戦争のことを考えればいいのだろうと、頭のなかが混乱する。これまでまったく自分の人生と関わりのなかったベトナムという国。ベトナム戦争についても、自分が生まれる前に、遠い国で起こった戦争という認識しかなかった。

母に聞いてから、にわか勉強をしたベトナム戦争はあまりにも複雑で、理解することは難しかった。

奈月は、左右から押し寄せる高波に翻弄される小さな船を想像する。沈んではもまれ、浮かんでは傷つき、どちらに行っても安定することはない小さな船。それはあたかも、ベトナムから脱出したボートピープルたちが乗った船のようだ。朽ちてバラバラに刻まれるまで、新たな道をさがしながら懸命に波間を漂うのだ。

「なんかごめん。興奮しちゃった」

「ううん」

今度は、ありがとう、という言葉を飲み込んだ。自分は一体、何者なんだろうという疑問がわいてくる。

出口のところで、真梨花が待っていた。

「わたし、ああいうのダメ」

と、舌を出す。奈月は笑顔でうなずき、千帆は、

「初日からちょっと濃すぎたね」

と言った。いろいろと考えさせられる、と。

五時半。帰宅ラッシュなのか、道路はバイクですし詰め状態だ。ホーチミンの空は、夕方に向かうオレンジ色でにじんでいる。この喧噪のなかに身を置いていると、今朝まで日本にいたことが幻のように思える。

朝、玄関で父と母に見送られた。賢人はまだ寝ていた。笑顔で「いってらっしゃい」と、手を振ってくれた母がベトナム人だということが、いまだしっくりこない。

ベトナムは浅褐色の肌の人が多いと思っていたけれど、サングラスをかけて目深に帽子を

かぶり、アームカバーをしている若い女性たちは、一様に肌が白い。なるほど、と奈月は妙なところで納得する。陽射しの強い国で過ごしていたら、肌も焼けるに決まってる。これまで、そんな些細なことで出身国を判断していたのかと思うと、我ながら愚かしかった。

そして奈月は、たまたまだったんだな、と思った。たまたま母がベトナム人だったから、これまで自分の出自を疑わなかったのだと。たとえば母がヨーロッパや中東、アフリカ系だったとしたら、母が日本人ではないとすぐにわかったはずだ。たまたま外見が似ていただけなのだ。

「夕飯はどこで食べる？」

「ベトナム初日だから、王道のベトナム料理にしない？　ベンタイン市場を越えてサイゴン川のほう」

真梨花がスマホを操作して案内してくれた。オプショナルツアー以外の予定は特に立てていない。日本を発《た》つ前に、母や父にいろいろと聞かれたけれど、ほとんどなにも決めていなかったので、ろくに答えられなかった。

「今どきの子たちは、ほんとすごいよなあ。おれなんか心配性だから、綿密に計画立てちゃうよ。特に海外なんてさ」

と、父は言っていた。

スマホを見ながら暮れてゆくホーチミンの街を歩いてゆく。

「あっ、ここだ、ここ。三人いいですかあ?」

さっさとドアを開けて、真梨花が指を三本立てる。街の食堂といったような庶民的な店だ。ベトナム人らしきカップルが二組談笑している。お店のおねえさんが、空いてる席をどこでも、とジェスチャーしてくれた。

「めっちゃ喉渇いたー。ベトナムビール飲もうよ」

「飲もう飲もう」

千帆はバーバーバー、真梨花はラルー、奈月はサイゴン・ラガーを注文した。三つの缶を並べて撮影して、グラスに注いで乾杯した。真梨花はインスタをやっているので、絶妙なアングルで撮影するのが上手だ。今日だけでもかなりの量の写真をあげていた。

「ぷはーっ」

と、三人そろってグラスを置き、顔を見合わせて爆笑する。

「あはは、わたしたちオジサンみたい」

「オジサンの気持ちが今わかった。ぷはーっ、って自然に出ちゃうもん」

「今日、はじめてビールをおいしいって感じたよ」

奈月の言葉に、千帆と真梨花が、ほんとほんと! と同意する。三人ともすでに誕生日を迎えているけれど、まだホヤホヤの二十歳だ。ビールのどこがおいしいのかなんて、千帆も真梨花も、奈月と同じようにさっぱりわからなかっただろうと思う。

でも、今はものすごくおいしく感じる。ホーチミンの街をたくさん歩いて汗びっしょりで、喉がカラカラに渇いていた。

「もう一度カンパーイ!」

真梨花の音頭でグラスを合わせると、お店のおねえさんが「撮りましょうか?」とジェスチャーをしてくれ、三人で笑顔を作った。言葉が通じなくてもなんとかなるものだ。

「カムン」

これだけは覚えてきたベトナム語でお礼を言った。カムン。ありがとう。

生春巻き、揚げ春巻き、青菜の炒め物、コーンと豆のスープ、豚肉の甘辛煮、ゴーヤとエビの炒め物。メニューに写真も載っていたので「これ、これ」と指を差して注文すると、写真通りの料理が運ばれてきた。

おいしい、おいしい、とそれしか言葉を知らないみたいに、三人で箸を動かす。日本人の味覚にとても合う味付けだ。

奈月の家では食卓によく揚げ春巻きが出ていたけど、だからといって、ベトナムに結びつけて考えたことはなかった。祖母の家に遊びに行っても、出てくるものは魚の煮付けや味噌汁で、ベトナム料理というのは、やはり揚げ春巻きぐらいしかなかった。先日、母にたずねたら、おばあちゃんは熱心な仏教徒だから、と言われた。肉はほとんど食べないらしい。

「ひゃー、よく食べられるね、パクチー」

スープに浮かべたり、生春巻きと一緒に食べたりしている奈月に真梨花が言う。

注文時、ノーパクチーと真梨花が付け足したところ、「わかってるわよ」という感じでおねえさんは手をひらひらさせて、パクチーだけを別皿に入れて持ってきてくれた。

「やっぱりベトナムの血だねえ」

何の気なしに言ったであろう真梨花の言葉に、顔をこわばらせたのは千帆だった。

「いや、わたしもパクチー好きだし」

千帆はそう言って皿からパクチーをつまみ、口に放り込んだ。

「うわあ、信じられない」

真梨花は笑いながら鼻をつまんだけれど、かすかに頬がこわばっていて、奈月は申し訳ない気持ちになった。真梨花の悪気のなさも、千帆の気遣いも、それを感じてあえてスルーしてくれた真梨花の態度も、奈月にとってはすべてが他人事みたいで、二人の気持ちは手に取るようにわかったけれど、肝心な自分の心はまったく追いついていなかった。

「パクチーを食べると口のなかがさっぱりするよ」

と、奈月は言った。

「うちは、ときどき食卓にパクチー出るから」

続けて言うと、そうなんだー、と真梨花がうなずいた。

「ぐだぐだ言ってないで真梨花も食べてみなよ。ほんとおいしいって」

千帆が言い、パクチーを真梨花の鼻先に持っていく。

「ぎゃー、やめてえ」

騒がしく笑いながら、三人でベトナム料理を食べた。ビールはおいしかったけれど、誰も追加はしなかった。最初の一杯がおいしいっていうのも、本当なんだと実感した。店内は徐々に混んできて、それぞれのテーブルから届く声がちょうどいいやかましさだ。

ベトナム初日、すべり出しは上々だ。店を出たらナイトマーケットを見て、ホテルに戻る予定だ。

千帆と真梨花の笑い声を聞きながら、奈月は、夜になってますます賑《にぎ》やかになってゆく外に目をやった。ビールの酔いも手伝ってか、知らない土地のお祭りに飛び入り参加したような、そんなわくわくした気分だった。


「うそっ!」

ホーチミン二日目。奈月と真梨花のアラームの音で最初に飛び起きたのは、千帆だ。

「まじかー。やっちまった……」

ベッドの上で頭を抱えている。

「おはよう、千帆。何度も声かけたんだけどねー」

「ぐっすり眠ってて、まったく起きる気配なかったからさー」

奈月と真梨花はひとつのクイーンサイズのベッドのなかから、それぞれ千帆に声をかけた。

昨夜、店を出てからナイトマーケットを練り歩いて、ホテルに帰り着いたのは十時過ぎだった。ホテルの部屋をまだ見ていなかった三人は、思った以上のきれいさと広さにひとしきり興奮し、互いにスマホを向けまくった。

お風呂はジャンケンで、真梨花、奈月、千帆の順に決まった。二つのクイーンベッドには、小柄な奈月が一日交替で千帆と真梨花と一緒に寝ることになった。

昨日は千帆と奈月ペアの予定だった。が、真梨花がシャワーを浴びている間に、千帆がすっかり寝入ってしまったのだった。何度か起こそうと試みたが千帆はまったく起きる気配がなく、結局、真梨花と奈月がひとつのベッドで寝たのだった。

「……不覚。あんなに汗かいたのにそのまま寝ちゃったんだ……。服そのままで……。化粧も落としてないー。うわっ、なんかくさい！　シャワー浴びてくる！」

そう言って千帆がシャワールームに飛び込んだ。

カーテンを開けたとたん、部屋中が朝の光で満たされる。今日もいい天気だ。

「グッモーニン、ホーチミンの朝」

目を細めた真梨花が、発音よく挨拶する。

「今日も暑くなりそうだね」

「超汗かくから、日焼け止めの意味がないんだよねえ」

真梨花ととりとめなく話しながら、奈月は窓から下の通りを眺めた。朝の六時。すでに人通りがかなりある。ベトナムの人は朝が早いと聞いたけれど、本当にその通りだ。

「あー、さっぱりしたあ」

千帆がタオルで髪を拭きながら洗面所から出てきた。無印のブラトップとパンティという格好。入れ替わりで洗面所に入った真梨花が、「ちょっとお、千帆」と声をあげる。

「ビショビショじゃないー、ったくもう」

洗面所をのぞくと、真梨花がせっせと床を拭いて、濡れたタオルやら足ふきやらを片付けていた。

「ごめーん。あとでやろうと思ってー」

ベッドにあぐらをかきながら、千帆が言う。奈月は思わず笑ってしまう。これまで知らなかった二人の新しい面を見ることができて、なんだか愉快な気分だ。

ちなみに真梨花の下着は上下おそろいのフリフリのかわいいやつで、下着については二人ともイメージ通りだった。奈月の下着は上下セットではあるけれど、ごくシンプルな、着け心地のいい綿タイプだ。ふいに御蔵くんの顔が浮かぶ。やっぱり御蔵くんも、かわいい下着が好きなのかな、などと不埒《ふらち》なことを思い、恋しくなった。

今日はクチトンネルツアーだ。敬遠していた真梨花も、結局参加することになった。奈月のあれこれを聞き、真梨花なりに考えたようだった。

「今からクチトンネルに行きます。ホーチミンからはだいたい七十キロくらいです。時間は、一時間半くらいかかります」

助手席に乗ったガイドのズンさんが、うしろを振り返って言う。ズンさんは五十代後半ぐらいの男性だ。

奈月は、車窓から見える街並みを興味深く眺めた。太極拳だろうか、公園で女性たちが同じ動作で身体をゆっくりと動かしているのが見える。

大通りには、これから会社に向かう人なのか、すさまじい数のバイクが渋滞している。ヘルメットにサングラス、色とりどりのマスクという出で立《いで た》ちの人が多く、賢人が幼い頃に見ていた戦隊モノに出てくるヒーローに見えなくもない。

水色を多く含んだベトナムの朝の空。ベトナム語で書かれた店の看板や広告に目をやりながら、反対車線を奈月たちとは逆に、市街地に向かう人々に思いをはせる。

どこの国でも一人一人にそれぞれの生活がある。運転手さんには運転手さんの生活があるし、ズンさんにはズンさんの生活があるし、太極拳をしているおばさんにはおばさんの生活がある。奈月はそんな当たり前のことに、突然気が付いたような気持ちになる。

そして、世界中の人が幸せでありますように、と、唐突にそんなことを思った。昨日の戦争証跡博物館でも、これまで訪れた神社仏閣でもそんな言葉が頭に浮かんだことはなかったけれど、朝のホーチミンの光景を目にして、そんな祈りをささげたくなった。

「みなさん、クチトンネル知っていますか。ベトナム戦争のときに、ベトコンが隠れていたトンネルです」

クチトンネルはインドシナ戦争中に作られ、ベトナム戦争時に修復、増設された。鉄の三角地帯と呼ばれ難攻不落と言われた、南ベトナム解放民族戦線の根拠地だ。

アメリカ軍は、いつどこから襲ってくるかわからないベトコンの住処《すみか》であるジャングルに空爆を行ない、枯れ葉剤を投下し、可視化させようとした。その被害者が、昨日見た戦争証跡博物館に写真展示されていた子どもたちだ。

車は道幅の広い道路を走っていく。国道だろうか。途中、日本で見慣れた「イオン」の看板や「KARAOKE」と書かれた建物があったりした。

「あっ、あれ、寺院ですか？」

お寺のような建物が見え、奈月は思わずズンさんにたずねた。

「そうです。お寺です。その理由は、ベトナム人は仏教徒が多いですから」

確かに、おばあちゃんは熱心な仏教徒だ。

「ズンさん、南の人はキリスト教の人も多いですか？」

ベトナム戦争について書かれた本に記されていたことを、奈月はたずねてみた。南側のベトナム共和国の初の大統領であったゴ・ディン・ジエムは熱心なカトリック教徒だったため、カトリック信者を優遇し、仏教徒を弾圧したとあった。

「いえ、ベトナムの人はほとんど仏教徒です。わたしもそうです」

ズンさんが言い、奈月はジエム大統領のことを聞いてみた。ズンさんは、「あー」と言って小さく首を振り、

「ベトナム人は仏教徒が多いです」

と、再度言った。

「ズンさんはホーチミンのご出身ですか」

思い切って、個人的なことを聞いてみた。ベトナム戦争のことを知りたいと思った。

「わたしは、はい、そうです。サイゴンです」

「ということは、南側だったということですよね」

「はい、そうです」

「ベトナム戦争のとき、街は大変でしたか？」

「あー、ところどころです。その理由は、戦争はゲリラ戦が多かったからです。ジャングル、田舎のほうが多かったです。サイゴンは海岸線にベトコンが住んでいました」

その理由は、が口癖らしいズンさん。「ベトコン」は、日本では蔑称と言われることもあるけれど、ベトナムではごくふつうに使われているのだろうか。そういえば、おばあちゃんも「ベトコン」と言っていた。

奈月はあのときのおばあちゃんの顔を思い出して、南側だった人たちだけが「ベトコン」と呼ぶのかもしれないと思った。おばあちゃんは、「ベトコン」と言うとき、顔をしかめていた。

ベトコンはベトナムコンサンの略。ベトナム共産という意味だ。意味的にはなんら蔑称ではないと、奈月は感じる。正式名称は、南ベトナム解放民族戦線。南ベトナムを、アメリカの傀儡《かいらい》政権から解放する、という意味だ。

「ベトナム戦争で、ベトナム共和国はなくなってしまいましたね」

千帆と真梨花は口を挟まずに、ただ耳を澄ましている。

「はい、わたしはベトナム戦争が終わったとき、十四歳でした。とても大変でした。南ベトナムの人は大学行っちゃだめ。仕事もない。仕事は屋台ぐらいでした」

「……苦労されたんですね」

「はい、親はとても苦労しました。その理由は、わたしたちが南ベトナム人だったからです。北ベトナム人たちはお金持ちになりました。銀行員、官僚、公務員は、みんな北ベトナムの人です」

「南ベトナムの人は、脱出した人も多かったですよね。ボートピープルとして」

「はい、そうです。二百万人の南ベトナム人が海外へ行きました。うちはお金がなかったから行けませんでした」

真面目な口調でズンさんが答えてくれる。

「ホーチミンは好きですか。えっと、ホーチミン市じゃなくて、ホー・チ・ミン主席のほうです。ホーおじさん」

「ホー・チ・ミン、好きです。質素な暮らししてました。親しみを覚えます。でも、共産党は嫌いです。その理由は、自由がないからです」

そうですか、と奈月は相づちを打ち、いろいろ教えてもらってありがとうございます、と礼を言った。ズンさんは戦争の話はあまりしたくなさそうだった。ホー・チ・ミンについては、強司伯父さんと同じことを言っていると思った。尊敬はしているけれど、共産主義には反対。

「メトロ作ってます」

しばらくしてから、ズンさんが言った。

「地下鉄ですか」

「そうです。北ベトナム、ハノイのメトロは中国が作っています。南ベトナムのホーチミンのメトロは日本が作っています。南のメトロはとてもきれいです。北はでこぼこです」

千帆と真梨花と顔を見合わせて笑うと、ズンさんも笑った。今日はじめて、ズンさんの笑顔を見た。

ズンさんは、わたしたちが日本人だから、わざわざ教えてくれたのだろうか。ただたんに日本の技術力の高さを褒めてくれたのだろうか。それとも、北に対してまだなにかしらの遺恨があるのだろうか。北は中国、南は日本が協力するという構図も、ベトナム戦争当時の東西冷戦の名残《なごり》なのだろうか。いや、もしかしたら、全部ズンさんのジョークなのかもしれない。

窓の外の景色は、いつの間にか気持ちのいい緑に変わっていた。田んぼの稲が一面に広がっている。風で穂が一斉に揺れる。

「そろそろクチトンネルに着きます」

奈月たちは座席に出していた水やスマホなどをバッグにしまい、代わりに帽子を取り出した。

入口に全体の地図があって進んでいくと、バナナの葉なのか椰子《やし》の葉なのか、細長い葉っぱを葺《ふ》いた小屋があった。戦争時、解放戦線の人たちは、ジャングルのなかでこういう小屋を作って、戦いながら生活していたのだろう。

施設の人が簡単な案内をしてくれる。ズンさんとは顔見知りらしかった。

「これ、なんだと思いますか？」

案内の人が石を指し示し、ズンさんが奈月たちに問いかける。頭の大きさぐらいの石に、ところどころ穴が空いている。

「なんだろ。ちょっとオブジェっぽいよね。現代アート的な」

千帆の返答に、真梨花が、まさかあと笑う。

「これは、空気を吸うための通気孔です」

「通気孔⁉」

巧妙に作られていて、なかには表面が苔《こけ》むしたものまであり、一見、通気孔には見えない。

「その理由は酸素を取り入れるためです。地下には長いトンネルがあります。息ができませんから」

続けて案内の人が、排水口のような穴を覆うB4サイズほどの大きさの蓋を指して、ベトナム語でなにかを言った。

「これは、ベトコンが隠れるところです」

ズンさんが訳し、取っ手をつかんで蓋をあけた。のぞいてみると、そこにはぽっかりとした暗い闇があった。

「入ってみてください」

「えー、無理」

三人で、申し合わせたように同じ言葉が出る。

「こんな狭いところに入れないよ」

「怖すぎて無理っ」

「出られなくなりそう」

千帆、真梨花、奈月、無理な理由はそれぞれ違ったけれど、ぜひ、と勧められて千帆が先陣を切った。

「足は着くんですか？」

「大丈夫です」

穴の横に座り、千帆がおそるおそる足を伸ばす。

「うわあ、ギリギリって感じ」

「蓋、閉めます」

ズンさんが言い、案内の人が蓋を閉めた。この上に枯れ葉や落ち葉を乗せたら、穴があるなんて誰も気付かないだろう。解放戦線の人たちはこんなふうに隠れて、敵を待ち伏せしていたのだ。

数秒後、蓋を開けると、千帆が目を丸くして顔を出した。

「真っ暗だった！」

当たり前のことを大発見のように叫ぶので、笑ってしまう。

「わたしは遠慮する」

真梨花が言うので、奈月が穴に入った。今日は三人ともジーンズだ。

「奈月は余裕だね」

細身で小柄な奈月はスッと落ちるように穴に入った。蓋が閉まる。暗闇。そこには真の暗闇があった。目を開けても閉じても、目に映る色は黒一色だ。蓋が開くことはわかっていたけれど、その数秒が限界だった。蓋が開いて陽光を感じられたとき、どれほどほっとしたかわからない。ほんの数秒のことだったけれど恐怖感がふくれあがり、我を見失いそうだった。

その他にもたくさんの穴や、穴がそのままトンネルにつながっているものもあった。トンネル体験もあり、十五メートルのトンネルを千帆と奈月は試してみたが、しゃがんで進まなければならず、体勢がきつく汗が滝のように流れた。こんなところで生活していたなんて、とても信じられなかった。地下で医療行為まで行なっていたという。

隠れ穴もトンネルも通気孔もカモフラージュすればわからないし、万が一見つかったとしても、身体の大きなアメリカ兵は簡単には入ることができない。解放戦線兵士たちの知恵とたくましさが集約されていると思ったし、そもそも強靭《きょうじん》な意志がなければ到底、トンネル内で過ごすことなどできやしないだろう。

当時の様子を再現したテントやハンモックもあった。等身大の人形もあり、その生々しさに思わずビクッとした。女性兵士の人形もあった。奈月は解放戦線の医師として活躍した女性の本を読んでいたので、リアルに想像できた。

展示されている戦車に欧米人のカップルが乗って、写真を撮っていた。戦車は想像よりも小さかった。これに人が乗って走るのだろうかと疑問に思ったが、乗用車ではなく攻撃用の兵器なのだから、これでいいのだと納得する。

敵に戦意を喪失させるためのブービートラップも多くあった。落とし穴の仕掛けを踏み抜くと、槍《やり》のようなものに串刺しにされ、もがけばもがくほど身体に傷を負う仕組みになっている。錆《さ》びた穂先で傷口が膿《う》んで破傷風になることを想定していたと、なにかの本で読んだ。いろいろなタイプの罠がいくつも展示されていて、案内の人が棒で突《つつ》いて見せてくれた。

「想像すると血の気がひく……」

「痛いよね……」

「底にも釘が打ち付けてあるよ……」

「先端恐怖症の人はダメだね」

「それどころじゃないでしょ」

「あー、じんじんしてきた」

真梨花がこめかみをぎゅっと押す。

「こういう罠って致命傷じゃないから、ものすごく苦しむよね。傷口が膿んでウジ虫が湧いたりしてさ。一発の銃弾で即死したほうがまだマシな気がする……」

千帆がつぶやくと、真梨花は、「ちょっと、やめてよう」と耳をふさいだ。

奈月は、数々の罠やそれらを作る当時の写真を見て、解放戦線兵士たちの底力をひしひしと感じた。昼間は農民、夜はゲリラ兵として、アメリカ軍と戦った人たち。女も子どもも、自分たちの生活を守るために力を貸したそうだ。

はたして、そこに政治的思想があったのだろうかと、奈月は疑問に思う。共産主義や民主主義に対して、命をかけるほどの理想があったのだろうかと。彼らはただ、ささやかな日常を守るために、侵入者を阻止しようとしていただけではなかったか。鬱蒼《うっそう》と繁《しげ》るジャングルに、人々が生活する村がある。ホーチミンのような都会とは、環境や生活がまるで違う。ベトナム戦争で北ベトナムが勝ち、世界中の多くの人たちは溜飲《りゅういん》を下げた。小さなベトナム国が大国アメリカに勝ったのだと。そもそも、アメリカが介入したのが間違いだったと。

奈月も心のどこかではそう思っている。多くの世論と同じように、北を爆撃し、ジャングルに枯れ葉剤を落としたアメリカ軍に不審を抱いている。同胞同士に殺し合いをさせたことに憤りを感じる。一体どれほどの民間人が亡くなったのか。アメリカ軍によるソンミ村襲撃では、妊婦、乳幼児を含む無抵抗の村民が大量虐殺された。

けれど、奈月の祖父は南ベトナム政府の役人だ。アメリカ側について、北ベトナムの社会主義政権を打倒しようとした。民主主義推しはわかる。けれど、こうして実際にクチトンネルを見ると、北側の人たちの地道な闘志と執念が伝わってきて、主義なんてどうでもよく思えてくる。

かと言って、祖父たち、南ベトナム側の人たちが悪いとも思えない。戦争に負けて自由を奪われ、粗末なボートで国から脱出した。どこにもたどり着けずに、海に散った多くの命。

母が無事に日本に着いていなければ、奈月は生まれていなかったのだ。

稲城の家で話を聞いた日、帰り際に蘭伯母さんは、

「民族独立の思いを理解できていたら、アメリカは負けなかったかもしれない」

と、ぼそりと言った。奈月はうなずくことしかできなかったけれど、あれはどういう意味だったのだろうかと考える。

「……奈月はどうする？　わたしはやってみる」

千帆に声をかけられて、とっさにうなずいた。ライフルの射撃体験のことだ。

「わたしもやってみる。せっかくだから」

真梨花が言い、三人でやろうということになった。

「十発で六十万ドンだって。三千円か。けっこういい値段だね」

「実弾だから仕方ないよ」

「三人で十発でいいんじゃない？　千帆が四発撃てばいいよ。わたしと真梨花は三発ずつってことで」

三発で充分、と真梨花がうなずく。

やり方を聞いて、まずは千帆から試すことになった。イヤーマフを装着して的を狙う。銃身は台に置いて固定したまま撃つ。なかなかサマになっている。

すさまじい音がした。真梨花はしゃがみこんでいる。イヤーマフをしていても大きな音が

耳に届く。ズドーンでも、ズキューンでも、バーンでもない。なんと表現したらいいのだろう。

ズシャーン。

というのが、いちばん近いだろうか。

「きゃっ」

奈月の肩に薬莢《やっきょう》が飛んできた。ものすごくびっくりした。一瞬、撃たれたのではないかと錯覚してしまった。心臓がどきどきする。

「銃をしっかり持ってないと、こっちの身体を持っていかれそう。渾身《こんしん》の力で持ったほうがいいよ」

四発撃った千帆が言う。わたしは最後でいいや、と真梨花が言うので、次に奈月が撃った。

ズシャーン。

千帆が言った通り、本当に身体を持っていかれる。ものすごい衝撃だ。そもそもライフル自体がとても重い。的になど当たるわけがない。

ズシャーン。

空気を切り裂いて、その先に響いていく音。リアルな銃声がイヤーマフをこじあけて、耳に入ってくる。

ズシャーン。

三発撃っただけで、かなり体力を消耗したような気分だった。衝撃の余波で身体がぐらぐらと揺れる。戦争中、これで撃ち合いをしていたのかと思うと気が遠くなる。

真梨花にバトンタッチして、奈月は呼吸を整えた。真梨花の構えも、千帆同様、サマになっている。重心がしっかりしているからだろうか。そういえば、千帆は高校時代、弓道をやっていたと言っていたし、真梨花はバレエを習っていたと思い出した。

ズシャーン。

ズシャーン。

ズシャーン。

「こわかったあ」

イヤーマフを外しながら、真梨花が口をへの字にする。

「あはは、奈月の腰、完全に引けてる！」

千帆と真梨花が撮ってくれた動画に、へっぴり腰の奈月が映っていた。

「なにこれ、ダサすぎる。めっちゃはずかしい！」

自分の姿を見て、これじゃあ、ぐらぐらと揺れるわけだと思った。ライフルを抱えるというより、人間がライフルに抱えられているみたいだ。

射撃場から移動してライスペーパー作りを見て、廃タイヤのゴムを使ったサンダル作りを見学した。

「ベトコンが履いていたホーチミンサンダルです。いかがですか」

ズンさんが言う。売っているらしい。

奈月はふと、ここで働いている案内の人は、戦争当時どちら側の人間だったのだろうかと考えた。若い人もいたが、年配の人が多かった。おそらく戦争中の記憶はあるはずだ。

解放戦線の兵士が仕掛けた罠を説明したり、解放戦線の兵士が履いていたホーチミンサンダルを作って売ったりしているのは、北側だった人だろうか。南側の人だったとしたら、なんという皮肉だろうか。

銀行員や官僚や公務員は、みんな北ベトナム政府側の人だと、ズンさんは言っていた。ズンさんの年齢で、体力のいる現地ガイドをするのはきついことだと思う。南側だったというだけで、もしかしたらズンさんは夢をあきらめたのかもしれない。

一足十六万ドン、日本円で約八百円。御蔵くんの顔が浮かんだ。靴のサイズは知らなかったけれど、サンダルだからおおよそでいいだろう。

「どっちがいいかなあ」

親指を入れるものと、甲の部分が交差しているタイプの二種類があった。奈月がつぶやくと、千帆と真梨花がびっくりした顔で奈月を見た。

「もしかして買うの？」

「うん、御蔵くんへのお土産《みやげ》」

二人は申し合わせたように、ほっほう、と言い、ニヤニヤした。

交差しているタイプのほうにして、なんとなくの感覚でサイズを選んだ。

「案外オシャレかも」

と千帆が言い、

「意外と履きやすそうだし」

と真梨花が言った。

その後、当時の主食だったというキャッサバ芋を試食し、ベトナム戦争についての映像を見た。モノクロのフィルムに、キリッとした解放戦線の女性たちが映っている。

既視感があった。太平洋戦争のときの日本のニュース映像と似ているのだ。「打倒米英！」のビラがばらまかれ、女性たちが「鬼畜米英！」と戦争標語が書かれた旗を振り、ラジオや新聞では敵の暴虐非道さが報じられた。

戦争を遂行するために、敵をおとしめ、戦意を高め、戦争の大義名分を謳《うた》う。自分たちは正しいことをしていると信じ込ませるプロパガンダ。

今映っている映像も解放戦線贔屓全開で、ベトコンは強く、アメリカ軍は弱いという、あからさまなものだった。小さなベトナムが力を合わせて、大国アメリカを退治したというストーリー。欧米人のグループも一緒に見ていたが、一体どんなふうに感じただろうか。

ついさっきまでは解放戦線兵士たちの強い思いに胸打たれていたというのに、一気に冷めていた。その己の単純さにため息が出る。

奈月は将来、小学校の教師になりたいと思っているけれど、たいした教師になれない気がした。感情に揺さぶられてすぐに考えが変わり、何事も好き嫌いで判断する。奈月がもっとも忌み嫌う最低最悪な教師に、未来の自分が重なった。

三時半にホテルに戻り、市街を散策した。ホーチミン市博物館を見て、サイゴン大教会へ向かったけれど、外壁の補修中で、あいにく建物のなかには入れなかった。

黄色に塗られた瀟洒《しょうしゃ》な中央郵便局。なかに入ると正面に大きなホー・チ・ミンの肖像画が飾られていた。フランス統治時代に作られたというだけあって、天井がクラシカルなアーチ状になっており、細部まで丹念にデザインが施されていて素敵だった。

「御蔵くんと家族に手紙出そうっと」

奈月が言うと、千帆も真梨花も「わたしも!」と、ハガキを選びはじめた。たくさんの種類のポストカードが売られていて、どれにしようか迷う。

奈月は御蔵くん用に、花の形をしたポストカードを選んだ。「I ♡ HO CHI MINH CITY」と真ん中に書いてあって、ホーチミンの観光の見所である六ヶ所の写真が載っているものだ。

――ホーチミンから愛を込めて♡

とだけ書いた。

母にはなんと書こうかとさんざん迷ったあげく、最終的に御蔵くんへと同じ、

——ホーチミンから愛を込めて！

になってしまった。ここで自分の気持ちを長々と書いてもしょうがないし、書くスペースも限られていた。結局、父、賢人、おじいちゃん、おばあちゃん、蘭伯母さん宛のポストカードにも同じことを書いた。まあ、いい。こんなものだ、と自分を納得させる。

強司伯父さんに出すのは遠慮した。大地と遥は、伯父さんがベトナム人だということを知らない。

——今、どんなことを考えてる？

これは自分用だ。奈月は、ベトナムから帰国したときの、自分の気持ちを知りたかった。旅行前と帰国後でなにか変わったことはあったのか、未来の自分に聞きたかった。

ホーチミン三日目は、ミトー・メコン川ツアー。朝の八時、ホテルのロビーで、ガイドのミンさんが待っていてくれた。ガイドは、ツアーによって、毎回替わる。

「今日はメコン川ツアーですね。どうぞよろしくお願いします！」

元気いっぱいの、笑顔がすてきな女性ガイドさんだ。年齢をたずねると三十四歳とのことだった。

「今、家の値段がものすごく高くなっています。ホーチミン二区のマンションは90平米で二千万円です」

車窓から見える、建築途中の建物を指さしながら、ミンさんが言う。ベトナムの物価から考えると、おそろしく高価な物件だろう。

「ビンタイン地区でいちばん高い建物は、八十一階です。これからたくさん造る計画があります」

三人の口からは、へえー、しか言葉が出ない。ベトナムは、これからますます発展していくのだろう。

「ベトナムの道路の名前は、ベトナム戦争での英雄や大臣の名前からとったものが多いです」

「へえー」

「みなさん、ベトナムビール飲みましたか?」

「飲みましたー」

「バーバーバーですか、サイゴンビール?」

「両方でーす」

「いいですね、両方とも同じ会社で作ってます。わたしはサイゴンスペシャルが好きです」

ミンさんの明るいしゃべり方。こちらまで明るい気分になる。

「ミンさん、ベトナムの一ヶ月のお給料ってどのくらいなんですか？」

あけすけに千帆がたずねる。旅ならではの質問だ。

「そうですね、ホーチミンは平均三万円ぐらいです。他は二万二千円ぐらいかな」

正直にミンさんが答えてくれた。思わず千帆と真梨花と目が合って、それぞれにすぐにそらした。予想以上に安いと思ったのだ。さっきミンさんが言っていたホーチミンのマンション二千万というのは、月給から考えると破格の金額だ。

「日本は物価が高いですね。でもいつか行ってみたいです。まだ行けませんけれど」

ころころと笑いながらミンさんが言う。

奈月は、日本で問題になっている外国人技能実習制度のことを思った。夢を持ってはるばる日本にやってきた実習生たちが、劣悪な環境のなかで、倒れたり自殺に追い込まれたりしている。ニュースを見聞きするたびに胸を痛め、日本人としてはずかしい気持ちでいっぱいになる。自分がベトナムの血を引いていると知ってからは、なおさらだ。

「昨日はどこか行きましたか？」

「クチトンネルに行ってきました」

「いいですね。どうでしたか？」

「すごかったです」

と、千帆が少しの間のあとで答え、奈月も真梨花も、すごかった、とうなずいた。「すごかった」だなんて、そんな簡単な感想で済ませられるわけはなかったけれど、どんな感想が最適なのかわからなかった。

「クチ区はベトコン多いです」

「ベトコンって南ベトナム解放民族戦線のことですよね」

奈月がたずねると、そうです、とミンさんは言った。

「南ベトナム政府に反対していた人がクチゲリラで、南ベトナム解放民族戦線のことをベトコンと呼びます。南ベトナム政府はぜんぶ一緒にしてベトコンと言います」

なるほど、と奈月はうなずいた。

「ミンさんはホーチミン出身ですか」

「クチです。子どもの頃はクチに住んでいました。高校生からホーチミンです」

「ご両親もクチですか」

「お母さんはクチ出身ですけど、ホーチミンにおしんに出てました」

「おしん？」

「テレビドラマのおしん。ほうこう？」

「奉公！」

三人で声がそろう。

「おしん、知らないですか？　ベトナムで人気です」

NHK連続テレビ小説「おしん」。ベトナムでも放映されていたようだ。奈月も千帆も真梨花もちゃんと見たことはなかったけれど、そのタイトルと、おしんという主人公が幼いうちに奉公に出されるということだけは知っていた。川で親と別れるシーンを、なにかの番組で目にしたことがあった。

「わたしのお母さんは、ホーチミンに奉公に出て、お父さんと出会いました。お父さんは南ベトナム軍の兵士でした」

奉公というのは出稼ぎのことだと思った。出稼ぎというより、都会に働きに出た、というニュアンスだろう。

「おじいさんはベトコンでした。だから、お父さんとお母さんの結婚には反対でした」

「え?」

「でも、お母さんのお腹には赤ちゃんがいました。二人は愛し合っていたので、お寺で結婚式を挙げました。戦争が終わってから、お父さんはクチに住みました」

そうだったんですか、と言うしかなかった。ベトコンだった男の娘婿は、対立している南政府軍の兵士……。

「そういう話はよくあります。敵同士で結婚。家族なのに敵。兄弟で敵同士」

「……そうですか」

「さみしいです。よくないことです。同じ民族なのに戦争。お父さんとお母さん、結婚を反対されてかわいそうでした」

ミンさんはそう言って、目尻の涙をぬぐった。

「でも、今はみんな仲良しです。北も南も関係ないです。ベトナムはひとつです」

笑顔で助手席のミンさんが振り向く。奈月はただただうなずいた。

「外を見てください。田んぼが多いです」

目にやさしい、きれいな緑が一面に広がっている。

「ベトナムは一年に三回、お米を収穫します」

「あっ、アヒル」

かわいらしいアヒルが水田を泳いでいる。

「アヒルは雑草や虫を食べてくれます」

ベトナムの緑はなんて色濃いのだろう。とびきり美しい一瞬を切り取った景色が、どこまでもどこまでも続いている。窓を閉めていても、おいしい空気が流れこんでくるようだ。

目的地に着くと、歓迎のベトナムの民族楽器の演奏があり、そこから船に乗ってメコン川へ出た。

「わあ、ぜんぶ茶色!」

「メコン川、でかすぎ!」

「得体の知れない魚が棲《す》んでそう!」

地理の授業でさんざん耳にしたメコン川。コーヒー牛乳色の水をたっぷりと湛《たた》え、大きく幾重にも波打っている。まさに大河。ものすごい迫力だ。水辺ぎりぎりに建つ家々。今、自分は異国にいるのだと、改めて強く感じる光景だ。

ミンさんが水上マーケットでココナッツを受け取り、奈月たちに配ってくれた。丸ごとのココナッツにストローを差したものだ。喉が渇いていたせいもあるのか、ことさらおいしく、身体にすうっと沁み込んでいった。

「ココナッツジュースは生理に効きます。ぴったり同じ日数で生理が来るようになります」

「まじ？　いいこと聞いた」

生理不順だといつも嘆いている真梨花が、手を打つ。

メコン川を眺めることは、まったく飽きなかった。船のエンジン音を聞きながら、雄大な川の流れを見ているだけで、言いようのない充足感があった。奈月はときおりスマホを向けながら、ただぼーっと川面《かわも》を見ていた。

無。なにも考えない、思考しない時間。どこまでも続くメコン川をただ見ているだけ。それだけで、身体の底からふつふつと歓喜の泡が沸き立ってくる。過去も未来も現在もない。すべてが今ここにあるだけだ。

来る日も来る日もこうしてメコンの景色を見ていたら、もしかしたら詩人になれるかもしれない、なんて絵空事みたいなことを思う。力強くて、太陽みたいな、女性みたいな、大地みたいな、そんなとびきりの詩が書けそうな気がした。

途中から、小さな舟に乗り換えて支流に進んだ。手の届く距離に森林があり、まるでどこかのテーマパークのアトラクションのようだ。はじめて見る植物や水草に目をうばわれる。鳥や犬や猫の姿も見えた。

昨日クチに行ったときにも感じたけれど、ホーチミンからさほど離れていない場所に、広大な自然、いわゆるジャングルが広がっているのだ。都市部とは住環境も生活もまるで異なる。経済格差はとても大きいだろう。

ランチにエレファントフィッシュという、メコン川で獲れた魚やら、揚げ春巻きやら豚肉煮やら豆スープやらフルーツやらをお腹いっぱい食べて、三人で写真を撮りまくった。食後はココナッツキャンディ作りの見学があり、試食でもらったココナッツキャンディがおいしかったので、一袋購入した。

奈月は今日のメコン川ツアーのことを、きっとこれから先、折に触れ思い出すだろうと思った。メコン川の雄大さ、水辺に住む人たちの生活、ココナッツジュース、ガイドのミンさんの笑顔、ミンさんの家族の話。メコン川の水の匂いと音。メコン川のすべての雰囲気が忘れがたかった。いつか家族で来られたらいいなと、奈月は思った。

ホテルにいったん戻ってから、カフェでベトナムコーヒーを飲み、買い物に出た矢先にスコールに遭った。分厚い雲が出てきたと思う間もなく、大粒の雨がものすごい勢いで降ってきたのだった。

「まじか」

「突然すぎる」

「前髪やばい」

濡れるのは嫌だと騒ぎつつもどこかたのしみながら、近くのアーケードで雨宿りをした。空から間断なく落下する、まっすぐで太い雨の線を眺める。地面に叩きつけられた水が舞うのか、景色が蜃気楼《しんきろう》のように煙って見える。

ふいに奈月は、この光景をいつかどこかで見たような気がした。デジャ・ブ。遠い昔、自分はこの場所に立っていたのだろうか。それとも、いつかの未来、今日と同じようなスコールを見るのだろうか。

アーケード内でも土産物を売っていて、せっかくだからと刺繍《ししゅう》のハンカチやポーチを買った。しばらくすると、空が明るくなってきて雨が止んだ。通りでは、すでに人々が移動しはじめている。スコールがある地域に住む人々はたくましい。臨機応変に対応して、決してあせらない。

三人でにぎやかな夜の街を、我が物顔で歩き回った。たった三日間だけど、すっかりベトナムの空気に慣れ親しんだ気になっていた。あれほどひやひやした道路も、難なく渡れる。

目に入った気になる店に次々と入って、かわいい雑貨をたくさん買った。

「スーツケースに入るか心配になってきた」

両手に大きなビニール袋を持った真梨花が笑う。

「お土産ばっちりだね」

「めっちゃかわいいの買えたから、早く使いたいよー」

三人でぶつかり合いながらホテルに向かった。

「ねえ、ちょっと……」

ホテルが見えてきたところで、千帆がつぶやいた。

「……あそこに誰かいる?」

なになに? と目をこらしたところで、足が止まった。ホテル脇の路地に一人の女性が座っていたのだった。ゴザの上には五歳ぐらいの子どもが横になっている。ベトナム語でなにか書いてあるのが目に入った。心臓がどくどくと波打つ。

千帆も真梨花も緊張しているのがわかった。見ていいのかわからない。通り過ぎてホテルの入口に着いたとき、

「やっぱり、わたし、ちょっと……」

と千帆がつぶやき、女性のところに戻っていった。置いてある缶に何枚かのお札を入れている。奈月もたまらず近寄ってお金を入れた。女性は大仰に手を合わせて頭を下げ、ポケッ

トティッシュを、千帆と奈月にひとつずつ手渡した。

横になっているのは男の子のようだった。動かない身体でゴザだけでは背中が痛いだろう。下は硬いコンクリートだ。

さっき通ったベンタイン市場でも、三歳ぐらいの子どもを抱いて、街を練り歩いている女性を見かけた。抱かれたその子は、戦争証跡博物館で見た写真の子どもと同じ症状だった。すれ違った瞬間は意味がわからなかったけれど、ああ、そういうことなんだ、とあとになって気が付いた。

なにをするのが正解なのかわからない。千帆にも真梨花にもわからないだろうし、偉い誰かに聞いたってわからないだろう。

ホテルの入口で待っていた真梨花が泣き笑いみたいな顔をして、奈月と千帆と腕を組む。三人で、汗ばんでベタベタの腕を絡ませながらホテルに入った。

翌日昼、奈月たちはタンソンニャット空港から、国内線でカムラン空港へ飛んだ。今回の旅はパッケージツアーではなく、いろいろとアレンジできるオーダーメイドツアーだ。千帆のおじいちゃんのホテルの紹介もあったし、なにより三人で気軽に動きたかった。

カムラン空港に降り立つと、「Miss CHIHO SAKURAGI」と書いた紙を掲げた青年が待っていた。桜木《さくらぎ》千帆。むろん千帆のことだ。

スーツケースを引きながら青年のところに向かおうとしたとたん、ベトナム人の女性二人と男性一人が奈月たちめがけて走ってきた。

「なちゅき？　なちゅき！」

年配の女性が言うやいなや、奈月の腕をつかむ。

「え？　え？　なに」

奈月だけが、あっという間に三人に取り囲まれた。

「奈月っ！」

千帆と真梨花が血相を変えて叫ぶ。

「なに！　どうなってんの！」

「ちょっと、ガイドさんっ！　大変！　こっちに来てえっ！」

千帆が紙を掲げていた青年に向かって大声を出し、青年が慌てて走り寄ってきた。

「ちょっと、なんなの、この人たち！　奈月！　奈月っ！」

「ガイドさん、早く助けて！」

千帆と真梨花が、三人の隙間から奈月の腕を取る。ガイドさんがベトナム語で、三人になにかを言っている。その間に、千帆と真梨花が奈月を力いっぱい引き寄せた。

「奈月っ、大丈夫⁉」

千帆が奈月の肩を抱く。真梨花は半泣き状態だ。当の奈月はぽかんとしていた。一体なにが起こったのか。なにがなんだかわからない。

「すみません、ちょっといいですか。このなかに、なつきさんって人、いますか？」

ガイドさんがたずね、奈月が、わたしです、と手を上げると、

「この人たち知ってますか」

と聞いてきた。奈月は首を振った。知っているわけがない。

「なちゅき！ なちゅき！」

年配の女性が奈月とおぼしき名前を呼びながら、奈月の手を取る。

「この人たち、なつきさんの親戚のようです」

「親戚⁉」

頓狂《とんきょう》な声が出た。千帆と真梨花が怪訝そうな顔で、親戚だというベトナム人を見ている。

「あっ……、もしかして蘭伯母さん……？」

奈月がその場で蘭伯母さんにＬＩＮＥを送ると、すぐに既読になった。

〈あはは。やっぱりそうきたか！〉

どういうこと？ 再度ＬＩＮＥを打ち込んでいたところ、電話の着信があった。

「もしもし、蘭伯母さん⁉」

「奈月、どう？ 楽しんでる？」

「それどころじゃないよ！ どういうこと？ 誰、この人たち」

「ちょっと、電話代わってくれる？」

「はあ？　誰に？」

満面の笑みで奈月を見ている三人に目をやると、年配の女性がベトナム語でなにか言いながら勢いよく近寄ってきて、スマホをよこせという仕草をする。

「ダイジョブダイジョブ」

と、日本語らしき言葉を発しながら、手をひらひらと振る。奈月がスマホを差し出すと、けたたましい笑い声を皮切りに早口でしゃべり出した。

「どういうこと？」

千帆と真梨花が戸惑った様子で辺りを見回している。

「わかんないんだけど、わたしがニャチャンに来るってことを、伯母さんがこっちの親戚に伝えたみたい」

二人はしばらく考えてから、ようやく事態が飲み込めたようで、

「……そうなんだ、よかった。事件かと思ったよ。心臓止まった」

「ほんと、誘拐とか強盗とかそういうヤバめのやつだと思った。まじでビビった」

と、くずおれそうになりながら言った。奈月は平謝りに謝った。ニャチャンに着いた早々、とんだ騒動だ。

蘭伯母さんと話し終えたらしいベトナム人の女性が、笑顔で奈月にスマホを返す。

「もしもし、伯母さん？　なに、一体どうなってるの？」

「奈月のことが心配で、空港に迎えにきてくれたみたいよ」

「心配？　なにそれ。国内線に乗っただけなんだから、心配もなにもないじゃない」

はあーっ、と大げさにため息をつくと、蘭伯母さんが、奈月、と真面目な声色で名前を呼んだ。

「おばさんたちは、奈月が心配で来てくれたのよ。わかる？　この意味」

「はあ？　意味ってなに？」

蘭伯母さんがなにを言いたいのか、さっぱりわからない。

「奈月、あなたはフンおじいちゃんとスアンおばあちゃんの孫なのよ。南の体制側だった人間の孫なの」

「は？　なに？　どういう……」

訝しく思った数秒後、あっ、となにかがつながった。

「もしなにかあったら大変だと思って、奈月の身を案じて、わざわざ迎えに来てくれたのよ」

「……うそでしょ」

という言葉が、実際に声になったかどうかはわからない。そんな考え、つゆほどもなかった。ベトナム戦争が終わって、とうに四十年以上経《た》っている。

「脱出した人間にとっては、それほどのことなのよ。あなたはその孫なのよ」

言葉がなかった。戦争当時、南側の役人だったおじいちゃん。日本で生まれ育った、その孫にまで、いまだに政府からの監視の目があるというのだろうか。そんな心配をしてくれて、この人たちはわざわざ来てくれたというのか。

それから蘭伯母さんは、迎えに来てくれた人の紹介をした。電話を代わった女性は、おばあちゃんの従妹《いとこ》のホアおばさん。男性はその息子のヅアンさん。もう一人の女性は、やはりおばあちゃんの従妹でフェンおばさん。

ホアおばさんとフェンおばさんは、おばあちゃんのお母さんの妹の末の二人の娘ということだったが、頭がこんがらがってすぐに理解はできない。

「これからどうすればいいの？　言葉が通じないからわかんないよ。わたしたち、今からガイドさんと一緒にホテルに向かうんだけど」

「ちゃんとわかってるから大丈夫よ。わたしのほうからも連絡しておくから」

蘭伯母さんはそう言って、通話を切った。

「なちゅき、なちゅき」

ホアおばさんとフェンおばさんが、奈月の手を取る。ベトナム語でなにやらまくし立てているけれど、まったくわからない。

「会えてうれしい、と言ってます」

ガイドさんが訳してくれる。二人とも六十代だろうか。ヅアンさんは奈月の父と同じか、ちょっと若いぐらいに見える。

「ニャチャンでの予定を聞いてますけど」

「今日はこれから、ホンチョン岬とポー・ナガル塔のツアーだよ」

千帆が答える。

ニャチャンには一泊の予定だ。明日は、千帆と真梨花は海水浴、奈月は一人で町を散策しようと考えていた。おばあちゃんが生活し、母が五歳まで過ごした町を、自分の足で歩いてみたかった。

「なちゅき！」

と言うが早いか、ホアおばさんとフェンおばさんが奈月をぎゅうっと抱きしめる。二人ともふくよかで、小柄で痩せている稲城のおばあちゃんとはあまり似ていない。ホアおばさんとフェンおばさんの洋服は、日本とは違う柔軟剤の匂いがした。

三人がベトナム語でなにか言い、奈月に手を振った。奈月は軽く会釈をして、車に乗り込んだ。おばさんたちは車が発進するまで、ずっと笑顔で手を振っていてくれた。

〈おばさんたちと別れて、ホテルに向かってるところです。夜にまた連絡します〉

奈月は蘭伯母さんにそうＬＩＮＥを入れ、深呼吸をして背もたれに身を預けた。びっくりすることが多すぎて、頭のなかが整理できない。

「奈月に会いにきたんだね」

と、真梨花が言い、

「会いたかったんだね」

と、千帆が言った。

ガイドさんに空港でのお礼を言うと、「ぜんぜん大丈夫です」と返ってきた。日本語の日常会話が上手だなあと思ってたずねてみると、日本の大学に通っているとのことだった。今は夏休みの里帰り中で、ガイドのアルバイトをしているそうだ。年齢は奈月たちより二歳年上で、互いの大学の話で盛り上がった。

「ニャチャン空港は、昔はアメリカ軍やフランス軍の空港でした。カムラン国際空港に便が移動するまでは、民間空港として使っていましたが、今はもう閉鎖されています。空港から海沿いの道は十年くらい前にできました。昔は森と畑でした。今、ニャチャンはリゾートに力を入れています」

ガイドらしいことを言わなくてはと思ったのか、そんな説明をしてくれた。彼は、今日の夜の便で日本へ戻るということで、ホテルまでの同行だった。日本でばったり会えたらおもしろいね、と言い合って別れた。

ホテルは、部屋が二つもあってキッチンまでついていた。ホテルというより、コンドミニアムっぽいね、と話しながら、ベッドが三つあることに歓声をあげる。

「奈月がようやく一人で広々と眠れる。泣けるわ」

真梨花が冗談みたいに言い、三人で笑った。

窓からは、遠くに海が見えた。浜辺へは十五分程度で行けるらしい。ツアーの集合時間までに少し時間があったので、ホテルの近くの店でチェーを食べた。日本を発つ前におばあちゃんが、おいしいよ、と勧めてくれた。スイカ、マンゴー、リンゴ、牛乳寒天、ドラゴンフルーツ、あんこ。たくさんのフルーツとつめたい氷が、熱い身体を冷ましてくれる。

奈月は、ホアおばさんとフェンおばさんとヅアンさんを思う。遠い異国に住んでいる見ず知らずの遠戚の娘のために、わざわざ出向いてくれた人たち。

南の体制側だった人間の孫。

蘭伯母さんの言葉が、くさびを打ったように頭に残っている。日本で安穏《あんのん》と暮らしている奈月からは、まったく考え及びもしないことだ。ベトナム戦争終結から四十三年が過ぎた。それでもまだなお、ボートピープルで国を脱出した人になにかしらの嫌疑があるのだろうか。

奈月はそんなことも知らずにのうのうと生きてきたことが申し訳なく、それなのにここまでしてくれるおばあちゃんの従妹たちが尊すぎて、ひれ伏したくなった。


ホンチョン岬は、大きな奇岩がいくつもある海岸だ。巨大な岩と岩の間にべつの岩が挟まって浮いていたり、まるで巨人が手をついたような跡がある岩もあった。

奈月は子どもの頃、おとぎ話が好きで、山や海などの広々としたところに行くたびに、いつも巨人の姿を想像した。山をまたいで、海に波を立てて、湖をあふれさせて、草原で昼寝をする巨人。人間が大好きだけど、体が大きすぎて一緒に住めないから、遠くで見守るしかできない巨人。

戦争が起きたときだけ現れて、人間たちの間に入り、矢を受け銃弾を受け、それでも戦争をやめないときは、足をドンと踏みならして大地震を起こす。すっかり忘れていたけれど、そんなお話を書いたことがあったと思い出した。

巨大な岩についた、巨人の手の跡。巨人は、戦場になったベトナムをどんな思いで見ていたのだろう。心優しい巨人の気持ちを思うと切なくなる。

続いて訪れたチャンパ遺跡のポー・ナガル塔は、女神ポー・ナガルを祀《まつ》る祭壇だ。観光客で混み合うなか、地元の人たちが熱心に祈っている。そのなかに一人、目の不自由な男性がいた。額を床にこすりつけては、手を合わせることを熱心に繰り返している。奈月は、ものすごく崇高で美しいものを目にした気がして、胸が熱くなった。

「わたしの叔父《おじ》さんはボートピープルです」

案内の途中で、このツアーのガイドのバオさんが言った。驚いて、千帆と真梨花と三人で顔を見合わせた。

「叔父さんはアメリカへ渡ろうとしましたが、運良く日本の船に助けられました。今は日本で暮らしています」

「バオさんのご出身はどちらですか」

奈月はたずねた。

「わたしはフエです。八歳のときにニャチャンに来ました。フエにはおばあさんがいます。おばあさんは九十二歳です。お父さんは四人兄弟妹《きょうだい》でしたが、脱出したのは叔父さんだけです」

「バオさんの叔父さんやお父さんは、南の体制側だったってことですよね」

「そうです。北と南では考え方が違います。中国と香港《ホンコン》みたいなものです」

奈月は、母がボートピープルだということを言おうかと思ったけれど、やめておいた。ベトナムで戦争中のあれこれを正直に赤裸々に話すには、まだ時間が足りない気がした。

「バオさんは日本に行ったことがあるんですか」

千帆が聞いた。

「叔父さんのところに一年間いました。そこで日本語習いました。日本は都会ですね」

バオさんは結婚四年目だそうで、子どもがまだできないことを憂えていた。どこにだって生活があるし、そこには大なり小なりの問題が発生する。叔父さんがボートピープルであってもバオさんにはバオさんの悩みがあって、すべては地続きだけど、一人一人違うのだ。

そんなとりとめのないことを、真っ青な空と赤茶色の遺跡群の見事なコントラストを見ながら、奈月はつらつらと考えていた。

翌朝、奈月たちは日の出を見るために早起きをして、五時にホテルを出た。

「めっちゃ人がいるんだけど！」

夜明け前のしずかな海に、たくさんの人影が見える。どうやら朝の水浴びをしているらしい。年配の女性が多く、水着に水泳キャップという出で立ちの人が目立った。白い砂浜には、すでにたくさんの足跡が交差して、複雑な模様ができている。

東の空がしらじらと明るくなってゆく。水平線には灰色の雲がかかっていたけれど、そこを抜けた瞬間、強烈な光が世界を照らした。オレンジ色のまっすぐな道が海面を通り、波打ち際まで伸びてくる。

ベトナムはオレンジ色がよく似合う。それはまさに、今見ているこの太陽の色に他ならない。強くてきれいで神々しい。

朝食後、千帆と真梨花は海へ向かい、奈月はホテルでホアおばさんを待った。昨夜、蘭伯母さんから連絡があったのだった。ホアおばさんたちが、奈月を迎えに来るという。言葉が通じないし困る、と断ろうと思ったけれど、フーコック島をやめてニャチャンにしたのは、おばあちゃんやお母さんが住んでいた土地の空気を感じたかったからだ。ホアおばさんたちの申し出は、まさに願ったり叶ったりとも言えた。奈月は心のなかで観念し、お礼を言って了解したのだった。

「なちゅき、なちゅき!」

ホアおばさんがぶんぶんと手を振っている。フェンおばさんとヅアンさんもいる。

「チャオ　ブーイ　サン」

奈月はスマホの翻訳アプリを使って言ってみた。ベトナム語で「おはようございます」。三人は一瞬「ん?」という顔をしたけれど、スルーだった。奈月はなんだかおかしくなって、日本語で通すことに決めた。言葉がわからなくても、ジェスチャーでなんとかなるだろう。

ヅアンさんが車を運転してくれ、二十分ほどしたところで停まった。ホアおばさんがなにか言っている。ホアおばさんの家らしい。

『さあさあ、降りて降りて。早く家にお入りなさい』

そう言っているように思った。黄色い外壁の大きな家だ。庭には数本の木が植わっていて、バイクが一台置いてあった。

ヅアンさんが家に向かって声をかけると、なかから返事がして女性が二人出てきた。

「なちゅき」

「なつき」

みんなが笑顔で奈月の名前を呼び、フェンおばさんが、『ほらほら、早くなかに入って』

と奈月の背中を押す。

入ってすぐに大きなリビングがあり、奥のソファーにおじさんが一人座っていた。ホアおばさんがおじさんをさして、おかしそうに笑う。おそらくホアおばさんの旦那さんなのだろう。

大きなダイニングテーブルに六つの椅子があり、座って座って、と勧められる。すぐにお茶やらお菓子やら果物やらがたくさん出てきた。みんながうれしそうに会話をしている。ときおり、「なちゅき」「なつき」と聞こえる。

カップケーキを勧められ、食べてみると、生地がしっとりとしていて、ほどよい甘さでとてもおいしかった。「おいしい!」と奈月が日本語で言うと、みんながさらに笑顔になって声を出して笑った。

ここにいる六人のうち、おばあちゃん世代はホアおばさん、ホアおばさんの旦那さん、フエンおばさんの三人で、他の三人はヅアンさん含め、奈月の親世代の人だった。この家に住んでいるのは、ホアおばさん、ヅアンさん家族だろう。

二階建ての大きな家。部屋はエアコンが効いていて適温に調整されている。大きなテレビが置いてあり、デスクトップのパソコンもある。豊かに生活している印象だ。ベトナムの家庭は床で食事をすることが多いと思っていたけれど、ここは違うようだ。

ホアおばさんがなにか言いながら、テーブルの上に分厚いものを置く。

「アルバム？」

奈月が言うと、意味が通じたのか、みんなでうなずいてアルバムをめくった。白黒写真が所狭しと貼ってある。

「チー・スアン！　チー・スアン！」

フェンおばさんが一枚の写真を指さして言う。

「……え？　もしかして、おばあちゃん？」

日本語はわからないはずなのに、みんなが大きくうなずいて、

「チー・スアン！　チー・スアン！」

と指をさす。

「ひゃー、おばあちゃん若い！」

思わず声が出る。写真のなかのおばあちゃんは、おばあちゃんの面影はあるけれど、奈月の知っているおばあちゃんではなかった。そこには、奈月と同世代のかわいらしい女の子が写っていた。

「これって、もしかして結婚式？」

ドレスに身を包み、髪に花飾りを付けている。

『そうそう、結婚式よ。ほら、これが新郎よ』

ホアおばさんが指をさしたところに、見知った顔があった。おじいちゃんだ！

「うそみたい……」

七三分けのおじいちゃん。裾が刈り上げてあって、今とほとんど同じ髪型だ。若い頃のおじいちゃん。希望に満ちた目で、カメラを見据えている。奈月はあふれそうになった涙を慌ててぬぐった。

姿勢良くまっすぐ立つおじいちゃんの横で、おばあちゃんは身をくねらせるようにして笑っている。幸せそうだ。ものすごく幸せそう。

『ほら、これ』

フェンおばさんが写真を指さしたあと、自分の胸を叩く。

「あっ、フェンおばさん？　ああっ、こっちはホアおばさんだ！」

奈月は目の前にいる二人と、アルバムの写真を見比べる。本人だから当たり前だけど、今の二人にどこか似ている。

「かわいいー。フェンおばさんもホアおばさんもかわいいよー」

大きな声で言ったら、引っ込めた涙がまた出てきた。奈月は、かわいいよう、と言いながら笑って泣いた。フェンおばさんとホアおばさんが『あら、まあまあ！』と、大きな手で奈月の頬の涙をぬぐってくれる。

そんなふうにしてもらったら、さらに涙があふれてきて、やだやだ、どうしよう、と笑いながら泣いた。黄色の服を着た女性が奈月につられて、顔をごしごしとこすっている。それを見たもう一人の女性がなにか言い、笑い声がはじけた。わけもわからず、奈月も笑った。笑えば笑うほど涙が出てきて、そんな自分がおかしくて、また笑っては泣いた。

こんなところで、若い頃のおじいちゃんとおばあちゃんに出会えるなんて思いもしなかった。かっこいいおじいちゃんと、かわいいおばあちゃん。この日に、二人は結婚したのだ。まだ蘭伯母さんも強司伯父さんも、お母さんも生まれていない。

奈月は今、とてつもなく大きなものに包まれている気がしていた。メコン川の大きなうねりにいだかれるように、まあるい繭《まゆ》のなかで何世代もの家族が輪になってたのしく笑っている。そんなイメージが頭に浮かぶ。

奈月はアルバムの写真をスマホで撮らせてもらうことにした。日本に帰ったら、お母さんに見せてあげたい。

「なつき」

呼ばれて、ヅアンさんのほうを見ると、ヅアンさんがノートパソコンを広げていた。

「Skype」

「スカイプ？」

顔を寄せて見て驚いた。

「蘭伯母さんっ⁉」

「奈月ー」

と言って、蘭伯母さんが手を振っている。

「やだあ、スカイプでつながってたの？　知らなかったよー。先に言ってよー」

「あはは、ごめんごめん。おばあちゃんもいるわよ」

おばあちゃんが、ぬっと画面に顔を出した。こっちにいるみんなが笑う。

「チー・スアン」

ホアおばさんとフェンおばさんが画面に手を振ると、おばあちゃんは、

「エム・ホア、エム・フェン」

と笑い、ベトナム語でなにやら話しはじめた。大きな声だった。おばあちゃんはいつも口数が少なくて小さい声で話す印象だったけど、画面の向こうにいるおばあちゃんは、普段とは様子が違った。

「アルバム見せてもらったんだって？」

蘭伯母さんが言う。奈月がうなずくと、みんながなにやら一斉にしゃべり出した。

『この子ったら、アルバム見て泣いてたのよ』

とかなんとか言っているに違いない。

「奈月、そこにいる人たち、誰が誰だかわからないでしょ」

「ホアおばさんとフェンおばさんとヅアンさんは、わかるよ」

「黄色い服を着てるのが、ヅアンさんの奥さんのヌーさん。白いTシャツを着てる女性がフ

ェンおばさんの娘のクアイさんね。ヅアンさんの娘のグエットと息子のツーンは、この時間は高校に行ってるわ。二人は英語ができるから、奈月と話せたのに残念だって」

「そうだったんだ」

ひそかに胸をなで下ろす。奈月の英語力では到底会話はできなかっただろうから、恥をかかずに済んでよかったかもしれない。

「おいしいカップケーキを作ってくれたのはヌーさんよ。お菓子作りがとっても上手なの」

奈月はテーブルの上のカップケーキをさして、カムンとお礼を言った。ヌーさんがうれしそうに微笑む。

蘭伯母さんが、奈月からみたときのみんなの呼び方を教えてくれる。

「ホアおばさんとフェンおばさんは、バージーがついて、バージー・ホア、バージー・フェンって呼ぶといいわ」

「へえ、頭にバージーをつけるのね」

「大叔母《おおおば》ってこと。ベトナム語は、呼び方ひとつでその人との関係性がわかってしまうくらい細かいのよ。北部、中部、南部でも異なるしね」

蘭伯母さんはここにいる人たち全員の、ベトナム語での呼び方を教えてくれた。

「ねえ蘭伯母さん、おばあちゃんの家はもうないの？」

奈月がたずねると、蘭伯母さんは「もうないわ」と首を振った。そのとき、画面の向こうで席を外していたおばあちゃんがちょうど戻ってきて、身振りを交えてベトナム語でなにか言った。

「今のわかった? 奈月」

蘭伯母さんが苦笑しながら言う。奈月は、だいたいわかった、とうなずいた。おばあちゃんの険しい表情から、おのずとわかる。おばあちゃんが住んでいた家は、脱出後、おそらく政府軍に取られたのだろう。

「わたしたちが脱出したあと、国に残ったみんなはとても大変だったの。政府軍が親戚中にわたしたちのことを聞いて回ったそうよ。関係あるものはみんな持っていっちゃったって。おばあちゃんとおじいちゃんの写真で残ってるのは、そのアルバムに貼ってあるものだけだって」

「そうなんだ」

蘭伯母さんとおばあちゃんがベトナム語で、ホアおばさんたちと話し出す。

「ホアおばさんたちは、おばあちゃんが脱出したことをまったく知らなかったから、びっくりしたそうよ。政府の人が来たけど、本当になにも知らないから余計なことを言わずに済んだって。知ってたら、あることないことベラベラしゃべっちゃったかもだってさ」

蘭伯母さんがそう言って笑うと、ホアおばさんとフェンおばさんも大きな声で笑った。

「エム・ホアはとってもおしゃべり」

画面のおばあちゃんが頬をふくらませて言ったのがおかしくて、奈月は噴き出した。そして、おばあちゃんがホアおばさんを呼ぶときは、「バージー」ではなく「エム」を付けるんだなと頭の片隅で思う。

フェンおばさんがなにやら大きな声で話し出し、ホアおばさんが大きくうなずく。

「チー・スアンには本当にお世話になったって言ってるわ。おもしろくていつも笑わせてくれて、よくわたしたちと遊んでくれたって。おばあちゃんの妹のダオもやさしかったけど、チー・スアンのほうがもっとやさしかったってさ。あはは」

今度は「チー」だ、と思いながら、奈月はハッとした。

「ねえ、おばあちゃんって妹がいるの？　どこに住んでるの？」

「アメリカ」

アメリカ……。奈月の胸のうちにある地球儀が、ぐあん、と一気にふくらんだ。今こうして日本ではない国に身を置いているからだろうか。親類が外国に住んでいるということが、よりリアルに感じられる。

「おばあちゃんって何人姉兄妹？」

「他に、お姉さんが一人とお兄さんが二人。お姉さんと上のお兄さんはもう亡くなってる。下のお兄さんはフランスにいるわ」

地球儀がまた、ぐあん、とふくらむ。蘭伯母さんの横で、おばあちゃんは神妙な顔をしていた。亡くなったお姉さんとお兄さんのことを思い出しているのかもしれない。

「離ればなれになっても、たとえ二度と会えなかったとしても、どこかで家族が生きてるってことが大事なの。わたしたちの家族がその地に根を張って、その子どもたちが結婚してまた子どもが生まれて。そうやってどんどん広がっていくことがうれしいの。それが祖国を出たわたしたちの思いよ」

蘭伯母さんの言葉に、奈月はきつく唇を結んでうなずいた。自分には到底、計り知れない気持ちだけれど、だからこそ重みがあった。

「帰ったら、またいろいろと教えてね、おばあちゃん」

奈月が声をかけると、

「気を付けて帰ってきて」

と、心配そうに言われた。おばあちゃんの人生。帰ったら聞きたいことがたくさんある。

「なんだなんだ」

と、画面の向こうで声がしたと思ったら、おじいちゃんがひょいっと顔を出した。大アップだ。みんなが笑い、「奈月」と、破顔して手を振ったおじいちゃんを見て、また笑った。

そういえば、おじいちゃんはフランス語が堪能だということを、奈月は思い出した。奈月は、大きくふくらんだ地球儀を両腕に抱えた。世界は広いけど、行こうと思えばどこにだって行けるのだ。

スカイプを切ったあと、ヌーさんとクアイさんが腕によりをかけて作ってくれた料理をごちそうになった。テーブルに並びきらないほどのお皿を見て胸が熱くなる。

つながり。

そんな言葉がふいに浮かぶ。おばあちゃんが生まれたときから、いや、もっともっとずっと昔から、自分への糸はつながっていて、たくさんの人と関わり合いながら、糸を広げて絡ませて、今の自分が存在するのだ。ちょっとやそっとのことではビクともしない、強くてしなやかな糸。それは世界中の誰もが持っている、つながり、そのものだ。

大きな窓の外で、緑の葉っぱが揺れている。おばあちゃんが育った街ニャチャン、お母さんの故郷ニャチャン。今自分がここにいることは、この世に生を享《う》けたときから決められていたことではないかと錯覚してしまうほど、奈月はこの場所を好きになっていた。

第六章　春恵

スアンはタイプライターに用紙をまっすぐに差し込み、右手でノブを回しながら慎重にセットした。姿勢を正して座り、間違えないように正確に、かつ手早く打っていく。

ティコ　ティコティコティコ　ティコティコ　ティコティコ。

キーボードを打つと小さなハンマーが紙を叩き、文字が印字される。

ティコティコティコ。

タイプの音が小気味よく響く。スアンはこの音が好きだ。自分がきちんと仕事をしていると思えるし、なによりも、政府のためにきちんと役に立っていることを認めてもらえているようでうれしい。

スアンは高校を卒業後、タイピストの養成専門学校を出て、市役所に就職した。所属は経済部移送課食料部だ。

「エム・スアン」

隣の席のギエムに名前を呼ばれて、スアンは、「はい」と返事をした。

「知ってる?」

タイプを打ちながら、ギエムが小声で言う。スアンは手を止めてギエムを見た。

「なんのことですか」

「……ベトコンよ」

怖がらせるような声を出し、スアンに目をやる。

「またベトコンにやられたらしいのよ」

ギエムが首を伸ばし、スアンの耳元でささやいた。

「そうなんですかっ!?」

大きな声が出てしまって、慌てて口に手を当てた。ギエムはスアンより十歳年上で勤続年数も長く、たくさんのことを知っている。

「……ほんとベトコンって、すごい情報網ですね」

スアンのつぶやきに、ギエムは大きくうなずき、

「どこにでもスパイが潜んでるからね。ベトコンは神出鬼没よ」

と、さっきよりもさらに芝居がかった声色で耳打ちした。スアンは背中がぞくっとして、思わずあたりを見回してしまった。すぐ後ろにベトコンが隠れているような気がしたのだった。

スアンたち南ベトナム側の人間は、南ベトナム解放民族戦線、北ベトナム正規軍、他ゲリ

ラ部隊など、北ベトナム側の兵士を総じて、ベトコンと呼ぶことが多い。この戦争は複雑に入り組んでいて、北側の人たちそれぞれの正式名称でいちいち呼んでいられないし、そもそも区別もつかない。

大きく息を吐き出してから、集中してタイプライターを打ち込んだ。

ティコティコティコティコティコティコティコ ティコティコ。

スアンは、南政府軍及びアメリカ軍に食料を配給する文書を作成している。一般に出回ることはないのだが、どういうわけか解放民族戦線及び北ベトナム正規軍に情報が漏れていることがあり、これまで何度も運送中の列車を爆破されたり、食料を略奪されたりした。

ギエムが言ったように、スパイは多い。南部の人間の振りをして暮らしているベトコンも多い。見た目だけでは見分けがつかないし、南部と北部ではなまりの違いがあるけれど、そんなものは練習すればどうにでもなる。どこにベトコンが潜んでいて聞き耳を立てているかわからないから、会話には注意が必要だ。

「ベトコンは、ずる賢くてすばしっこいからね。こちらも常に気を引き締めておかないと」

そう言って、強い意志をアピールするかのように、ギエムが唇をきゅっと結ぶ。スアンもつられるようにあごに力を入れて唇をぐっと結んだ。

ティコティコティコ ティコ チーン。

チーンというベルの音は改行の合図。スアンは改行レバーを押し、習慣化された指先の力加減でキーボードを打っていく。少しの力の差で、印字されるインクの濃淡に違いが出てしまうので、気は抜けない。

スアンが打っている文書には、事細かに食料の配布先が記してある。生きていくために、食べることはなによりも大事だ。スアンはキーボードを打ちながら、「どうか南側の軍人さんたちに、食料が滞りなく届きますように」と念じる。

ベトコンたちの主食は、ふかしたキャッサバ芋だそうだ。地下トンネルのなかで、粗末な食事をしているらしい。ベトコンたちは皆一様に痩せていて、目だけがぎょろっとしている。まるで腹を空《す》かせた野生動物のようだ。怖いし、みじめだし、気の毒にも思う。豊かな南部に比べて、北部はひどく質素な暮らしぶりだと聞く。

「心配しないでも大丈夫。この戦争は南ベトナムが勝つわよ」

ギエムが唇の端を持ち上げる。

「だって、ほら、見てごらんなさい」

ギエムがあごをしゃくった先の窓の外に目をやると、南ベトナム政府の制服をビシッと着こなした将校さんが歩いているのが見えた。

「南ベトナムの男たちのかっこよさったらないわ。ベトコンなんてランニングシャツにノンラーをかぶって戦ってるのよ。雲泥の差よ」

確かに、とスアンはうなずく。農民の振りをするためかもしれないけれど、よくもあんな格好で、アメリカ軍と戦えるものだと思う。

一九六七年、戦況は南ベトナム優位に動いている。今年はじめに行なわれた、アメリカ軍によるサーチ・アンド・デストロイ作戦、ジャンクション・シティ作戦は大きな効果があったし、北爆もこれまでにない規模で行ない、効果が格段に向上していると聞いた。自由主義各国からの援助、協力も格段に増えた。この戦争は南ベトナムが勝つだろうと、スアンももちろん思っている。

「エム・スアン」

「はいっ」

ギエムが急に高い声で名前を呼んだので、姿勢を正した。

「こないだあなたを見かけたわ。男性と一緒だったみたいね。恋人かしら」

恋人という言葉に、心臓が止まりそうになる。

「あ、はい、いいえ、いや、そ、そうです……」

タイプを打つ手を止めて、しどろもどろになって答えた。

「結婚を考えているの？」

「……はい、考えています」

顔が熱かった。

「そう」

ギエムはそれだけ言って、前に向き直って勢いよくキーボードを打ちはじめた。ものすごいスピードだ。そんなに早く打つと印字が薄くなってしまうのではないかと心配になったが、スピードに劣らずキーボードを叩く力も強かったので、さすがだと思った。

ギエムは独身だ。器量も悪くないし仕事もできる。どうして今まで結婚しなかったのかはわからない。

「手が止まってるわよ」

ギエムにぴしゃりと言われ、スアンは「はいっ」と、大きく返事をして、仕事の続きにとりかかった。フンさんのことを思い出して、自然と顔がにやけていたのかもしれない。ギエムは普段はとてもやさしくていい人だ。たまにこんなときがあってもいいではないかとスアンは思い、いや、そんなふうに思うこと自体失礼だと反省する。

背筋を伸ばし、気を引き締めて、スアンはキーボードに集中した。とにかく自分のやることは、正確にタイピングすることだ。南ベトナムのために戦っている兵士さんのために。南ベトナムの勝利のために。

日曜日、ヴェスパに乗ってフンさんがやって来た。フンさんは母と挨拶を交わし、雑談しながら居間でお茶を飲んでいる。スアンは鏡の前で、叔母からもらったとっておきの口紅を小指でちょんちょんと唇につけてから、居間に顔を出した。

「アン、おはようございます」

スアンははにかむような笑顔で、フンさんに朝の挨拶をした。

「おはよう、エム。今日は映画に行きませんか?」

スマートに立ち上がって、フンさんがスアンを見つめる。

「いいですね」

と、スアンは返事をした。母はわざとらしくそっぽを向いている。

「あ、わたしも行くわ」

妹のダオだ。今まで姿が見えなかったのに急に現れた。どこかで様子をうかがっていたのだろう。きっと事前に、一緒についていくよう母に言われたに違いない。

「もちろんです。ベー・ダオも一緒に行きましょう」

フンさんは母に礼儀正しく挨拶をしていとまを告げ、スアンをヴェスパの後ろに乗せた。ダオは家のバイクだ。二台で連なって映画館へ向かう。

「ちゃんとつかまっていないと、危ないよ」

フンさんが大きな声で言う。フンさんの腰に手を回すことにためらいがあり、スアンはタンデムシートの後ろの枠に必死でつかまっていた。

「ほら、こうして」

そう言ってフンさんが後ろに手を回してスアンの腕を取り、自分の腰に回した。今、フンさんに顔を見られなくてよかったとスアンは思う。だって、わたしの顔はきっと真っ赤だろうから。

フンさんは、伯母さんが紹介してくれた。フランス式教育の私立中高一貫校を出て、その後、士官学校を卒業し、今は基地で将校として働いているエリートだ。いつも髪をきちっと七三に分けて、仕立ての良い服を着ている。

ギエムがフンさんの将校姿を見たら、かっこいいと言うだろうか。そんなことをスアンは思い、言うに決まってる、と即座に結論づけて自然と頰が緩む。

「顔はふつうだけど、スタイルはいいわね」

フンさんをはじめて紹介したとき、ダオがそんなことを耳打ちしてきた。スラックスに包まれた長い足。

「失礼よ」

「ヒップがキュッと上がってるのよね」

「エム・ダオ、一体どこを見てるのよ」

スアンが少々憤慨気味に返すと、

「チー・スアンの代わりに言ってあげてるのよ」

と悪びれる様子なく胸を張った。いつかダオのお相手が見つかったときには、さんざんデートに付き添って彼のことを事細かく観察してやろうと、スアンは心に決めている。

映画はアメリカの西部劇だった。フンさんを真ん中にして、右隣にスアン、左隣にダオが座った。途中、かっこつけた男の人が転ぶシーンがあり、スアンはおかしくて笑い出したくなったのだけど、隣のフンさんはいたって真剣な表情で画面を見つめていた。ダオと笑いを共有したくてフンさんの向こう隣に目をやると、ダオも同じタイミングで顔の向きを変えた。

「ぷっ」

ダオが噴き出す。スアンも、こらえきれずに声をあげて笑ってしまった。

「二人とも、とてもたのしそうだったね」

映画館の暗がりから外のまぶしい光のなかに出て、開口一番にフンさんが言う。おもしろかったのは男の人が転んだシーンだけで、あとは決闘シーンばかりだったので、スアンとしてはいまひとつだった。ダオも同じだったようで、二人で顔を見合わせてうなずいたあと、たのしかったです、とそろって答えた。

「コーヒーでも飲みに行こう」

フンさんが太陽を見上げて、サングラスをかける。

「サングラスが似合うわね。っていうか、サングラスをかけてるほうがいい男。サングラスをかけてさえいれば、俳優さんみたいよ」

以前、ダオはそんなふうにも言っていた。まったく失礼しちゃう。

「アン・フン、わたしはここでおいとまします。友達と約束があるので」

ダオはフンさんにそう言ったあと、わたしの手を握り、姉をよろしくお願いします、と頭をちょこんと下げて行ってしまった。気を利かせたつもりなのだろう。

「ベー・ダオは、ぼくにとってもかわいい妹だ」

フンさんの言葉に、スアンはうれしくなる。フンさんはやさしくて誠実だ。わたしの家族にもとても良くしてくれる。きっといい夫になってくれるだろう。わたしもフンさんのためにいい妻になりたいと、スアンは思う。

コーヒーを飲みながら、フンさんはいろいろな話をしてくれた。フンさんはとても物知りだ。フンさんは家族のことを話し、いかに自分が恵まれて過ごしてきたか、今がいかに幸せかを聞かせてくれた。

フンさんはスアンの家族のことも聞きたがった。スアンはこれまでも何度か話したことのある話をしたけれど、フンさんはまるではじめて聞くような関心を持って、何度もうなずきながら耳を傾けてくれた。スアンは自分がどんなに幸せに育ってきたか、亡くなった祖父母にどれほどかわいがられてきたか、家族のみんなにどれぐらい感謝しているかを、フンさんに負けじと語った。

「エム、君はぼくの想像した通りの理想の女性だ」

そんなふうに言われるとき、スアンはなんと答えていいかわからずに、うつむきながら、うれしいわとつぶやくのだった。

その日の帰り、フンさんはスアンにカトレアの大きな花束をプレゼントしてくれた。紫とピンクを混ぜたような、大胆であざやかな色彩。小さなコテでくるくるっと巻いたような、可憐《かれん》で繊細な花びら。

「とてもきれいだわ」

花束を胸に抱くと、

「君にぴったりだと思ったんだ」

とフンさんは、ちょっと照れたように言った。サングラスに隠された瞳が、細かく震えているように見えた。

その瞬間、スアンは喉元が熱くなり、わけもなく泣きたくなった。フンさんはわたしのことが好きで、わたしもフンさんのことが好き。確信を持って、そう胸のうちでつぶやくと、身体の内側から湧き出るような喜びが全身を満たし、またわけもなく泣きたくなり、これこそが恋だと知るのだった。

真っ白いドレスに花の髪留め、髪はシルヴィ・バルタンそっくりにセットしてもらった。自分でやるとなかなかうまくいかないけれど、結婚式だと伝えたら、美容院のおねえさんがはりきって毛先を巻いてくれた。

「スアン、とてもきれいよ」

みんなが口々に言う。「そりゃそうよ、シルヴィだもの」。スアンは、気の置けない人にはそう返して笑いを誘った。

父と母はうれしそうだった。フンさんはスアンの両親にとって、すでにお気に入りの息子なのだ。

今日は一生に一度の特別な日。アメリカでは反戦運動が盛んだそうだけれど、今日だけは戦争のことなんて知らない。今年は一月に革命側のテト攻勢、二月は南の軍人がカメラの前でベトコンを射殺するという事件が起こった。フンさんの表情も険しいことが多く、スアンはいつも心配していたけれど、今日は朝からずっと笑顔だ。人生で一度きりの、愛する二人の結婚式。

たくさんの親類が、ニャチャンに集まってくれた。姉兄妹がそろうのもひさしぶりだ。長兄のクックは去年からニャチャン空港に勤務している。フンさんとも顔見知りだ。現在は奥さんと二人の娘の四人暮らしで、妹のダオが結婚して家を出たら、クックが実家に戻ることになるだろう。

次兄ホップは、サイゴンから来てくれた。まだ独り身で親類宅に身を寄せている。やはり軍関係の仕事に就いている。

姉、トーアの家族は、ダラットから駆けつけてくれた。あんなに小さかった甥のロンは中学生となり、タィンは小学三年生だ。

「おめでとう、ジー・スアン」

ロンとタィンがかわいい花束をくれて、スアンはつかの間、感傷的になった。時の早さをつくづくと感じたのだった。スアンは祖父母の写真に手を合わせた。祖父は、祖母が亡くなった二年後に旅立った。きっと今頃は、空の上で二人仲良く過ごしていることだろう。

――オンノイ、バーノイ。わたしはこの家で、とても幸せに暮らしてきました。オンノイの陽気なおしゃべりと、バーノイの温かい手を、わたしはいつだってすぐに思い出せます。本当は今日ここにいて欲しかったけど、きっと空から見ててくれてるよね。オンノイ、バーノイ、本当にどうもありがとう。わたしは今日結婚します――

写真の二人が微笑んでいるように見える。スアンは目尻の涙をぬぐった。

時間になって、フンさんとフンさんのご両親がやってきた。果物やお菓子、チャウカウを仏壇に供える。フンさんからの贈り物の指輪、ピアス、ネックレスを身につける。ダイヤモンドをあしらった指輪、パールのピアスとネックレス。きらきらと輝いて、今日のドレスにぴったりだ。

「さあ、出発だよ。とてもきれいだ。ぼくの花嫁さん」

「あなたもとてもすてきだわ。わたしの旦那さま」

これからレストランに行き、お披露目会だ。高校時代の親友、リエン、アン、ハオも来てくれる。

「ほら、車が来たわよ。新郎新婦さんたち」

スアンはエスコートされて車に乗った。

今日は最高の日！　フンさんのお嫁さんになる日！

スアンは窓から手を出して、熱い風を腕に受けた。太陽がサイドミラーに反射して、金色の光でスアンを照らす。わたしは今、最高に幸せだとスアンは感じる。大好きな人と、これから新しい家庭を築いていくのだ。こんなに喜ばしいことはない。

一九六八年六月。ファン・ヴァン・フンとレ・ティ・スアンはめでたく夫婦となった。


「ラーン、クオーン」

ちょっと目を離した隙に、もう姿が見えない。スアンは大きなお腹を抱えながら、庭に出て二人の名前を呼んだ。

「ベー・ラン！　ベー・クオン！　どこにいるの。お返事しなさーい」

まったくもう。おてんばのランが先頭を切って、クオンを連れて行ったに違いない。

結婚して四年、夫の転勤でダラットに来て二年が過ぎた。ダラットは一年中過ごしやすい気候で、フランス植民地時代に避暑地として開拓されたこともあり、街並みも美しく、スアンはとても気に入っている。自然豊かな高原地で、子どもたちを育てるのに最適な場所だ。姉家族が近くにいることもあり、なにかと安心できる。

「うえーん！」

クオンの泣き声。スアンは急いで声のするほうに走って行った。

「クオン！」

草むらでうずくまってクオンが泣いている。その横ではランが大の字になって、にらむように空を見上げていた。

「メー！　メー！」

母親の姿を認めたクオンが、泣きながら走り寄ってくる。

「どうしたの、クオン。どこか痛いの？」

「うえーん！」

ひときわ大きな泣き声をあげながら、スアンの胸に飛び込む。

「一体どうしたっていうの」

「ラン、ぶったあ！　ラン、ここ、ぶったあ！」

そう言って、自分の額に手を当てる。見れば確かに赤くなっている。

「いたいよー、えーん」

「あらあら、かわいそうに」

スアンがクオンを膝に抱いて額に手を当てると、ようやく泣き止んだ。

「ラン」

「なあに」

「クオンのおでこをぶったの？」

「そうよ」

「どうして」

「こうして目をつぶっていると、きらきらした光が目のなかに落ちてくるの。宝石みたいにきれいなの。せっかくクオンに教えてあげたのに、ちっともやらないんだもの。だからお仕置きしたのよ」

「……まあ。そんなことしちゃいけないわ。大事な弟なんだから、かわいがらなくちゃ。ランはお姉さんなんだから」

「フンッ。お姉さんなんてつまらない。クオンなんて嫌い」

ランが立ち上がって、クオンの髪を引っ張った。

「うわーん」

「こらっ、いけません。ラン」

「クオンなんて大っ嫌い。泣き虫！」

ランは言うが早いか、落ちていた木の枝を拾ってブンブンと振り回している。せっかく泣き止んだクオンがまた泣きはじめる。

「まったくもう」

よしよし、とクオンの背中をさすりながら、スアンは大きく息を吐き出した。ランのおてんばにはほとほと参る。まだ三歳だが、すばしっこく歩き回り、ときには木に登ったりする。川に入っているのを見つけたときは心臓が止まりそうになったし、あるときなんて、停めてあったベトコンの自転車をパンクさせて慌てて逃げたこともある。口も達者で、まるで小学生のような口を利く。

ランが生まれた翌年にクオンが誕生したのも、ランにとってはおもしろくないことだったのかもしれない。ランが一歳の誕生日を迎えた四ヶ月後に、クオンが生まれた。生まれたばかりのクオンを家に連れ帰ってきた日、てっきり弟ができて喜ぶと思っていたランは、終始不機嫌でひと言も口を利かなかった。

あの日のことを思い出すと、スアンはクスッとおかしくなる。

「ベー・ラン。あなたの弟よ」

クオンの顔を見せるようにランのそばに寄ると、ランは顔をしかめて部屋の隅っこに飛んでいった。スアンはクオンをベッドに寝かせて、そっぽを向いているランに声をかけた。

「おいで、ベー・ラン」

スアンは、もじもじしているランを胸にぎゅうっと抱きしめて歌をうたった。

「♪ベーランイゥトゥーン、ベーランジェトゥーン」

大好きなランちゃん。かわいいランちゃん。あなたはメーの宝物。大好きなランちゃん。かわいいランちゃん。あなたはメーの宝物。あなたはメーの世界一。あなたはメーのいちばんの女の子。

ランは、さぐるような目でスアンを見て首を傾げた。

「そうよ。ベー・ランがいちばんよ」

そう言って強く抱きしめると、ランは「えへへ」と笑い、腕のなかから飛び出して、クオンのところに行った。そして、小さな手でクオンの髪をなでたのだった。

「おとうと」

誇らしそうに言って笑った。

スアンはあのときのランの笑顔を思い出す。甘えたい盛りに、突然弟がやって来て、愛情を取られると思ったのだろう。

「ラン！　ほら、そっちは危ないわよ」

さっきまで手にしていた枝はいつのまにか捨てたらしく、今度は自分の背丈ほどもある枝を持っている。

スアンはクオンにちょっと待っててね、と告げ、ランを追いかけた。

「つーかまえた！」

と、ランを抱き上げる。最初はイヤイヤと身をよじっていたランだったけれど、お腹をくすぐるとクスクスと笑い出した。

「メーの大切なおてんばさん」

ランの額に唇をつけて言うと、キャッキャッと声をあげて笑った。

「ぼくもー」

おもしろそうだと思ったのか、クオンもやって来て、だっこー！ とせがむ。

「わたしがしてあげる」

ランがスアンの腕から飛び降りて、クオンのパンツをぐいっと引っ張って上に持ち上げ、その場でぐるぐると回りはじめた。

「いたいよー、いたいよー」

クオンが言うがお構いなしだ。スアンは思わず噴き出してしまった。子どもって、なんておもしろいんだろう。

「あはは。ああ、おかしい。あははは」

スアンが笑うのを見て、ランも声をあげて笑う。クオンだけが、いたいよー、と言って手足をバタバタさせている。そのうちにクオンが振り回している手がランにぶつかって、ランが怒ってクオンを放り出すのだろう。厄介な展開が目に見えているけれど、それでも今がたのしくてスアンは笑い続けた。

「メー、赤ちゃんいつ来るの？」

おや、ケンカにならずに済んだようだ。ランとクオンがスアンの膝にまとわりついてくる。

「そうね、あと六十回朝が来たら、赤ちゃんに会えるかしら」

「うっそー！　六十回も!?　そんなにたくさん！　ねえねえ、女の子、男の子？」

「さあね、おたのしみよ」

「わたし、女の子がいい。妹がいい」

「ぼく、男の子がいい」

「女よ。妹に決まってる」

「男のほうが、かっこいいもん」

「うるさい。クオンはかっこ悪いくせに」

一瞬きょとんとした顔をしたあと、クオンがうえーん、と泣き出した。

「ほら、すぐ泣く。かっこ悪い」

「わーん」

あらあら、よしよし、と言いながら、スアンはまた笑ってしまう。本当に子どももっておもしろい。

「メー、見てえ。飛行機」

ランが空を指さす。アメリカの飛行機だろうか。低い位置を飛んでいる。ダラットには将校を養成する有名な士官学校がある。飛行機が飛ぶのは日常茶飯事だ。

今年は北爆が激しかったと聞いたし、ウォーターゲート事件で話題となったニクソン大統領も再選された。南側にとって、深刻な問題はないだろうとスアンは思っている。

「わあ、いっぱい来たあ」

クオンをなだめすかして歩かせようとしているとき、ランの声で、スアンは再度空を見上げた。

「……え？」

次から次へと飛行機が上空を通っていく。南ベトナム側の飛行機だろうけれど、スアンは突如不安になった。庭の木が爆弾によって燃えたのは、去年のことだ。

「ラン、クオン、急いで帰るわよ」

スアンは一度おろしたクオンを抱き上げ、ランの手を握った。足早に草むらをかけてゆく。

「もっと遊びたいよう」

「またあとでね」

後ろを振り向きながら歩くランを、引っ張って急《せ》かした。嫌な予感がする。早く早く！

スアンはお腹をかばうようにしてクオンを抱えながら、ランの手を強くつかんだ。早く早く！　どこか屋根のあるところに！　早く家のなかに！　もつれる足を奮い立たせて、スアンは全速力で走った。

家に着いたときにはもう、飛行機は見えなかった。今住んでいるのは、フランス植民地時代に作られた、かわいらしい水色の家だ。借家だけれど住み心地は抜群にいい。

スアンはダイニングの椅子に座って、息を整えた。ランとクオンは、さっそく二人で遊んでいる。

水を一杯飲んだあとで、でもよく考えてみれば、とスアンは思う。屋根のあるところに避難したところで、爆弾を落とされたらなんの意味もないのだ。

去年、庭の木が燃えたとき、スアンと子どもたちは家のなかにいた。すさまじい爆音と衝撃に、とっさに子どもたちを抱えてうずくまった。奇跡的に被害はなかったけれど、スアンは激しい憤りを感じた。子どもたちになにかあったらどうしてくれるのだ！　一般市民の家に爆弾を落とすなんてどうかしてる！

「間違えただけだ、大丈夫だから心配しなくていい」

その日帰宅した夫はそう言った。

「万が一、わたしたちが庭にいたらどうなっていたと思う？」

夫のフンはゆっくりと首を振って、

「エム、よくお聞き」

と、スアンの目を見つめた。

「今は戦争中だ。なにがあってもおかしくないし、いつ誰が死んでもおかしくないんだ」

「民間人でも？　子どもでも？　女でも？」

　スアンが抗議の声をあげると、フンはそれには答えずに、

「でもぼくたちは大丈夫。たとえ周りでなにかが起こったとしても、ぼくたちだけは絶対に大丈夫だ。だから心配しなくていい」

と告げた。スアンは、夫の言っている意味がよくわからず、「どういうこと？」と、聞き返した。

「心配や不安は、悪い現実を引き寄せる。常に大丈夫だって思っていれば大丈夫なんだ。君も子どもたちも危険な目には遭わない、絶対にね」

　スアンは夫の顔をまじまじと見た。夫の仕事上、なんらかの計らいがあって大丈夫だと言っているのだと思ったが、ただの希望的観測じゃないか。なんの根拠もない。

「なんでそんなふうに断言できるの？」

　半ば呆れながら、スアンはたずねた。

「なんでもだ。ぼくが絶対に大丈夫って言ったら、それは本当に絶対に大丈夫なんだよ、エム。ぼくたちは護《まも》られている。だって、仏さまのご加護があるからね」

　え？　一瞬ぽかんとしたあと、スアンは声をあげて笑ってしまった。真面目な顔をしてなにを言うかと思ったら、仏さまのご加護とは！

　スアンが笑い出すと、夫も一緒になって笑いはじめた。抗議したい気持ちはあったけれど、

抗議したところで、どうにもならないこともわかっていた。今は戦争中なのだ。完璧に安全な場所なんて、ベトナムの国土のどこにもないのだ。

「わかったわ。わたしたちは絶対大丈夫なのね。そう信じて、肝に銘じるわ」

あの日スアンはそう言って、夫に対して大きくうなずいたのだった。

「♪チュン ミン ジュー コー チュエン ジー ティー クゥン ホム サオ カー」

わたしたちはなにがあっても大丈夫ー。スアンは歌うように言ってみた。「なんの歌？」と、ランがたずねる。

「なんでもないわ。さあ、お食事の支度をしましょう」

気を取り直して、スアンは積極的に身体を動かした。びくびくしていたって仕方がない。日々の生活を、丁寧に心を込めてやり遂げることが、夫が言っていた「ご加護」につながることなのかもしれない。そんなふうにスアンは思った。

それから、ぴったり六十回の朝が来た夕方、スアンは三人目の出産を無事に終えた。かわいい女の子だった。ベトナムの正月であるテトを祝う黄色い梅の花、ホアマイから、マイと名付けた。南ベトナムからアメリカ軍が手を引こうとしている今、夫は少しでも明るくおめでたい名前をつけたかったのかもしれない。

ランは妹が生まれたことを喜び、クオンも赤ちゃんがやって来たことを喜んだ。姉家族も来てくれ、ささやかなお祝いをした。

「マイだけ、写真がなくてかわいそう……」

スアンがため息をついてつぶやくと、姉のトーアはしかたないわ、と言ってスアンの肩を抱いた。

七〇年以降は情勢が不安定になり、白黒写真ですらも贅沢品と言われるようになった。それまではネガをアメリカに郵送して現像していたので、カラー写真だった。ランが生まれたときはカラー写真、クオンが生まれたときは白黒写真、マイのときは写真すらない。

「エム・スアン、そんな顔しないで。ベー・マイに笑われるわよ。写真なんかなくたって、ほら見て、こんなにかわいいんだもの。目にしっかりと焼き付けられるわ」

みんなに囲まれて、マイはすやすやと眠っている。ランやクオンが顔や髪をなでても気にならないらしく、びくともしない。お腹が空いたときだけ、ああん、と声を出し、おっぱいを飲み、そのあとはぐずることなく、またすやすやと眠る。

「いい子ね。とってもいい子だわ」

トーアが言い、「ベー・ランもベー・クオンも、そりゃあ大変だったんだから」と、続けた。

「そうなの？　ジー・トーア。なにが大変だったの？」

自分が話題になったのがうれしいのか、ランがトーアにたずねる。

「ベー・ランの泣き声の大きさって言ったらもう！　ねえ、スアン」

トーアはそう言って笑った。

「そうなの？　メー？」

ランが目を輝かせて聞いてくる。

「そうよ。ランの泣き声は、世界中に響くほどだったわね」

「きゃははは」

手柄だと思ったのか、ランはたのしそうに笑っている。

「ぼくは？」

クオンがたずね、「クオンは、紙が一枚落ちただけでも泣いてたわねえ」と、トーアが答えた。

「そうなの？　メー？」

「そうよ。ほんのかすかな物音でも、すぐに目を覚まして泣いてたわ。とっても繊細だったのね、ベー・クオンは」

繊細という言葉の意味はわからないようだったが、それでもクオンは照れくさそうに身をよじってにこにこしていた。

姿が見えないと思ったら、庭でフンとトーアの夫がなにやら話しているのが見えた。

「二人でコソコソとなにを話してるのかしらね」

トーアが目配せするように眉を持ち上げて笑い、本当にね、とスアンもひとつ笑ってうなずいた。

すやすやと眠っているマイ。ランとクオンは、従兄弟のロンとタィンに遊んでもらって、上機嫌だ。子どもたちの笑い声が家のなかに響く。

「なによりも、子どもたちの幸せを願うわ」

トーアが言い、本当にそうね、とスアンはうなずいた。

今年はじめ、パリで和平交渉が行なわれ、アメリカは、ベトナムからの完全撤退と引きかえに、アメリカ軍捕虜の釈放という取引に成功した。アメリカが、ベトナムから手を引こうとしているのはあきらかだったが、夫は、「大丈夫だ、心配するな」と言う。北ベトナム側が南ベトナム側に全面的に侵攻した場合は、再度アメリカ軍の投入もありえる、という約束での和平合意だったらしい。

停戦が発効されたとはいえ、局地的な戦闘は続いていた。アメリカ軍が撤退するとなったら、南ベトナムは南ベトナム軍だけで戦わなくてはならない。一体これから、どうなっていくのだろう。

「ああん」

マイが小さな泣き声をあげる。

「よしよし、ベー・マイ。お腹空いたのかな。おっぱい飲みましょうね」

首に手を当ててマイを抱き上げ、スアンは乳首をマイの小さな口に含ませた。こんな小さな身体でも、おっぱいを吸う力は強い。赤ん坊というのは、むき出しの生命力そのものだ。頼もしくごくごくと母乳を飲むマイを見ながら、どうかこの子たちの未来が明るくありますように、とスアンは祈った。


「エム」

子どもたちを寝かせ、布団に入ろうとしたところで夫のフンに呼び止められた。

「ん？　なに」

フンがいつになく真剣な顔をしている。スアンはハッとして姿勢を正し、夫に向き合った。なにげなさを装いながら、胸の内では、いよいよこのときが来たのだと思っていた。

「これからぼくが言うことをよく聞いてくれ。一度しか言わない。いいね」

「はい」

強い視線でスアンを見つめるフンを、スアンも同じように見つめ返した。

スアンが物心ついた頃からはじまっていたベトナム戦争は、三年前の一九七五年四月三十日に北ベトナムの勝利によって終結した。スアンが育ってきた南ベトナム、いわゆるベトナム共和国は消滅し、翌年の統一選挙後、この国はベトナム社会主義共和国となった。

当時スアンは、南ベトナムが負けたことが残念でショックではあったが、芯の部分では、なによりも戦争が終わったことに安堵していた。もう爆撃におびえなくていいのだと、これでようやく子どもたちの未来が安心できるものになるのだと、信じて疑わなかった。

スアンは新しい国家にひそかに期待していた。長い戦争が終わって、ようやく祖国統一を果たしたのだ。国民が手に手を取り合って協力して未来へ進めると心から信じていた。

北の兵士たちの礼儀正しさにも感心していた。彼らはひどく質素な食事で満足し、常に真面目な態度で人に接し、礼を重んじた。南の人間とは根本的に異なる生真面目さがあった。あどけない顔をしたそんな十代の兵士を見て、クオンもこんな少年になってくれたらいいなと、スアンは思ったりもしていた。

けれど、ひと月も経たないうちに、様相はがらりと変わったのだった。スアンたちはニャチャンに戻って来たが、もはやこの国で安全な場所などどこにもなかった。

新政府の監視の目は厳しく、南ベトナム政府関連の人々はもちろん、共産主義に反対していた者、南ベトナム政府に協力していた者など、少しでも疑いのある者は逮捕され、再教育キャンプという名の収容所に連れて行かれ、強制労働をさせられるのが常で、南側を支持した者は日々びくびくと暮らしている。

三ヶ月間の再教育だと言って、いまだ帰って来ない人もいたし、身体を壊したり足を引きずって戻ってくる人もいた。強制労働のほとんどは、北の戦地の復興建設だと聞いた。北側の兵士に金品を持っていかれ、贅沢だといっては、持ち物を片っ端から取り上げられた。本も食器もすべてだ。家そのものを没収されるケースもあった。言うことを聞かないならばと脅され、さらに金品を要求される。

南の人たちは、これまでの仕事も奪われた。店を続けたいのならば許可証を買えと言われ、買えなかったら土地や家屋を没収された。あれほど豊かにあった食料品も手に入らず、食べるものすら困窮する有様だった。

これまで夫は、なんとかうまく立ち回ってはいたが、近所の人が次々と収容されるなか、いつ政府に連れて行かれてもおかしくない状況だった。仕事がなくなり収入がないのに、いつまでも賄賂《わいろ》を渡し続けるわけにはいかない。

「明日の夜、決行する。明日は新月で台風だ。こんなチャンスは二度と来ない」

「わかりました」

スアンは目に力を込めて、うなずいた。遅かれ早かれ、こうなるだろうとは思っていたし、これまで何度も話は出ていた。

政府の横暴さに耐えきれずに脱出する人は多くいた。自由がまったくないのだ。おおらかで陽気で自由気ままな気質の南部の人間にとっては毎日が耐えがたく、拷問のようだった。脱出するのに、陸海空で可能性があるのは海だけだ。ボートで南シナ海に出て、どこかの船に助けてもらう。

ベトナムと隣接しているカンボジア、ラオス、中国との国境付近は紛争や国同士の問題でとても危険で、陸からの脱出なんてとんでもないし、飛行機など問題外だ。この状況では、パスポートの発行など一生かかっても無理だろう。ベトナム戦争終結時、南政府のお偉いさん方は我先にと飛行機でアメリカに飛んだらしいが、一般市民から見たら夢のような話だった。

ボートピープルたちの悲惨な失敗談は、いくつも耳に入ってきた。海洋で海賊船に遭遇し、身ぐるみ剝がされ、女たちが乱暴された。海の真ん中で木造船が壊れて溺れて死んだ。台風で難破してサメの餌食にされた。外国船を見つけたが無視されて助けてもらえなかった。一ヶ月以上漂流して次々と人が死んでいった。そんなおそろしい話ばかりを聞いた。

だめだめだめ！　スアンは頭をぶるんと振って、悪い想像を吹き飛ばす。

「つまらないことを考えていたら、つまらない人生になるよ。たのしいことを考えていたら、たのしい人生になる。人生はすべて自分で作っていくんだよ」

バーノイは、スアンにそう教えてくれた。その通りだとスアンは思う。バーノイはいつだって正しかった。

「今から説明する。頭にしっかりと入れてくれ」

スアンは再度、大きくうなずいた。メモなどを残していたら、見つかったときに大変なことになる。頼れるのは自分の頭だけだ。

「漁船を買い取った。全部で七家族、三十九人が乗る予定だ」

「知り合い？」

「みんな信用できる人たちだ」

スアンはうなずいた。夫も他の家族の素性は知らないのだろう。たとえ知っていたとしても、わたしには言わないのかもしれないと、スアンは思った。万が一捕まったときのことを考えたら、知っている情報は少ない方がいい。

「深夜〇時に船が出航する。沖合で待っているからそこまではボートで移動する。すべて話はつけてある。ぼくはクオンと二人で九時に家を出る。エムはランとマイを連れて十時半に家を出てくれ」

家族全員で家を出たらあやしまれる。二手に分かれていくのは納得だ。夫は子どもたちの配分にも気を配ったに違いない。ランはもう九歳になる。頭のいい子だからきっとすべてを承知して母親に協力してくれるだろうし、どんなことがあっても絶対にマイの手を離さないはずだ。泣き虫クオンも父と一緒なら安心できるだろうし、男同士、甘えを見せたり弱音を吐いたりしないだろう。

「明日は昼過ぎから台風の勢力が増してくる。夕方から翌朝未明にかけて暴風域に入る。海も荒れるだろうから、海上での政府の見張りもないはずだ」

夫の目を見てうなずきながら、船酔いする自分の姿が目に浮かんだ。子どもの頃から船酔いしやすいのだ。

「荷物は手提げ一つだけだ。ちょっとそこまで買い物に出かけるような感じで家を出るんだ」

「わかったわ。食料は？」

「水と食料は、船長がすべて用意してくれる手はずになっている。心配しなくていい」

スアンは小さく何度もうなずいた。

「このことは、ぼくのすぐ上の兄だけが知っている。他は誰も知らない」

父と母の顔が一瞬頭に浮かんだが、スアンはうなずいた。肉親にすら言ってはいけないのだ。

「万が一、船にぼくとクオンがいなくても、君たちはそのまま船に乗って行くんだ」

スアンは目を見開いて夫を見た。

「いいね、スアン。もし君たちが来なかったとしても、ぼくたちは行く。脱出するというのは、そういうことなんだ。誰か一人でも脱出できたら、残っている家族を呼び寄せることができる。いつか必ず会える」

あふれそうになる涙を必死でこらえて、スアンはうなずいた。脱出の情報が事前に漏れたり、待ち合わせ場所に行くまでに見つかったりして、警察に捕まる人は後を絶たない。

「大丈夫だ。絶対に大丈夫だ。うまくいくさ」

「わたしは絶対に船に乗るわ。だから、あなたも必ず乗るって約束して」

夫の腕をつかんで、スアンは言った。

「もちろんだ、エム。家族みんなで脱出するんだ」

力強く、夫が言う。泣いている場合ではないのだ。ビクビクして身を隠し、身ぐるみ剝がされるのを待つより、新しい可能性を探るべきなのだ。もはや、この国に未来はない。

「なにがホーチミンだ！　よね」

スアンは気を取り直して、明るく言ってみた。「なにがホーチミンだ！」というのは、南部の人たちがひそかに言う口癖のようなものだ。終戦後、サイゴンは政府によってホーチミンへと名前を変えられた。サイゴンがホーチミンだなんて！　そんなおかしな名称ってあるかしら！

「そうだ、ぼくたちにとっては永遠にサイゴンだ。なにがホーチミンだ！」

夫がスアンに合わせて言い、二人で少し笑った。

「この家で寝るのも今日が最後だな」

笑顔のまま言う夫の顔をまじまじと見て、だいぶやつれてしまった、とスアンは思った。終戦後の厳しい状況のなか、夫は家族を必死に守ってくれた。

「あなたが買ってくれたこの家が、みんな大好きだったわ」

スアンはとびきりの笑顔でそう返した。

「明日がたのしみだわ。きっと大丈夫。だって、わたしたちには仏さまのご加護があるんだから」

スアンが言うと、フンは、ああ、もちろんだ、と言って破顔した。

「ぼくたちは無事に脱出できるよ。そしてフランスで、誰からも監視されずに自由に暮らすんだ。アメリカでもいい」

フンはそう言ってスアンを抱きしめ、スアンも夫の背中に回した手に力を込めた。

「大丈夫。きっとうまくいく」

「ええ、そうね」

外では生暖かな強い風が、不気味な音を立てて吹いていた。どうか予報通り、明日の夜に大荒れの天気になりますように。スアンは空に向かって手を合わせ、そのまま、空の上の祖父母に祈った。

オンノイ、バーノイ、祖国を捨てることをどうか許して。そして、家族全員が無事に脱出できるよう、どうかどうか見守っていて！　わたしたちは、明日この国を出て行きます。人間らしく生きるために！

第七章　真依子

「ただいまあ」

何日かぶりの娘の声に、真依子は急いで玄関に向かった。

「おかえり！　どうだった、ベトナム旅行は」

「たのしかったよ！」

リュックを上がり框《かまち》に下ろしながら、奈月が言う。朗らかな顔だ。自然と真依子の気持ちもほぐれる。

奈月が重たそうにスーツケースを持ち上げたところで「ちょっと待って」と、制した。

「雑巾持ってくるわ。スーツケースの車輪を拭かないと」

そう言って台所に向かう真依子の背中に、さすがだねえ、とちゃかすような奈月の声が届く。その声を聞いて、ああ、きっととても有意義な旅行だったに違いないと確信し、真依子はさらに気持ちが軽くなった。

「お茶いれようか」

「あとでいいや。先に荷物を片付けちゃいたい」

奈月は「ちょっと失礼」と続けて、真依子の前でスーツケースを広げた。その瞬間、異国の気配がふわあっ、と立ち昇ったような気がした。ベトナムの色と匂い。写真や映像で知っているだけのベトナム。生まれ故郷であるベトナム。真依子は、さりげなくベトナムの空気を吸い込んだ。

「手伝おうか」

スーツケースから洗濯物を取り出している奈月に、声をかける。

「どういう風の吹き回し？　いつもは自分のことは自分でやれって言うのに」

それもそうね、と返しながら、わたしはきっと、奈月が帰ってきたことがうれしいんだな、と真依子は思った。こんなに長い間、娘が家を留守にしたことは今までなかった。

奈月の旅行中、気は楽だったけれど、やはりつまらない気持ちのほうが大きかった。一人暮らしの子どもを持つ親の、さみしさのなかの自由を思い、うちにもいつかそういう日が来るのだろうと、そう遠くない未来を思う。

「わたしのは、うんと濃くして」

真依子は普段使いの茶葉ではなく、とっておきの上等な茶葉でお茶をいれた。

あとでいい、と言ったわりに奈月が注文する。

「賢人は？」

「学校よ」

「ああ、そうか。もう新学期はじまってるもんね。はい、これお土産」

奈月がテーブルの上にいろいろなものを置いていく。ベトナムの空気をまとったものたち。

「賢人とお父さんにはTシャツ。お母さんにはプラカゴね。ほらこれ、買い物バッグにちょうどいいでしょ。特大サイズだからスーツケースに入れるのに苦労したよ」

梱包《こんぽう》用のポリプロピレンテープで編んだ大きなカゴ。緑と白の模様がさわやかだ。

「どうもありがとう。かわいいし丈夫そう。買い物に使わせてもらうわ。これだけ大きいと、長ネギも大根も白菜もフランスパンも入るわね」

「それ、どんな献立よ？」

奈月が笑う。

「あと、コショウね。ベトナムはコショウが有名なんだってさ」

へえ、と言って、小さな小瓶を受け取る。

お茶をいれると、奈月は床に座ったままスーツケースの前で湯飲みに口をつけた。

「ああ、美味しい。緑茶は最高だね」

目を閉じてそんなふうに言う。

「日本茶は、このずっしりとした感じがいいんだよね。緑茶の醍醐味《だいごみ》」

「ずっしり？」

「うん、蓮茶は軽い感じがする。緑茶は重い感じ。わびさび的な」

真依子は思わず笑ってしまう。娘と話すことのたのしさをひしひしと感じる。たのしさというより幸福感。わたしはとても幸せだと、今このとき真依子は思う。くすぐったいような、それでいて充足した感覚。

「ニャチャンはどうだった？」

たずねつつ、真依子はニャチャンのことはもはやどうでもいいと感じていた。自分がベトナム人であることも、ニャチャンに五歳まで住んでいたことも、ボートピープルとして日本にやってきたことも、そういうことを奈月がどう思うかということも、もうどうでもよかった。

それらは奈月の問題であって、真依子が考えることではないし、気に病んだところで、なにかが変わるわけではないのだ。

「それがさー、盛りだくさん過ぎたよ。話すのに五時間はかかるねっ」

真依子は、五時間⁉　と眉をあげてみせ、

「今日は休みだから、たっぷり聞かせてもらおうかな」

と返した。

「オッケー」

親指を突き出して答える奈月は、少し得意げな表情だ。小さな身体に、抱えきれないほどの思いを詰め込んできたに違いない。

真依子は午前中に買っておいた、奈月の好物の葛饅頭を小皿に出して、ずっしりとしたお茶を丁寧にいれ直した。


カルロスの代わりに入って来た人は、真依子よりひとまわり年かさの女性だった。以前は小学校の給食作りをしていたということで、手際がよく、すぐに仕事の流れを把握してくれた。

「同じ時給を払うならさ、使えない奴よりデキる人のほうがいいに決まってるよねえ。意味不明なカタコトの日本語を話されてもこっちが困るっての。日本で働きたかったら、日本語ぐらい覚えてから来いっつーの」

新しく入ってきた人の紹介のあと、栗原主任が誰にともなく、大きな声でつぶやいた声が耳に残っている。

来月、ミナモトスーパーから五百メートルも離れていない場所に、全国区のスーパーマーケットがオープンする予定だ。それもあってか、栗原主任はいつも以上にイライラしているように見える。

「から揚げできましたよー」

午後四時以降に作りました、というシールが貼ってあるパックを、真依子は総菜コーナーに並べていった。この時間は比較的年配の人が多い。あと一時間もすると、真依子と同年代の女性や、子ども連れの女性の姿が多くなる。

家事や子育ての男女平等が世間では言われているけれど、勤め人の男たちはまだまだ会社にいるだろう。女性だけが慌てて職場をあとにして、子どもを迎えに行き、こうして夕飯の買い物に来るのだ。

夫の克典は、一度だって保育園の送り迎えをしてくれたことはなかった。家事にしたって、たまに洗濯物を干すぐらいのことはしてくれるが、食事に関してはインスタントラーメンを作ることぐらいしかできない。

真依子はそういうことに対して呆れはしても、怒ったり改善を促したりしない。わたしが先にあの世にいったら、否《いや》が応《おう》でもやるでしょ、とどこか他人事のように思っている。

「あの、すみません。鶏ガラスープの素ってどこにありますか。見当たらなくて」

メモを手にした、若い男性のお客さんにたずねられた。

「ご案内します」

真依子はコンソメや和風だしが置いてある列に案内し、いくつかの中華スープの素が置いてある棚を教えた。

「ああ、ここかあ。さっき何度も見たのにわからなかった。すみません、どうもありがとうございます」

カゴのなかにはブロッコリー、ニンジン、ジャガイモ、牛乳や鶏肉が入っている。献立はクリームシチューだろうか。きっと奥さんに頼まれたのだろう。奥さんは小さな子どもの面倒を見ているのだろうか。それとも風邪《かぜ》でも引いて寝ているのだろうか。と勝手に想像し、自分の頭の古さに呆れてしまう。奥さんに事情がなくたって、男が買い物に来ていいのだ。

「真依ちゃん」

ふいに名前を呼ばれた。

「あっ、由紀ちゃん！」

かっちゃんママの由紀ちゃんだ。思いがけないところで会うとうれしい。

「ほんとにここで働いてたんだねー」

そう言って笑う。市役所の駐車場で会って以来だ。

「ミナモトにはけっこう来てるんだけど、ぜんぜん会わなかったから」

「うん、ほとんど調理場に入ってお総菜作ってるからね。今、から揚げを出したところよ」

「へえ、じゃあ今日の夕飯は、真依ちゃんが作ったから揚げにしようかなあ」

「お買い上げありがとうございます」

そんな会話をして、ひとしきり笑う。

「かっちゃんは高校受験がなくていいなあ。賢人は勉強が苦手で困っちゃう」

中高一貫校に通っているかっちゃんを、真依子はうらやましく思う。とはいえ、賢人が小学生の頃は中学受験なんて考えもしなかったけれど。

「うーん、そうなんだけどね。和也、外部の高校を受験したいなんて言い出してるの」

「一般の高校受験ってこと？　そういうこともできるんだっけ？」

私立の中学校がどのようなシステムになっているのか、真依子にはさっぱりわからない。

「ううん。普通はそのまま持ち上がって高校に行くんだけどね」

「えっ、それってもしかして、今の学校を辞めるってこと？」

思わず口に出してしまったあとで、もっと他に言い方があっただろうと反省した。

「うーん、それがさあ、学校が合わないって言うのよ、今頃になって。最初からずっと嫌だったんだ、なんて言い出すの。ったく、いやになっちゃう」

真依子は一瞬言葉に詰まったが、「サッカーがんばってるんでしょ」と、すぐさま返した。

うん、サッカーだけはね、と由紀ちゃんが言う。

「せっかく入ったんだから、あと三年がんばれば？　って言ってるんだけどね。もう限界だ、なんて言うのよ」

限界、という言葉の重さに、なんと返していいのかわからない。

「なかなかうまくいかないね。親の思った通りにはならないわ」

由紀ちゃんは笑ったけれど、彼女の苦悩はひしひしと伝わってきた。

「仕事中にごめん。またゆっくり話そう。ご飯でも行こうよ」

「うんうん、ぜひ。いつでも連絡して」

真依子はそう返して、じゃあ戻るね、と告げた。

親は子どもに対して、よかれと思ったことしかしない。日々訪れる大小さまざまなたくさんの選択。そのときどきで、最善の道をアドバイスするのが親というものだ。だから、たとえその結果が想像したものと違ったとしても、その選択は決して間違いではなかったと思うのだ。

由紀ちゃんはきっと今、ものすごく悩んでいるだろう。小学生のときの、かっちゃんの受験勉強のがんばりを知っているだけに、真依子としても胸が痛い。ふいに、母親って一体なんなんだろうな、と思う。子どもが生まれてからは、思考の大半を子どもに持っていかれている。

退社時間となり、真依子はタイムカードを押した。フードユニフォームから私服に着替えたあと、いつものように店内で買い物をする。

先日、奈月がしてくれたニャチャンでの話は、とても興味深かった。五時間かかると言っていたけれど、実際は一時間半ぐらいだった。奈月の言う通り、まさに盛りだくさんの内容だった。

まさかニャチャンでベトナムの親戚に会うとは、驚きを通り越してできすぎた小説みたいだと思った。ランからも連絡があって、同じ話を最初から聞いた。ランの声は弾んでいた。父も母も喜んでいた。クオンからも電話をもらった。クオンも終始愉快そうに笑っていた。

奈月がぽーん、と飛び込んだ、ベトナムという名の湖に大きな波紋が広がって、それはみんなをずいぶんと幸せにしたようだ。

真依子がこれまで関わろうとしてこなかったベトナムのことを、奈月は軽やかに、あっという間に吸収して、自分の血肉として帰ってきた。きっとこれから、もっともっといろんなことを知り、大きく成長していくのだろう。

「親にできることなんて、ほんの少しなのかもしれないな……」

真依子は小さくつぶやいて、手にしていたキュウリをカゴに入れる。

「たまたま、お腹を貸しただけなのかもしれないな……」

親子といえども、まったくべつの人間なのだ。

ふっ、と鼻から息が出る。うまくいくはずがないとつくづく思ったのだった。親はいつだって子どもの手を握りたくて、子どもはいつだってその手をほどきたい。スタート地点がまるで違う。

奈月がベトナムから帰ってきた二日後に、家族みんなにエアメールが届いた。

「なにこれ、書いてあること全員同じじゃん。ホーチミンから愛を込めて！　だって。キモッ！」

賢人がオエーッ、とジェスチャーしながら言っていたっけ。内容は一緒でも、ポストカードの写真はそれぞれ違っていた。

真依子が受け取ったのはきれいな花のカードで、夫はランタン、賢人は水上マーケットだった。奈月は自分宛にも出したようだったけれど、すぐさま抜き取って持っていってしまったので、どんな写真だったのか、それとも絵柄だったのかは、わからずじまいだ。

ホーチミンの郵便局から出したというポストカードが、どういう経路をたどって狛江市の野田家に届いたのかはわからないけれど、奈月の帰国後に律儀に届いたポストカードに、「お疲れ様だったね」と、真依子は声をかけたくなった。稲城の父と母、ランの元にも届いたらしい。

真依子はなにより、旅先からわざわざ家族全員に送ってくれた奈月の気持ちがうれしかった。夫もとても喜び、すぐさまポストカード用の小さな額を二つ買ってきて、花とランタンのポストカードをリビングに飾った。目にするたびに真依子は、遠い生まれ故郷を漠然と思ったりする。

野菜コーナーで、地産のタマネギが特売だった。ネットにたくさん詰まったものが売られている。ちょうど切れていたのでカゴに入れた。お肉コーナーでは、牛肉の細切れが百グラム百四十八円とお買い得だ。

よし、決まった。今日の献立はビーフシチューかハヤシライス。ルーが安い方にしよう、と、真依子は心づもりをする。あとはサラダとスープを作ればオーケーだ。

「賢人くんママ」

呼ばれたと同時に腕を触れられ、思わずびくっとして振り返った。

「ごめんね、驚かせちゃって」

康介くんママだ。

「仕事終わり？」

「うん、仕事はさっき終わったところ。こっちこそ、大げさに驚いてごめんねー。ぼけっとしちゃってて」

今日はママ友に遭遇する日、と真依子は、心のなかでタイトルをつけた。他にも、「いろんな人からＬＩＮＥが届く日」や「賢人の友達とよく会う日」や「セールスの電話がひっきりなしにかかってくる日」「電化製品の調子が悪くなる日」など、いろいろとある。どうして同じ日に、同じようなことがまとまって起こるのだろう。

「康介くん、勉強はかどってる？」

と、真依子は無難なところを聞いてみた。

「うーん、どうだろう。塾に任せっきりにしちゃってる」

「うちもそう。家ではまったくやってないから塾だけが頼り。行ける高校があるのか、心配になっちゃう」

真依子は軽快に言ってみた。賢人が話さないから、学校でも塾でも康介くんの様子は、真依子にはまったくわからない。

賢人が、康介くんになにか悪いことをしていなければいいけれど、と康介くん自身を案ずるよりも、保身から思う。我ながら嫌な奴だ。

「あ、あのねっ」

じゃあ、と離れようとする寸前に声をかけられた。康介くんママの目が、うるんでいるように見える。

「……塾でなんだけど」

真依子は、平静を装いながら心の準備をした。康介くんママに見つめられ、心臓が波打つ。

「賢人くんね、塾で康介と仲良くしてくれてるらしいの。康介、それがすごくうれしいみたいで……昨日は消しゴムを貸してくれたんだって」

「えっ？　あ、ああ、そうなんだ」

思いもしなかったことを言われ、声が裏返る。

「賢人、塾のこと、なんにも言わないからさっぱりわからなくって」

「本当にどうもありがとう。お礼を言いたくて」

「やだあ、お礼なんて。子ども同士のことなんだからお互い様よ」

と言いつつ、子ども同士でさまざまな問題が勃発して、事実、康介くんはいじめられているのだ。

「これからもどうぞよろしくお願いします」

康介くんママが頭を下げる。

「やだやだ、やめてぇ。こちらこそ、よろしくお願いします」

真依子は普段の三割増しくらいの明るさで、調子よく答えた。そのくせ、なんだか泣きそうになっている自分がいて、涙がたまらないように瞬きを繰り返した。

「じゃあ、また」

「うん、またね」

康介くんママの後ろ姿を見ていたら、また泣きたくなった。康介くんを思う、康介くんママの気持ち。真依子はカートをゆっくりと押しながら、大きく息を吐き出した。

ルーをまとめて二個買うとお買い得だったので、今日はビーフシチューにした。最後にお菓子コーナーをちらっとのぞき、賢人の好きなスナック菓子をカゴに入れた。賢人だけでは不公平だと思い、奈月の好きなお菓子も買う。

さあ、早く帰って夕飯の支度をしよう。毎日会っているというのに、子どもたちの顔を見るのがやけにたのしみな気分だった。

家に着くと、賢人も奈月もすでに帰宅していた。賢人はソファーに寝転がってテレビを見ていて、奈月は取り込んだであろう洗濯物を畳んでくれている。

「奈月、どうもありがとう。助かるわ」

はいよ、とおざなりに返事をしながらも、ぱっぱと手を動かしている。

「夕飯なに？」

外国のアニメ番組から目を離さずに、賢人が言う。

「簡単ビーフシチューよ」

「ふうん」

特にうれしくもないし、嫌でもないらしい。けれど、買ってきたスナック菓子をテーブルの上に置くと、めざとく見つけて、

「食べていい？」

と聞く。いいわよ、と返すと、すぐさまダイニングテーブルに移動して、袋を開けて食べはじめた。

「さっき、ミナモトで康介くんのママに会ったよ」

真依子はなにげなく言ってみた。賢人は、「あっ、そう」と、そっけない。

「あんた、康介くんと仲良くしてるんでしょうねえ？」

割って入ってきたのは、正座しながら洗濯物を畳んでいる奈月だ。

「うるせえ」

「言葉遣い」

「関係ねえだろ」

「悪い言葉を駆使すれば、強くなったと勘違いする中学生」

川柳でも詠むかのように奈月が言う。それでも、ベトナムから帰ってきてからは、弟に対して以前よりも多少だけれど、やさしくなったように感じる。頭ごなしにやり込めるようなことはなくなった。

「康介くんママが、ありがとうだって」

「は？」

「康介くんに消しゴムを貸してあげたんだってね。お礼言われたよ」

言わないつもりだったけれど、話の流れでつい言ってしまった。賢人はぶすっとした顔で、なにも答えない。

「へえ、いいじゃん、賢人。見直したよん」

奈月がちゃちゃを入れる。

「康介くん、よっぽどうれしかったんだね。消しゴムを借りたことを、わざわざお母さんに言うなんてさ」

「うん、そうだね。賢人、麦茶飲む？」

と真依子が聞きながら、グラスに麦茶を注いだ瞬間だった。

「いらね」

　と、賢人が言ったと同時にバチッ、となにかが目に当たって、真依子は持っていたグラスを落とした。

「賢人っ！」

　と叫んだのは、奈月だ。

「なにやってんの！」

　洗濯物を放り出して、勢いよくかけ寄って来る。どうやら、賢人が振り向きざまに手を振り回したらしかった。

「賢人、あんた、今なにやった⁉　自分がなにしたかわかってる⁉」

「ちょっと、先に床を拭かないと。雑巾、雑巾！」

　落としたグラスは割れていなかったが、麦茶が盛大にフローリングにこぼれている。真依子は、急いでフローリングを拭いた。その間も、奈月は賢人に向かって甲高い声で詰問している。

「なんで手を出したの！　麦茶がいらないなら、言葉で言えば済む話じゃない」

　賢人はなにも答えない。

「手で振り払うなんて最低だよ。よく考えてみなよ、暴力だよ」

　怒りをはらんだ低い声に変わっている。

「お母さん、大丈夫だった？」

拭き終わったところで、奈月が真依子にたずねた。

「大丈夫よ。カーペットを敷いてなくてよかったわ。フローリングだから助かった」

「床じゃなくて、お母さんのことだよ。賢人の手が当たったでしょ」

ああ、あれはやっぱり賢人の手だったのか、と真依子は思う。目のあたりが少し痛い。

「腫れてるよ、右目のところ」

奈月が言ったところで、はじめて賢人が真依子の顔を見る。賢人は、真依子がこれまで見たことのないような顔をしていた。どうしていいのかわからないのだろう。

鏡を見ると、やはり少し腫れていた。

「ちょっと冷やすわ」

保冷剤をタオルで包み、目に押し当てる。

「お母さんに謝ったほうがいいと思うけど」

奈月が言うも、賢人は押し黙っている。

「康介くんにやさしくしてあげたことがバレて、はずかしいわけ？　ははーん、あのね、言っとくけど、そんなのなんにもはずかしくないの。意地悪したり無視したりするほうが、よっぽどはずかしくてダサいことなの。わかる？」

「奈月」

真依子は制するように、娘の名前を呼んだ。奈月の正しさは、今の賢人にとって煩《わずら》わしいだけのものだろう。

「ついでに、はずかしさをごまかすために、怒った振りをするのも超ダサいから」

奈月、と再度、真依子が制しようとしたとき、賢人がテーブルの上に置いてあったティッシュボックスをバンッと両手で叩いた。中身が少なかったのか、箱が見事につぶれる。

「うるさい、チビ。わかったような口利くな。自分がどれほど偉いと思ってんの？　お前みたいな奴が教師になったら、クラス全員からハブられるからな。生徒からいちばん嫌われるタイプの教師じゃん。実際、そういう先生いたけど、学級崩壊して三ヶ月で辞めてったわ」

そう言い捨てて、賢人は大きな足音を立てて二階へ上がっていった。

「はあーっ」

真依子は大げさにため息をついた。スーパーでは、早く子どもたちの顔を見たいと思っていたけど、結局この有様だ。

「……やれやれだわ」

つぶやいたら、なんだかおかしくなってきた。すべてがうまくいくわけないのだ。飴《あめ》と鞭《むち》は交互にやってくる。ふはは、と笑うと、奈月が怪訝そうな顔で真依子を見た。

「お母さん、息子に暴力を振るわれても笑っちゃうんだ？」

「暴力って。たまたまぶつかっただけじゃない」

真依子を叩こうとして、手を払ったわけじゃないだろう。偶然に指先が目に当たっただけだ。

「あーあ、嫌になっちゃうなあ」

奈月が大きな声で言い、腕を輪っかにして伸びをする。

「落ち込むわー」

「奈月が落ち込むことないでしょ」

真依子が言うと、奈月は大きく首を振った。

「お母さんのことじゃなくて、賢人が言ったこと。生徒からいちばん嫌われるタイプだって」

「ああ、そのこと……」

奈月が、はあー、と大きく息を吐き出す。

「賢人に言われてガーンときた。その通りかもしれないって」

保冷剤を目から離して、真依子は娘の顔を見た。

「ベトナムでね。わたし、いろいろ考えたんだよね。みんなさ、それぞれの正義があるわけ。南側の人、北側の人、通称ベトコンの人。みんな自分の正しさを信じて戦ったの」

「うん」

「それってさ、たぶん全員が正解だと思うんだ。当事者じゃない人たちは、すぐにああだこうだって批判したがるけど、本当は、誰がいいとか悪いとかってないんだよね」

真依子は、ゆっくりとうなずく。

「それなのに、南側から見ると北側が悪く思えるし、北側から見ると南側が悪いように思える。大義名分はいろいろあるけどさ。だってそもそも、自分が住んでいる場所が南か北かってことだけなんだよ。それだけで南北に分けられて、戦争になっちゃうんだよ」

一気に言ったあとで「あれ？　話がずれたわ」と、奈月は目玉をぐるりと動かした。

「なにが言いたいかっていうと、わたしの正義なんてくだらないってこと。賢人に上から目線で説教しちゃったけど、それってわたしにとっての正しさっていうだけで、当事者の賢人や康介くんからしたら、まったく違うかもしれない」

真依子は、ううん、とも、ふうん、ともつかない返事を返した。

「わたしはね、声をあげられない、目立たない子どもたちの意見を尊重したくて、耳を傾けたくて、先生になりたいって思ってたんだけど、なんか自信がなくなってきた。そういう子たちを黙殺して、てっとりばやく多数決して、いちばん多い意見を押しつけちゃいそうな気もしてきた……。あー、いやんなっちゃう」

奈月が頬杖していた手をはずして、テーブルの上に突っ伏す。

さらさらと広がり落ちる奈月の若い黒髪を見ながら、真依子はただ感心していた。

今までそんな大層なことを考えたことはなかった。ベトナム戦争のことは見て見ぬ振りをしてきたし、小学校、中学校、高校、専門学校、会社員、そして今日まで、多数決でいいのではないかと思ってきた。大勢の人が望むのなら、それで仕方ないじゃないかと、それが正しいのだと。

「奈月も賢人もすごいなあ」

と真依子は、今の素直な気持ちを声に出した。二人ともいろんなことをちゃんと見て考えている。

「トンビからタカって言うんだっけ？　そんなこと言ったら、パパがかわいそっか」

「はあ？　お母さん、なに言ってるのよ」

怪訝そうな顔で、奈月が真依子を見る。

「あれっ、ちょっとやだ、お母さん。まぶたのところが紫色になってるよ」

洗面所で見てきなよ、と言われ、真依子は席を立って自分の顔を鏡に映した。

「あらやだ、本当に紫だわ」

右目の二重まぶたのところが、紫色のアイシャドウを塗ったようになっている。賢人の指先がピンポイントで当たったらしい。

「ザ・パープルだね。八〇年代っぽい」

洗濯物の続きを畳みながら、奈月が言う。確かに、大昔にこんな色のアイシャドウを使っていたこともあったっけ。

「左目にも紫色のアイシャドウを塗れば、ぜんぜん違和感ないんじゃない？」

「今どき、こんなアイシャドウ付けてる人いないわよ」

確かに皆無だね、と奈月がうなずく。

「ねえ、でもやっぱり、賢人には謝ってほしいな。わざとじゃなくたって、結果ぶつかってそうなったんだから」

真依子はまた、ううん、ともふうん、ともつかない返事をして、

「賢人に任せるわ」

と答えた。

「はいはい、わたしはもう余計な口出ししないで、おとなしくしてますよーだ」

奈月が、畳み終わった洗濯物を持って立ち上がる。

「ねえ、お母さん。そういえばこれ、知ってた？」

そう言って、飾られているポストカードを指さす。奈月がベトナムから送ってくれたエアメールだ。

「なあに？　その花のこと？　とってもきれいね」

「この黄色い花の名前、マイっていうんだよ。お母さんの名前、この花からとったんでしょ？」

「えっ？」

「やっぱりねー、知らないだろうと思った。これがテトの花、ホアマイだよ」

そう言い残して、奈月はそのまま二階へ上がっていった。

真依子はこれまで、自分の名前の由来なんて考えたこともなかったし、気にしたこともなかった。ホアマイ。テトの花。四十五年間も知らないまま、知ろうとしないまま、ここまできてしまった。

真依子はフレームに収められたポストカードを指先で触った。可憐でかわいらしく、見ているだけで気持ちが明るくなるような花だ。

しばらく放心したあとで、「さてと!」と、わざと声を張ってみた。右まぶたに手を触れるとぴりっとした痛みが走ったが、触らなければなんともない。

「さあ、ビーフシチュー、ビーフシチュー」

自分を鼓舞するように言ってみた。エプロンをつけて台所に立つ。

レースのカーテン越しに差し込む西日がまぶしかった。まだ半袖で充分だけど、きっとすぐに秋が来て、あっという間に冬が来るのだろう。クリスマス、お正月、二月には賢人の高校受験もある。

「さあ、ビーフシチュー、ビーフシチュー」

大事なことなので二回言いましたよ、と声に出す。なにかしゃべっていないと、涙ぐんでしまいそうだった。

それなりに一生懸命、家事や子育てや仕事をしているうちに、子どもたちはすっかり大きくなった。今のこの気持ちをなんと言ったらいいのだろう。喜び？　うれしさ？　達成感？　もちろん全部そうだけど、もっと大きななにか。真依子は思いをめぐらせて言葉をさがす。

歴史、と言ったらおおげさだろうか。人が連綿と受け継いできた営み。両親、祖父母、曽祖父母……。彼らが存在したおかげで、今の自分がいて、子どもたちがいる。何万年もの昔からそうやって続いてきて、今があるのだ。

この瞬間、真依子はとてつもなく広々とした気持ちになっていた。自分がベトナム人だろうと何人だろうと、そんなことはひとつも関係ないのだと思い至る。ただ順番に繰り返されてゆく日々の営みの美しさ。それで充分だ。それこそが正解だ。

「タマネギが目にしみるなあ」

まぶたをこすらないようにしていたら、涙が頬を流れ、ポロシャツの首元に入ってきた。

「泣けちゃうなあ」

と言ったら、鼻水が出てきた。真依子はぶーんと洟《はな》をかんで、広々とした気持ちのまま、ビーフシチューを作った。

夕食時、紫色になった真依子のまぶたを見て、賢人は小さく顔をしかめた。真依子はそれでもう、満足だった。きちんと反省していると思った。この件はもうおしまい。

「ビーフシチュー、おかわりあるからね」

声をかけても、うんともすんとも言わない。反抗期男子。正しい成長の過程。

「奈月は？」

「バイトに行ったよ」

さっきまで言い争いをしていたくせに、姉の不在が気になるのだ。それは奈月にしたって同じだ。いつでも弟のことを気にしている。

「紫色じゃん」

食べ終わったあと、賢人がぼそっと言う。

「痛いの？」

「触ると、ちょっとね」

「ふうん」

「おかわりいいの？」

「いらね」

小さく答えて、食べ終えた食器を流しに持っていった。普段はいくら言っても、そのままテーブルの上に置きっぱなしなのに、かなり反省している証拠ではないだろうか。

「おれ、べつに康介とふつうだから。仲良くもないし、悪くもない。ふつう」

「そうなのね」

「うん、そう」

賢人の視線はすでにスマホに移っている。スマホに目をやったまま、

「宿題するわ」

と、はじめて聞くような台詞《せりふ》を残して、賢人は二階へと上がっていった。

呆れたのは、帰宅した克典だった。食事をして風呂に入り、ビールを飲んだ時点でも、真依子の顔にまったく気付かなかった。

「ちょっと、これ見て」

と顔を近づけて目を閉じて言ってみたけれど、それでも返ってきたのは「はあ？」だった。ほとほと呆れて今日の出来事を説明すると、今度は一転、「大変なことだぞ」と新聞から顔を上げる。

「その大変なことに気が付かなかったのは、どこの誰ですか？」

「いや、まあ、その、怪我はたいしたことなくてよかったけど……。その、親に暴力を振るうってことが大変じゃないか。賢人と話したほうがいいな」

「飲んじゃってるじゃない」

「いや、酔ってないから大丈夫だ」

「ちゃんと反省してるから、もういいわよ。それに暴力っていうより、たまたま当たっただけだし」

いや、でも、とへんなところでしつこい夫に、

「ねえ、わたしが先に死んだら、パパなんにもできないんだから、今のうちからお料理教室にでも通ったらどう?」

と、かぶせるように真依子は言った。

「いきなりなんの話だ?」

「なんでもなーい」

「不吉なこと言わないでくれよ」

すべては日常の些細なこと。歴史のなかの取るに足りない小さなこと。けれど、それこそが積み重ねなんだと、真依子は思うのだった。


ミナモトの近くに新しくスーパーができた。二階にはドラッグストアと百円ショップが併設されている。開店記念ということで、三日間の大売り出しのチラシが入ってきたので、仕事の休みの日に合わせて真依子も寄ってみた。

店内はたいした賑わいだった。比較的空いていそうな時間帯を見計らって行ったけれど、それでも、この町にこんなにたくさんの人がいたんだと思うくらいのお客さんの数だった。それぞれがみんな、カゴいっぱいに買い物をしている。

大きな通路に豊富な品揃《しなぞろ》え。新鮮な野菜と魚介類。買おうと思っていたドレッシングの種類が多すぎて、真依子はひとしきり迷った。はじめて目にする調味料や菓子類も多かった。特売品が多く、必要以上のものをついカゴに入れてしまう。試食品もたくさんあって、声をかけられるたびに食べていたら、かなりお腹がふくれた。

お総菜コーナーは、とても充実していた。一人用からパーティ用まで、あらゆる大きさのパッケージがあり、揚げ物以外のお総菜の種類も多かった。タコの酢の物、ほうれん草の胡麻和え、里芋の煮物、カニサラダ、きんぴらごぼう、切り干し大根、煮豆……。ミナモトには置いていないものがたくさんある。お客さんがだいぶ流れていくだろうなと思う。

ゆっくりと眺めていたら、空いたスペースに新しい総菜パックが置かれていった。ホタテのバター焼き、と書いてある。へえ、こういうものまであるんだ、と感心していたら、

「あっ」

と、声がした。顔をあげたら、そこにいたのはユニフォーム姿の二階堂さんだった。

「野田さん……」

二階堂さんがびっくりしたようにつぶやいたが、顔はほとんど笑顔だった。カルロスの件で辞めて以来だったので、真依子も会えてうれしかった。

「二階堂さん、ここで働くことになったんですね」

「うん、そうなの。オープニングスタッフで入ったから、人間関係も良好よ」

と、ウインクする。

「みんなにきちんと挨拶もしないまま辞めちゃって、申し訳なかったわ」

真依子は、いえいえと顔を振った。自分のほうこそ、きちんと声をかけるべきだった。

「それにしても、すごいお総菜の数ね。びっくりしちゃった」

「調理場はミナモトの三倍くらいあるわよ」

そう言って笑う。

「ねえ、坂井さんは元気?」

「うん、元気よ」

二階堂さんはなにか言いたげな表情をしたけれど、それ以上は言わなかった。真依子には二階堂さんの気持ちがよくわかった。

坂井さんは総菜調理コーナーの責任者として、みんなが働きやすいように職場を整えてくれ、信頼も厚かったが、栗原主任が口と顔を出すようになってからは、いろいろなことを黙殺して我慢しているように見えた。

きっと二階堂さんは、そんな坂井さんが惜しく、じれったく、もったいなく思えたのだろう。真依子も同じ気持ちだ。いつか坂井さんが堂々と自分や我々の意見を店側に言ってくれることを、ひそかに期待している。

「栗原もまだいるの?」

「まだいる」

口をへの字にして真依子が答えると、二階堂さんは首をすくめて眉を持ちあげた。

「野田さんは、ずっとミナモトにいるつもり？」

「うん、たぶん」

「内緒だけど、こっちのほうが時給いいわよ」

あら！　と真依子が目を見開くと、二階堂さんは笑った。

「じゃあ、またね」

「うん、また寄らせてもらうね」

真依子が手を振ろうとしたところで、「あっ、そうだ」と二階堂さんが振り向いた。

「カルロス、ブラジルに帰ったわよ」

「え？」

「カルロスもここで一緒に働かないかなと思って、声をかけたんだけどブラジルで暮らすことにしたんだって」

「そうだったんだ」

「うん、じゃあね」

カートを足早に押して、二階堂さんは調理場のドアの向こうに消えていった。

真依子は、自分のなかにふいに流れ込んできた、凪《なぎ》のように穏やかでしずかな気持ちを、そうっと受け止めた。沸騰してあぶくを噴き出していたお湯が、火を止めた瞬間にシュッと身を潜めるような切り替えがあってからの凪だった。

カルロスがブラジルに帰った。そうか、そうだったんだ。それを決断するには、さまざまな葛藤や理由があっただろう。日本の生活のなかで、栗原主任のように、きつく当たる人もいただろう。それでもカルロスは一生懸命に仕事をして、家族を養っていた。カルロスが決断したのだから、ブラジルに帰ることは正しい選択なのだ。

真依子は一緒に仕事をしていたときのカルロスを思い出す。前向きでいつも笑顔で、自分のやるべき仕事を丁寧にやっていた。真依子が手を滑らせたり、あっ、と小さく声をあげるたびに、「ダイジョブデスカ?」と聞いてくれた。やさしいカルロス。

カルロスが日本で嫌な思いをしたことについて、真依子はひどく申し訳ない気持ちになる。自分自身への情けなさとふがいなさも山ほどある。それでも、カルロスが二階堂さんのような人と出会えたことがうれしかった。ありがとう、と百回言っても足りないくらいだ。

前に一度、カルロスと帰りが一緒になったことがあった。カルロスは首から下げていたロザリオを見せてくれた。茶色の石が連なった鎖に、金色の十字架が付いていた。

「ダイジ。タカラモノ」

そう言って、カルロスははにかんだように笑った。

キリストさま、聖母マリアさま、どうかどうか、カルロスが明るく過ごせますようにと、深く祈る。

賑わっている店内で、真依子は凪の気持ちのまま、ふと立ち止まった。まわりの人たちが、急速に変わりはじめているのをしずかに感じたのだった。

奈月、賢人、康介くん、かっちゃん、由紀ちゃん、二階堂さん、カルロス。両親やランだってそうだ。特に母は、奈月がベトナム旅行を決めた頃から変わった。話す声が大きくなって、表情がぐんと明るくなった。

わたしは……？　わたしは変われるだろうか、と真依子は思う。でも、だって一体どんなふうに？　と、そこまで考えて、笑い出したくなる。どんな人間になりたいかすらわからない自分。

頭をからっぽにして、心の声に耳を澄ます。

今の自分で上々じゃない？

そんな声が聞こえる。だって、こんなふうに考えること自体、すでに変わっている証拠じゃない？　と。

第八章　奈月

ベトナムから帰ってきた翌日、奈月は待ちきれない思いを胸に、御蔵くんのアパートへ向かった。

ベトナム旅行はスケジュールぎっちりの旅程だったけれど、ほんのちょっとでもすきま時間ができると、自分から意識を持っていかなくても、頭のなかに居座っている御蔵くんがぐいぐいと迫ってきて、存在をアピールした。

戦争証跡博物館でやり場のない思いに駆られても、クチトンネルの落とし穴トラップに血の気が引いても、ニャチャンで遠い親戚の人たちに出会えたときも、パクチーを食べているときも、シャワーを浴びているときも、いつでもどんなときでも、頭のなかに居座っている御蔵くんは強引に、奈月の心に侵入してきた。

「きゃーん、御蔵くん、ただいまあ！」

「なっちゃん、おかえり」

御蔵くんは奈月の十分の一程度のテンションだったけれど、とにかく御蔵くんの顔を見ることができて、奈月はうれしかった。

「会いたかったよー」

と言って抱きつくと、ちょ、ちょっと、と身体を離された。

「はずかしいでしょ」

と、頬を赤らめて言う御蔵くんは、やっぱりとってもいい。

御蔵くんへのお土産は、クチトンネルで買ったサンダルと、屋台で値切ったTシャツ、現地のスーパーで手に入れたコショウと、メコン川ツアーで試食して美味しかったココナッツキャンディだ。本当は、免税店でブランドのお財布でも買ってあげたかったけれど、先立つものと時間がなかった。

「うれしいよ、どうもありがとう。でも、サンダルはあまり履かないなあ」

「ビーサンの代わりに履けばいいじゃない」

「海水浴なんて行かないからビーサンも履かないよ、泳げないしね。それに、ぼくは夏でも必ず靴下を履くから」

カナヅチは初耳だったけれど、確かに海水浴と御蔵くんはあまり似合わない。

「靴下履いてても大丈夫だよ」

「うーん、でもサンダルっていうものを履く習慣がないからなあ」

「せっかく買ってきたんだから履きなさいよ。クチトンネルでおじいさんたちが作ってくれたサンダルだよ」

そう言うと、御蔵くんは少しだけ目を大きくして、履いてみようかな、と小さくつぶやいた。

「ほら、このホー・チ・ミンTシャツもおしゃれでしょ」

御蔵くんに似合いそうなブラウンのTシャツ。ホー・チ・ミン主席の笑顔の写真がプリントされている。

「こういうのをおしゃれっていうの？」

と、首をひねっている。

「ごめん。これはちょっと、着られないなあ」

「なんで？」

「ぼくは共産主義者じゃないから」

一瞬、なにを言われたのかわからなかった。

「共産主義の国が嫌いだとか、そういうことじゃないからね。ベトナムは大好きな国だし、バンちゃんは最高の友達だよ。なっちゃんのお母さんはベトナム人で、なっちゃんはその娘。ベトナムはぼくにとって、とても親しみのある国だよ」

奈月は、御蔵くんの顔をじっと見つめた。

「ホー・チ・ミンはベトナム建国の父だと思うし、人格者でもあったと思う。でも、ぼくはこのTシャツは着られない」

　奈月は、自分の目が見る間にうるんでいくのを認めた。

「わわ、なっちゃん、ごめん！」

　なぜ涙が出るのかわからなかった。お土産に買ってきたTシャツを、御蔵くんが着てくれないことが悲しいわけではなかった。ただただ胸がいっぱいになった。やっぱり御蔵くんはいい。とってもいい。

　結局、ホー・チ・ミンTシャツはそのまま持ち帰って父にあげた。父は、娘からもらった二枚目のTシャツを喜び、その場ですぐに着てみせてくれた。

「ホー・チ・ミンか。こういうの、若い人たちがあえておしゃれで着るみたいな感じだけど、おれが着ても大丈夫かなあ」

「大丈夫だよ。似合う似合う」

　奈月は笑顔で返して、父のことをとても好きだと思った。


「わあ、どうもありがとう！　かわいい！　すぐ使う！」

　バイト先で、玲ちゃんにお土産のプラカゴを渡したら、とても喜んでくれた。今日は二人とも早番で、いつもだったら休憩に入る時間帯の三時上がりだ。

たまにはお茶でも飲んで行こうということになって、近くのカフェに入った。

「海外に行ったことないから、憧れちゃうなあ。ベトナムどうだった？」

玲ちゃんの質問攻めにあって、奈月は聞かれるがままに答えた。玲ちゃんは、海外に行くとしたらヨーロッパがいいそうだ。オーストリアかベルギーがいいなあ、と言う。ケリコはスペイン料理店なので、スペインじゃないんだ？　とたずねると、オーストリア料理店もベルギー料理店もこのあたりにはないから、スペイン料理で妥協した、と返ってきた。ハプスブルク家とオーストリアもベルギーも、奈月が知ってることはほとんどなかった。

「玲ちゃん。実はさ、わたしの母親、ベトナム人なんだ」

突然の告白に、玲ちゃんは目を丸くした。

「そうだったんだ！　知らなかったー。だからベトナムに行ったんだ？」

「ううん、ベトナム旅行はほんとにたまたまだったんだ。実はお母さんがベトナム人だって知ったのも、つい最近なの。お母さん、五歳のときにボートピープルとして日本に来たんだって」

「えっ？　ええぇ!?　そうなの？」

ますます大きく開かれた玲ちゃんの目を見ながら、奈月はこれまでのいきさつを話した。大好きな友達には、ぜひとも知ってもらいたい。

ベトナム戦争についても、簡単に説明した。玲ちゃんは真剣な表情で、ラテを飲むことすら忘れて、奈月の話に耳を傾けてくれた。

「なんか、『運命』って言葉が、バーンとここら辺に出てきた」

そう言って、玲ちゃんが自分の額に手を当てる。

「いや、待てよ。運命っていうのとはちょっと違うな。運命だと、お任せ感があるもんね。うまい言葉が見つからないけど、必然っていうのかなあ。なっちゃんのほうから能動的につかみとっていったつながり、みたいな？　って意味わかる？」

奈月は大きくうなずいて、わかるよと答えた。

「なんか、今のなっちゃんの話を聞いて思い出したんだけど、そういえば、おばあちゃんが昔、ベトナム戦争について話してくれたことがあったよ」

「へえー」

「うち、母方の実家が沖縄なんだ。わたしが中一のときまでひいおばあちゃんも生きててさ。わたしが五年生の頃だったかなあ。夏休みに遊びに行ったときに、ちょうどテレビでベトナム戦争の特集みたいな番組をやってたの。内容なんてまったく覚えてないんだけど、一緒にテレビを見ていたひいおばあちゃんが急に泣き出したんだよね」

奈月は真剣な表情で、ゆっくりとうなずいた。

「ひいおばあちゃんにつられたのか、かわいそうだ、気の毒だ、って言って、おばあちゃんまで涙ぐんじゃってさ。ベトナムは沖縄と同じだって言うわけ」

奈月はカフェオレボウルに落としていた視線を、玲ちゃんに移した。

「同じって?」

「ほら沖縄って、複雑な歴史があるわけでしょ。昔は中国や薩摩《さつま》藩に翻弄されて、日本の領土になったらなったで、今度は戦争で本土の楯《たて》にさせられて、地上戦で大勢の人が殺された。戦後は戦後で、二十七年間もアメリカに統治されてさ。日本に返還されても、いまだに米軍基地をめいっぱい押しつけられてるよね」

「……統治?」

「占領下ってこと」

玲ちゃんの口から出た沖縄の歴史。奈月ははずかしながら、戦後二十七年間も沖縄がアメリカに統治されていたなんて知らなかった。いや、テスト勉強的な観点からは知っていたけれど、それは教科書に書いてあるただの文字で、実感するにはほど遠いものだった。

「ベトナムのことはよく知らないけど、ベトナムも他の国に翻弄され続けてきた国なんでしょ」

そうだ。ベトナムは、外国からの侵略と長い間戦い続けてきた国だ。フランス、日本、中国、アメリカ。一つの国を二つにされて戦争がはじまった。

「ひいおばあちゃんが、しわくちゃの顔でぼろぼろ涙流してさ。子どもたちがかわいそうだ、かわいそうだって言って泣くの。そのときにおばあちゃんが話してくれたんだけど、ベトナム戦争のとき、沖縄の基地がアメリカ軍の中継地になってたんだってね。申し訳ない、申し訳ないって、ずっと言ってたよ。沖縄の人たちはベトナムの人たちに心から同情してるのに、その沖縄から爆撃機がベトナムに飛んで行くなんて、まるで沖縄が加害者みたいだって嘆いてた」

奈月は唇をきつく閉じて、小刻みに何度もうなずいた。

「あれから十年経って、まさかこんなところで話がつながるなんてね。人生って不思議……。って、あれ？　えっ！　もしかしてなっちゃん、泣いてるの⁉」

「やだ、ごめん、玲ちゃん。なんか泣けてきちゃって……」

冗談みたいに言うつもりだったのに、なぜだかさらに泣けてきた。

「わたし、女の子の涙に弱いんだから。泣かないでよう」

玲ちゃんが、情けない声を出す。

「ごめんごめん。なんか勝手に涙が出ちゃった。うんっ、もう平気！　ねえ、景気づけにケーキでも食べない？　わたし食べる！」

涙を拭いた奈月の提案に玲ちゃんはうなずいて、フルーツタルトとモンブランを追加注文した。

ケーキを食べながら奈月は御蔵くんのことを話し、玲ちゃんはなべちゃんの話をした。なべちゃんはどうやら彼女と別れたそうで、自分がフったんだからなんの問題もない、という強がりLINEが玲ちゃんに届いたらしい。

「玲ちゃん、チャンスじゃん」

「うーん、どうかなあ。元カノにまだ未練タラタラっぽいよ」

残念そうな口ぶりだ。

「ねえ、余計なお世話だけど、玲ちゃんにはもっと他にいい人がいると思うよ」

「あはは。ほんと、余計なお世話だよ」

「なべちゃんのこと、まだ好きなんだ？」

「そりゃそうでしょ」

「なべちゃんが高校生のときの、鼻血事件が忘れられないんだ？」

「そうそう。あのときの鼻血にやられたの」

そんな会話をして二人で笑った。

お店を出ると、空は夕暮れに向かう色だった。オレンジ色が、透明な青にうすく溶け出している。まだまだ暑い日が多いけれど、日が短くなってきた。ずいぶんとカフェに長居してしまった。

「今度、玲ちゃんと一緒になるのは来週だっけ？」

小田急線に揺られながら、奈月はシフト表を頭に思い浮かべる。

「そうだね、確か火曜日」

「そっか。じゃあ、また来週だね」

「うん、お土産どうもありがとう」

登戸に着き、互いにぶんぶんと手を振って別れた。

奈月は空を見上げた。二十歳の夏は終わったけれど、知りたいことは増えた。玲ちゃんのおばあちゃんが住んでいる、沖縄のこともちゃんと勉強したい。秋の気配を多分にはらんだ風が、奈月の頰をなでていく。


蘭伯母さんから連絡があったのは、大学もはじまり、すっかり通常通りになった十月半ばのことだった。

「わたしたちと同じようにボートピープルとして日本に来た友人が、来週家に来るんだけど、奈月もどうかなあと思っ……」

「行くっ!」

「ちょっと、まだ話の途中よ」

呆れたように、蘭伯母さんは笑った。

おじいちゃんが中心メンバーの一人として活動していた、ベトナム難民の会があるらしく、そこで懇意にしていた人とのことだ。

「何歳ぐらいの人？」

「わたしよりもかなり上だと思うわ。五十代後半じゃないかな。脱出のときの話を聞きたいって言えば、快く話してくれると思う」

「めっちゃたのしみ！」

「はいはい、じゃあ、待ってるわね」

電話を切ったあと、奈月は小躍りしたいくらいの気持ちだった。

時間を見つけては図書館へ通い、ベトナム戦争の手記やボートピープルにまつわる小説やインタビュー記事などを読んではいたが、実際に体験した人に直接話を聞けるなんて、めったにない貴重な機会だ。

奈月はたくさんの書籍を読みあさり、祖父母たちのボートでの脱出は、まれに見る幸運中の幸運だということがよくわかった。海上での危険はもちろん、どこかの国に無事に着いたとしても政府に放っておかれ、過酷な状況に身を置かねばならないケースも少なからずあったようだ。

奈月は、祖父母たちが無事に日本にたどり着いたことを、今さらながらに奇跡だと思う。奇跡の連続で、今の自分が存在するのだ。

母を誘ったけれど、わたしはいいわー、と軽い調子で断られた。

「わたし、つまみ細工をはじめようと思って」

「なに？」

「つまみ細工」

「なにそれ」

「手芸みたいなものよ」

「へー、そうなんだ」

「うん、たのしみよ」

そんな会話をして、奈月は家を出た。検索すると、つまみ細工というのは、布の切れ端で作る美しい小物、とあった。江戸時代から伝わる工芸品らしい。正方形に切り取った布を折りたたんで組み合わせていくそうだ。かわいらしい和風の小物の画像を見て、

「お母さんにぴったりじゃん。わたしはこういうの、ほんと無理だけど」

と、思わずひとりごちた。そういえば、奈月が小さい頃、母は手提げバッグや夏のワンピースをよく作ってくれたっけ。

趣味があるっていいよね、とスマホ片手につぶやきながら、奈月は蘭伯母さんの家に向かった。

稲城の家に着くと、庭でおじいちゃんが盆栽の手入れをしていた。

「やっほー、おじいちゃん」

おじいちゃんがハサミを持ちながら、腰を伸ばす。

「おお、奈月」

「今日よろしくね」

奈月が言うと、ああ、ああ、とうなずいて、「なかに入って」と、あごをしゃくった。七十四歳のおじいちゃん。奈月にとっては昔から、やさしくて穏やかなおじいちゃんだけど、ベトナム戦争にまつわる手記や本をおじいちゃんが書いたとしてもおかしくないのだ。そういう過酷な体験をしてきた人だ。

「おじいちゃーん」

甘えた声を出しておじいちゃんの腰に手を回すと、

「汚れるよ」

と、土がついた手を空に浮かせて笑った。おじいちゃんが、わたしのおじいちゃんでよかったと奈月は思う。誇らしくて、世界中の人に自慢したいぐらいだ。

玄関先では、おばあちゃんが待っていてくれた。会うのはベトナム旅行前に話を聞いて以来だ。

「おばあちゃーん」

小柄な奈月よりも、もっと小柄な母よりも、さらに小柄なおばあちゃん。こんな小さなおばあちゃんがボートピープルとして日本にやって来て、今は孫が五人もいるのだ。やっぱり奇跡としか言いようがない。

「葛饅頭あるよ」

「わーい、どうもありがとう。おばあちゃん、大好き」

抱きついてぎゅうっと力を入れると、おばあちゃんは愉快そうに笑った。

「はじめまして、王浩文《おうひろふみ》です。こちらは妻の明美《あけみ》です」

奈月に向かって自己紹介をしてくれたのは、背の高い男性とふくよかな女性だ。握手を交わして、奈月も自己紹介をし、さしつかえなかったら日本に来たときのことを教えてほしいと伝えた。王さんは、もちろんいいですよ、と快諾してくれた。

「浩文さんが日本に来たのは、何年でしたか？」

蘭伯母さんがたずねる。おじいちゃんとおばあちゃんも同席している。

「一九八三年です」

お母さんたちが脱出したのが一九七八年だから、その五年後だ。ベトナムの情勢は、戦後八年経っても、変わらずに悪かったということだろう。国を捨てて、粗末なボートで脱出するほどに。

「今さらだけど、浩文さんっておいくつでしたっけ？」

「ええっと、蘭さんは一九六九年生まれでしたよね。わたしは一九六七年生まれです」

「あら、二つ上……。失礼しました」

「いえいえ、老けてるってよく言われますから」

王さんの言葉に明美さんが「そうそう」とうなずき、和やかな笑い声に包まれた。脱出時、王さんは十六歳ということになる。

「王さんは、どちらに住んでいたんですか？」

と、奈月は聞いてみた。

「サイゴンです。わたしは華僑《かきょう》です。サイゴンには中国人がたくさん住んでいました。両親は小さな店を営んでいました」

穏やかなしゃべり方。奈月の通う大学の、心理学の教授の話し方に似ている。

「サイゴンが陥落して、ひどい状況になりました。政府に店を没収され、住むところがなくなって親戚の家に身を寄せました。わたしは四人姉弟です。親類の家は狭かったので、裏に小さな小屋を建てて六人で住んでいました。このリビングの半分もない大きさです」

八畳ほどのリビング。この半分というと、四畳半どころではない狭さだ。そこに六人とは……。

「ベトナムに、未来はないと思いました。食べるものも充分にないんです。わたしは泳ぎが得意だったのでメコン川で魚を捕って、それを家族で分けて食べていました。あんなに豊かだったサイゴンで、食べ物に困る日が来るなんて思いもしませんでした」

　おばあちゃんがベトナム語でなにかを言った。王さんが笑顔で湯飲みに口をつける。お茶をどうぞ、と言ったらしかった。

「父がお金をかき集めてくれました。家族全員で脱出するお金はありませんでしたので、わたしが一人で行くことになりました」

「あ、あの、怖くなかったんですか？　家族と離れて一人で脱出することは」

　自分だったら、と想像すると、どんなに辛い状況であったとしても、一人でボートに乗って国を出るなんて考えられない。

「怖い、なんて考える余裕はなかったです。ベトナムにいるのは死んでいるのと同じことです。国を出ることに必死でした」

　おじいちゃんとおばあちゃんが、ゆっくりした動作で相づちを打つ。

「一九八三年の脱出に成功するまで、十回以上失敗しました」

　そう言って、王さんは小さく笑った。

「十回以上!?　そうだったんですか……」

「いちばん最初は一九七八年です」

　おばあちゃんたちが脱出したのと同じ年だ。

「金《きん》を二テール用意して、あっせん業者に渡しましたが、船が現れませんでした」

そういうこともよくあったのよ、と蘭伯母さんがため息をつく。

「船に着くまでに公安に捕まったこともありますし、船ごと見つかって、乗っている人が全員逮捕されたこともあります。三日とか一週間とか拘留されて、賄賂を渡すと出してもらえました」

ここでまたおばあちゃんが、なにやらしゃべった。王さんが深くうなずく。

「新政府は腐敗しきってたって。礼儀正しい軍人さんも多かったから、最初は期待していたけれど、どんどん腐敗していった。すべてが賄賂。お金がない人は、のたれ死ぬしかなかったそうよ」

蘭伯母さんが訳してくれた。

「陸からの脱出を試みたこともあります。カンボジア経由です。軍隊が案内して連れていってくれました」

軍隊が？　と不審に思ったけれど、やはり賄賂なのだろう。

「当時はポル・ポトが勢力をふるっていました。見つかったら女でも子どもでも殺されます。軍隊がいなければ、ジャングルには近づけません」

クメール・ルージュ。ポル・ポト政権下でのカンボジア大虐殺。この頃のインドシナは、どこもかしこも紛争だらけだ。

「えっ」

「ジャングルのなかを歩いていきました。ある地点まで軍隊に送ってもらい、そこからべつの人が来る手はずになっていたのですが、いくら待っても来ません。そのとき親類と一緒だったんですが、小学生の従兄弟が騒いだので、叔母さんが大きな声で叱ったんですよ。その声がジャングルに響き渡りました。その声を聞きつけて、山賊が現れました」

「山賊……!?」

思わずつぶやくと、海にいるのが海賊で、山にいるのが山賊です、と王さんがもっともな説明をしてくれる。

「山賊のなかに中国人がいました。本来ならば、身ぐるみはがされて殺されるところでしたが、同郷のよしみで見逃してもらえました。その人が言うには、ベトナムの軍隊はカンボジア軍とつるんでいて、その地点まで送り届けるのが仕事だったそうです。取り残された人たちは、山賊に殺されるか、ポル・ポト派に殺されるか、ジャングルをさまよって餓死するかです。なんにせよ、命はありません」

奈月は容易に相づちを打つこともできず、ましてや返す言葉など見つからなかった。

「浩文さんは運がよかったわ、本当に」

蘭伯母さんが言うと、おじいちゃんもおばあちゃんも深くうなずいた。

「脱出に成功したのは、八三年の夏でした。目的の海岸までは、賄賂を渡して軍隊に送ってもらいました。それ以外に方法はありません。目的の漁船は陸から三、四百メートル先に停まっていました。笛の音が聞こえました。それが合図です。合図とともに、どこに隠れていたのか、たくさんの人がわらわらと出てきました。みんな必死で漁船に向かいます。カゴを用意していてそれに乗って行く人、泳いで行く人、それぞれでした。

わたしは泳ぎが得意でしたので、泳いで行きました。ふと見ると、母親と幼い子どもが必死で泳いでいました。幼い子どもは今にもおぼれそうでした。見るに見かねて、その子どもを脇に抱えながら泳ぎました。その子を漁船に乗せたとたん、船が動き出しました。慌てて舳先《へさき》につかまって、振り落とされないようにしばらく耐えました。そのうちに、なかの人が引き上げてくれて、なんとか乗船できました」

ほうっと、思わずため息がもれる。漁船までたどり着けなかった人も、かなりの数いただろう。

「その漁船には何人ぐらい乗っていたんですか？」

「百三十六人です。船は十五メートルほどの大きさです。屋根にまで人が乗っていました。足の踏み場もありません。一度立ったら、自分の居場所はもうありません。わたしは船の先の部分に座りました。揺れがひどいと聞いていたのでベルトを外して舳先に結んで落ちないようにしました」

百三十六人。信じられない人数だ。

「やはり、台風の日でしたか？」

奈月がたずねると、王さんは、はい、と微笑んだ。

「小さな船だったので、波と一緒にどーん、と浮き上がっては、どーん、と下がりました。ジェットコースターですね。急上昇と急降下を繰り返しました」

話を聞くだけで船酔いしそうだ。

「九日間、漂流しました。わたしは、母が用意してくれた、乾燥豆をポケットに入れていました。船には水の用意もありましたが、百三十六人分には到底足りません。喉がカラカラでした。照りつける太陽に、身体がどんどん干涸《ひか》らびていきました。ガソリンを燃やして海水を蒸発させて水を作っていましたが、とても足りません。幼い子どもが一人亡くなりました。母親は、死んでいないと言い張っていましたが、腐敗が進んでいったので、その母親が寝ている間に海に葬りました。目が覚めて子どもがいなくなったのを知った母親は、正気を失い、海に飛び込んでしまいました。そのあと、もう一人赤ん坊が亡くなりました」

誰かが息を細く吐く音が聞こえた。

「来る日も来る日も、目に映るのは青色ばかりでした。空の青、海の青。いろいろな青がありました」

「こんぱるいろ」

おばあちゃんが突然言った。

「なに、おばあちゃん、今なんて言ったの？」

うまく聞き取れず、奈月は聞き返した。

「こんぱるいろ」

「なにそれ。ベトナム語？」

蘭伯母さんが違うわ、と首を振る。急に笑い出したのは、王さんだ。手を打って、おばあちゃんを指さす。

「春恵さん！　懐かしいです。そうそう、こんぱるいろでしたね！」

おばあちゃんは、にこにこと笑っている。奈月たちが首を傾げていたら、王さんが説明してくれた。

「昔、日本語を勉強していたときのことです。わたしは色の名前を覚えようと思って、色見本が載っている本を見ていました。青系の種類はとても豊富で、いろいろな名前がありました。そのとき、春恵さんもいたんです」

「ベトナム難民の会」

おばあちゃんが言う。

「春恵さんが色見本を指さして、ニャチャンの海の色、と言いました。それがこんぱるいろです。漢字では金に春で、金春色と書くようです」

「こんぱるいろ。かわいい響き」

奈月は、さっそくスマホで検索してみた。緑がかった水色の画像が出てきた。

「ターコイズブルーっぽい色だね」

「そうです。ターコイズブルーのことを、和名でこんぱるいろ、と呼ぶらしいですよ」

王さんはとても物知りだ。

「ニャチャンの海の色。とてもきれいだった」

おばあちゃんが言う。おばあちゃんが覚えているニャチャンの海はこんな色だったんだ、と奈月は思う。ニャチャンの海は確かにきれいだったけれど、奈月が見た海の色とは少し違った。

「昔、きれいだった」

奈月はうなずいて、遠い昔のニャチャンの海を思い浮かべた。アオザイを着て、海風に髪をそよがす、若い頃のおばあちゃん。

「海は日によって、いろいろな青になります」

王さんが微笑む。天候や潮の流れなどの環境で、微妙に色を変えるのだろう。

「漂流している間、海は、浅葱《あさぎ》色になったり群青《ぐんじょう》色になったりしました。千草《ちぐさ》色、瑠璃《るり》色、天《あま》色……。ああ、もう忘れてしまいました。とにかく、いろんな種類の青がありました」

「はーっ、それだけ言えたらたいしたものだわ」

蘭伯母さんが感心して言う。

「十日目にパナマ船が通りました。こちらを確認したはずですが、素通りされました。みんなぎりぎりの状態だったので、心底がっくりしました。わたしも、もうこれで終わりだとぼんやり思いましたが、しばらくするとその船が戻ってきてくれました」

「よかった！」

思わず声が出る。

「どうやらNASAの航空機が航空写真を撮っていたようなんです。国際的な規定があり、難民かどうかを確認するためと聞きました。わたしたちの写真は人のかたまりだったそうです。船はまったく見えなかったと」

船からあふれ出んばかりの人たち。大海原《おおうなばら》に浮かぶ人のかたまり。すさまじい光景だったことだろう。

「パナマ船に救助されて、フィリピンのマニラに行きました。そこで二ヶ月ほど滞在しました。パンツにくりつけていた金の指輪を換金して、ベトナムの家族に『おばあちゃんは家にいます』と、電報を送りました」

「おばあちゃんは家にいます……？」

「無事に着いたという合い言葉です。父と決めました」

奈月は思わず感嘆の声をあげた。王さんの脱出時、きっとこれから起こりうるさまざまな可能性を考えて、そのひとつひとつの約束事を家族で決めたのだろう。

「その後、日本に来ました。政府の人たちはわたしたちの格好を見て驚きました。半袖Tシャツに短パンです。日本はもうすっかり寒い時期でした。バスに乗せられました。夜で暗くて、どこに連れて行かれるか不安でしたが、街の灯《あか》りが窓越しに見えたとき、バスのなかは歓声に包まれました。これで大丈夫だと安心したんです。今思うと、パチンコ屋さんだったかもしれないですね」

王さんの話を聞きながら、奈月はひそかにはっとしていた。バスのなかが歓声に包まれた、と聞いたときに、ようやく彼らを身近に感じることができたからだった。

それまでは、自分とはかけ離れた話だという思いが、心のどこかにあった。関連本を読んだときもそうだった。そこに登場する人たちは、映画や小説のなかの人物のように遠かった。

奈月は今はじめて、バスのなかで歓声をあげた人たちを近くに感じたのだった。バスに乗っていた人は、奈月であり、母であり祖母であり、千帆であり真梨花であり玲ちゃんであり、御蔵くんだった。

こわいと思った。こうして人は、自分と他人を区別していき、大事なものをなくしていくのかもしれない。賄賂をもらっていた軍隊の人と同じだ。自分の目に映らないものは関係ない。自分のあずかり知らぬところで人が死のうと関係ない。そうやって、殺す側と殺される側に分かれていく。そうやって戦争がはじまっていく。いつ立場が逆になるかもしれないのに、そこに自分は含まれない。

「センターに着いて身体検査をして、赤十字のキャンプに行きました」

「わたしたちは、赤十字じゃなくてカトリック教会だったわね」

蘭伯母さんが言う。

「どこからか、オフコースの『さよなら』が流れてきました。当時わたしは、『こんにちは』と『さようなら』しか日本語を知りませんでした。さよならー、さよならー、と歌う声を耳にしたとき、わたしははじめて涙を流しました。ベトナムにいる家族を思って泣きました」

王さんの瞳がうるむのを目にしたら、奈月も耐えられなかった。なんて悲しい話だろうか。歌っている人は知らなかったけれど、その曲のサビは聞いたことがあった。とても印象的な歌だ。

「ああ、すみません、つい……。あのときのことを思い出すと、ダメですね。いまだに、あの日の気持ちがよみがえってきます」

「葛饅頭食べて」

おばあちゃんが言い、蘭伯母さんがお茶いれかえるね、と立ち上がった。

「しばらくしてから、品川の国際救援センターに行きました。日本語を猛勉強しました。わたしは十六歳でした。とても中途半端な歳です。働くこともできないし、養子にとってもらうこともできません。幼い子は養子にとってもらうケースもありました。わたしは、学費免除の聴講生として夜間学校に通いました。無国籍のままだときちんと就職できませんでしたが、一九九四年にようやく帰化できました」

言い尽くせない大変な苦労があったに違いない。無事に脱出できたとはいえ、そこがゴールではないのだ。

「その後、両親を呼び寄せましたが、父は三年前に、母は去年亡くなりました」

祖父母がベトナム語でなにか言い、王さんは頭を下げてうなずいた。

「弟は一九八五年に脱出しました」

「そうだったんですか」

少し驚いて奈月は言った。

「その当時のわたしはまだなにもできず、家族を呼ぶことなど、とてもできませんでした。弟が脱出したとき、サイゴンはまだひどい状態でした。一九八六年のドイモイ政策以降は、徐々によくなっていったようですが」

ドイモイ。刷新。価格の自由化、生産性の向上などを掲げたベトナムの経済政策だ。

「弟さんは今、どちらにいらっしゃるんですか」

「アメリカにいます。弟は一ヶ月間漂流して、死ぬ寸前に助けられました。救出されたとき、ボートに乗っていた人たちは誰一人として動けなかったそうです。弟は指一本動かすこともできずに、くの字で横たわった格好のまま、担架に乗せられたと言っていました」

一ヶ月間の漂流。想像を絶する。おそらく少なくない人が亡くなっただろう。

「妻とは日本で知り合いました。妻は中国から留学生として日本に来ていました。帰化してから結婚しました」

明美さんがにっこりと笑う。王さんが話しているときは、ひと言も口を挟まずにしずかに聞いているだけだった。

「わたしの話は、こんなところです。参考になりましたでしょうか」

王さんが奈月を見て微笑む。

「大変貴重なお話を、どうもありがとうございました！」

奈月は立ち上がって、深々と頭を下げた。

「ほら、葛饅頭」

おばあちゃんが言う。蘭伯母さんがいれ直してくれたお茶を飲みながら、みんなで葛饅頭を食べた。

「とてもおいしいですね」

明美さんが言い、うん、おいしいね、と王さんが答えた。壮絶な脱出劇からは想像できない、王さんの笑顔だ。

王さんは中国名をそのまま日本名にしたらしかった。中国語ではワン・ハオウェンと読み、明美さんはミンメイと読むらしい。お子さん二人は高校生だそうだ。

「義雄さんには大変お世話になりました。義雄さんがいなかったら、わたしはとてもさみしかったです」

王さんの子どものような言い方に、おじいちゃんとおばあちゃんと蘭伯母さんが笑い、奈月もつられるように笑ったけれど、心のどこかがしんとした。

お茶を飲みながら、みんなで雑談した。さっきまで存在感を消していた明美さんは、実はとても話し好きな人で、娘さんの話や中国にいるご兄弟の話をおもしろおかしくしゃべっては、みんなを笑わせてくれた。

奈月は話を聞きながら、王さんは、おじいちゃんのことを日本語名の義雄で呼ぶんだな、と思った。おばあちゃんのことも春恵さんと呼ぶ。そこに、なにか意味はあるのだろうかと考える。どう考えたって、奈月には及びもつかないことだけれど。

時間になり、王さんがおじいちゃんと握手しながら挨拶をかわす。

「あ、ベトナム語」

思わず漏れた奈月のつぶやきに、王さんがにっこりと笑った。

「妻はベトナム語がわかりませんので、今日は日本語で話しました」

「わたしもベトナム語はわかりません」

奈月の返答に、王さんが笑顔でうなずく。

「わたしは中国人です。ベトナムで過ごし、日本で生活していますが、やっぱり自分は中国人だと思っています。でも日本国籍が取れたことは、なによりうれしいことの一つでしたし、わたしは日本と日本人が大好きです。ベトナムでは辛いこともありましたけど、ベトナムもベトナム人も大好きです。弟が住んでいるアメリカもアメリカ人も大好きです」

「つまり、みんな大好きってことね」

明美さんが言い、豪快に笑う。

手を振って二人を見送りながら、わたしは中国人です、と言った王さんのやさしい顔を思い出す。ベトナム戦争時、中国は北ベトナム側を支援していた。南ベトナムに住んでいた華僑の人たちは、一体どんな思いで過ごしていたのだろうか。そして北ベトナムが勝ったことにより、どんな立場に置かれたのだろうか。

国ってなんだろう。人種ってなんだろう。奈月は大きすぎて手に負えないものに、漠然と思いを寄せてみたけれど、答えなど出るわけがなかった。

「夕飯食べていって」

おばあちゃんが言うので、喜んでそうすることにした。蘭伯母さんは料理があまり得意ではないらしく、毎日の食事はほとんどおばあちゃんが作っている。

ただいまあ、と帰ってきたのは美咲だ。

「おかえり、美咲」

「あっ、なっちゃん。来てたんだ。びっくりしたあ」

今日は土曜日。部活動に出てきたとのことだった。美咲は吹奏楽部で、フルートを吹いている。

「ベトナムに行ってきたんだってね」

「うん。ねえ、ちょっと話さない？　美咲の部屋に行ってもいい？」

「いいよー」

美咲はなんというのか、まったく気負いのない子だ。いつでもどんなときでも、涼しげな風に吹かれている印象がある。

「美咲の部屋に入るの、ひさしぶりだなあ」

小さい頃は美咲の部屋でよく遊んだけれど、奈月が高校生になる頃には二階に上がらなくなっていた。親戚が集まるときは、リビングで食事をしたり和室で遊んだりすることが多い。

着替えるねー、と言いながら、美咲がさっさと制服を脱いで私服に着替える。すっきりした部屋。余計なものがない。奈月の部屋はぬいぐるみや、ちょっとした置物であふれている。

「なっちゃん、なんか飲む？　持ってこようか」

「ううん、大丈夫」

わたしは、これ飲むよー、と言って、美咲は飲みかけのペットボトルに口をつけた。

「ねえ、美咲」

「うん？」

「美咲は、蘭伯母さんがベトナム人だって知ってたんだよね？」

「伯母さんたちが、子どもの頃にボートピープルとして日本に来たってことは?」

「うん」

「うん、知ってる」

「いつから知ってた?」

「いつかなあ。小さい頃から知ってたと思う。おじいちゃんとおばあちゃん、ベトナム語で話すし」

奈月はふうっ、と息を吐き出した。

「なっちゃん、知らなかったんだっけ?」

「うん、実は最近知ったばかり」

そうなんだー、と言って、美咲はけらけらと笑った。

「美咲はベトナム語わかるの?」

「聞くのはできるけど、そんなにたくさんはしゃべれないかな」

奈月はうなずきつつ、美咲が猛烈にうらやましかった。

「美咲は英語もできるんだよね」

「あんまりできないよ。お父さんとお母さんは話せるけど、家では英語は使わないしね」

美咲はきっと、母国語以外の言葉が話せるということにさほどの興味はないのだろう。ベトナム語はもちろん、英語についてもまったく自信のない奈月には、羨望しかない。

「おじいちゃんはフランス語が話せるんだよね」

　奈月が引っ張ると、美咲は「あー、そうかもね」と気のない返事をした。

「ねえ、美咲はベトナムの血を意識したことある？」

「へ？　なに急に」

　心から驚いた、という表情で、美咲が奈月を見る。

「そんなのないよー」

「よくアイデンティティの問題で話題になるじゃん？」

「うーん、それは外見的な部分も大きいと思うなあ。アジア圏の人たちは顔立ちが似てるから」

　確かに美咲を含め、日本で暮らしているせいもあるのか、従弟妹たちはどこからどう見ても日本人に見える。

「なっちゃん、なにか調べてるの？　大学のレポートかなにか？」

「ううん。個人的に知りたいと思ってさ」

「ふうん。わたし、そういうことはどうでもいいなあ。だって、自分は自分でしかないでしょ。それ以外になにかあるのかなあ」

　当たり前のように言い、逆にたずねてくる美咲を、奈月はまたうらやましく感じた。情報に踊らされて、頭でっかちになっている自分がはずかしくなる。

「そうそう、美咲は飛行機を見るのが好きなんだってね」

「あはは。うん、そうなの。ぜんぜん飽きない。ずっと見ていたい」

「パイロットになりたいとか？　それとも整備のほう？」

「えー、そういうんじゃないよ。飛行機が着陸したり離陸したりするのを見るのがたのしいだけ。なにになりたいのかなんて、まだぜんぜんわかんないよ」

手を振ってけらけら笑う美咲を、いいなあと思う。御蔵くんを思うように、いいなあ、と心底思う。

「なっちゃん、夕飯食べていくでしょ」

「うん」

「やったあ。今日は絶対に揚げ春巻きだ」

無邪気に笑う美咲が、とてもまぶしかった。


宮ヶ瀬さくらちゃんの名前を目にしたのは、寒さがいよいよ本格的になってきた十一月の終わりだった。スマホに届いたネットニュースを眺めながら、ぼんやりとどこかで見た名前だなあと、記事を開いた。

「さくらちゃん⁉」

さくらちゃんの写真が載っていた。読んでみると、さくらちゃんはティーン雑誌のモデルオーディションで合格した三人のうちの一人とあった。キャンプのときより、さらに身長が伸びたような気がする。

「すごい！　さくらちゃん、すごいじゃない！」

思わず興奮して声が出る。奈月も中学生の頃によく読んでいた雑誌だ。モデルの女の子は、女子たちの憧れだった。みんな、彼女たちみたいになりたくて、髪型や服やアクセサリーを真似したものだ。

誰かに言いたくて下に降りて行ったけれど、いたのは賢人だけだった。

「ねえ、見てこれ」

はあ？　と言いながら、賢人がスマホの画面に目をやる。

「この背の高い子、さくらちゃんっていうの！」

「あっ、そう」

「わたしの知り合いなんだよ。六年生だよ、すごくない？」

「へー」

棒読みで返ってくる。言う人間を間違えた。賢人はティーン雑誌のモデルなんて、なんの興味もないだろう。

「これから塾？」

聞いてみたけれど、なにも答えない。おもしろくなさそうに再放送のドラマを見ている。

「なあ、なんで勉強しなくちゃいけないわけ？」

二階にあがろうとしたところで、賢人が聞いてきた。

「さあ、なんでだろうね」

と、奈月は答えた。もっともらしいことはいくらでも言えた。人の役に立つため、視野を広げるため、無知を知るため、自分の道を見つけるため……。説教じみたことを言ったところで、賢人は納得しないだろう。

「わかんないのに、みんな勉強してんのかよ」

「わかんないから、勉強してるのよ」

「はあ？　なんだそれ。そんなのインチキじゃんか」

ぶつぶつ言いながら、チャンネルをむやみに変えはじめる。奈月は反抗期真っ只中の弟の背中を見ながら、いつか一緒にベトナムに行けたらいいなと思った。

すごい！　すごい！　と、奈月の感激をわかってくれたのは、千帆と真梨花だった。その前に御蔵くんにも伝えたけれど、感動は薄かった。

「中学のとき、めっちゃ憧れてたあ。クラスのみんなで回し読みしてさ」

「小六でこの完成度！　神がかってるね」

「ねえ、さくらちゃんがこの先、超有名人になってさ、テレビで恩師をさがせ、みたいな番組があったとして、奈月が選ばれたらどうする⁉」

「やだー、恩師じゃないよ。ただのキャンプの引率者」

「わかんないよー。期待しとこ」

くだんの雑誌の最新号に、新人モデルの三人の特集ページがあったので、奈月はそれを購入して学食で広げている。

「なんか中学のときって、すごく昔のことだなあ。懐かしい」

千帆がしみじみ言う。

「ほんとだよねー、わたし暗黒時代だったなあ」

真梨花だ。

「そうだったの？」

「うん、わたしさ、小学生のときまでは運動神経抜群の活発な女の子だったんだ。学級委員に推薦されちゃうみたいな」

「意外」

「中学になってから、急に身体が重くなってさ。ほら、身体が丸くなっていくじゃない。女になっていくみたいなさ。生理もはじまって、そんな自分が嫌で嫌で毎日鬱々としてた。誰からも声をかけられたくなくて、存在を消してたんだよね。まさに暗黒」

「意外」

「さっきから、そればっかりじゃん」

「だって、真梨花って、いつだってかわいらしい女の子ってイメージだもん」

「まーねー」

「どっちよ！」

三人で声をあげて笑う。

「ねえ、次はどこ行く？」

「オーストラリア！　コアラ！」

奈月は、はりきって候補を出した。

「わたしはスリランカがいいなあ」

これは千帆。

「わたしはフランス、パリ」

これは真梨花。

「うわあ、ぜんぜん決まらなそう！」

そう言って笑いながら、奈月はスマホの写真を三ヶ月前までスクロールした。

「見てこれ。何度見ても笑える」

クチトンネルで、隠れ穴に入ったときの写真だ。千帆が眉をひそめて蓋を掲げている。

「コントみたいに絶妙な千帆の顔！」

「あはは、ヤバい、この表情。お腹痛い」

「真梨花だって、ほらこれ。眉毛ないよ」

「きゃー！　即削除してぇ！」

「あとこれ！　ライフル体験のときの、奈月のへっぴり腰！」

「やめてー！」

たくさんの写真を見返しつつ、どの場面でも笑ってしまう。深刻だった場所でもなんでもかんでも、今ここで見る写真はどれもこれもたのしい。つい三ヶ月前のことなのに、ずいぶん昔のことみたいだ。

「ベトナムたのしかったよね」

「うん、めっちゃよかった」

「ベトナム行ってから思ったんだけど、ニュースでベトナムってよく耳にするよね。実習生のこととかさ」

「それ、わたしも思った。これまでスルーだったけど気にするようになった」

「海外旅行っていいよね。見聞が広がる」

「真面目か」

「マジで来年も海外行こう」

「絶対行こう！」

行き先も決まっていないのに、奈月の心はうきうきしていた。今からもう、たのしみで仕方ない。いろんな国を知りたい。いろんな人に出会いたい。千帆と真梨花とならどこに行ったって、おもしろいに決まってる。奈月は次の旅行の想像をしながら、御蔵くんともどこかに行けたらいいなあと思う。

ホーチミンの中央郵便局から、自分宛に出したポストカード。白いアオザイを着た女性が、花束を持っている写真。手帳に挟んでいつも持ち歩いている。

「今、どんなことを考えてる？」

過去の自分が、今の自分に聞いてくる。

「たのしいこと！」

奈月は笑顔で答えた。

第九章　真依子

クリスマスチャリティコンサート。市民ホールの入口には、手作り感いっぱいのクリスマスカラーの看板が立っている。

家を出るときは、「おれ、受験生なんだけど」とか「時間がもったいない」とか「これで落ちたらお母さんのせいだからな」などと文句を言っていた賢人だったけれど、いざ来てみたら従兄姉妹たちとひさしぶりに会えて、とてもうれしそうだ。どちらにせよ、賢人の塾は夕方からだから問題はない。家にいても勉強なんてしないのだから、ちょうどいい気分転換になるだろう。

クオンの長男の大地は高校一年生で、長女の遥は中学二年生。賢人は大地にべったりで、ゲームやサッカーの話に夢中だ。奈月、美咲、遥の女子三人は互いに写真を撮りまくっている。

「あっという間に年末で、す、ね」

振り返ると、クオンの妻であるまゆみさんが立っていた。真依子と会うのはお正月以来だから、ほぼ一年ぶりとなる。わざとかしこまった口調で言うまゆみさんがたのしい。真依子は、この兄嫁が好きだった。身内じゃなかったら、おそらく最高の友達になっていたと思う。けれど、身内だからこその一線がある関係も悪くない。

「ほんと早いよね。今年はばたばたしてて、クリスマスツリーも出さなかったなあ」

真依子が言うと、「賢人、受験生だもんね」と苦笑いで返ってきた。去年は、大地が受験だったから、同じ男の子を持つ真依子の気持ちはよくわかるのだろう。

「わたし、お義母《かあ》さんがフラメンコやってるなんて、ぜんぜん知らなかったわ。ちょっとびっくりした」

「わたしも知らなかったよ」

本当にまったく知らなかった。フラメンコとは驚きだ。

「そうなの?」

「うん、あんまり話す機会もないしね」

まゆみさんが、小さくうなずく。

「そうそう、奈月。夏にベトナムに行ったんだってね。パパからいろいろ聞いたよ」

その顔を見て、真依子には、まゆみさんの胸で揺れ動くさまざまな思いが、手に取るようにわかった。大地と遥は、父親がベトナム人であることを知らない。もちろんボートピープルとして日本に来たことも。

二人で小さくうなずき合って、声に出さずとも「なるようになるよ、きっとね」と、心のなかで言い合う。どうあがいたところで、なるようにしかならないのだ。

「はーっ、間に合った」

息をはずませて現れたのはランだ。大きな花束を持っている。

「クリスマスシーズンだから、お花屋さんが混んでて……」

「ご無沙汰しています」

まゆみさんが、ぺこりと頭を下げた。真依子の勝手な憶測だけれど、まゆみさんはちょっぴりランのことが苦手かもしれない。

「まゆみさん、今日はわざわざどうもありがとう」

余裕ある笑顔での対応。ランはいつだって堂々と胸を張っている。そうしたくても、なかなかできない我々は、そんなランに少し気後れしてしまう。けれど、ランは誰に対しても態度を変えることはないし、常に公平だ。ランの気質は昔から変わらない。

「バーは？」

「もう席に座ってるわ」

「うちのは？」

うちの、というのは、ランの夫のことだ。

「崇さんもバーと一緒に座ってる。クオンとうちのパパは、ええっと、さっきまでそこにいたけど、コンビニでも行ったかな」

バッグからプログラムを取り出す。今の時間帯は日本舞踊だった。この次がフラダンスで、その次がお目当てのフラメンコだ。母の出番まで、三十分弱ある。クリスマス前の日曜日。めずらしく三家族全員が来ることができた。母を除いて総勢十二名。

「こういうの、舞台で渡していいのかしら。それともロビーで渡すのかしら？」

花束に目をやって、ランが言う。

「ゴージャスですね。カトレアですか？」

「うん。メーは、ああ見えて派手なものが好きなのよ」

そうなんですね、とまゆみさんがうなずく。確かに母は派手なものが好きだ。派手というか、きれいなもの、明るいものを好む。普段着ている服は地味なのに、ピアスや指輪は必ずゴールドだ。家にある置物や絵も、金色を使ったものが多い。

「そういえば、メーのパジャマっていつも派手だったよね。今もそう？」

真依子がたずねると、ランはうなずいた。最近着ているものは、カラフルな色のフクロウの刺繍《ししゅう》が施してあるものらしい。

「一体どこで買ってくるのか、さっぱりわからないわ」

と言って笑った。

「お義母さん、いつからフラメンコを習ってるんですか？」

「一年ぐらい前だと思う。カルチャーセンターに行ってるっていうから、てっきり編み物教室だと思ってたのよ。前に毛糸をやりたいって言ってたから。そしたら、三ヶ月ぐらい前にいきなり、発表会があるって言い出して。何事かと思ったら、今日のクリスマスチャリティのことで、よくよく聞いてみたらフラメンコだっていうじゃない。驚いたわよ」

大きな目をさらに大きくして、ランが言う。

「メーがフラメンコなんて、ほんとびっくり」

真依子もわざと目を丸くして返した。

「衣装も手作りよ。お仲間さんたちと一生懸命作ってた」

「すごいじゃない」

「ますます、たのしみです」

クオンと克典が戻ってきたので、子どもたちとみんなでホールに入った。日本舞踊が終わって、フラダンスがはじまったところだ。崇さんが席を取ってくれていた。思った以上にお客さんが入っている。三分の二ほどの座席が埋まっているだろうか。

今日のクリスマスチャリティコンサートは、近隣地区で習い事をしている、大人クラスの発表会ということだ。今、舞台でフラを踊っている方たちは、五十代から七十代ぐらいに見える。真依子と同年代の人も多少はいるが、大多数は年配の人たちだ。シニアクラスなのかもしれない。

色違いのチューブトップと、花と葉っぱが描かれているブルーのロングスカート。肩と二の腕を存分に出して、足元は裸足だ。ひそかに腹巻きをしている真依子からすると、その衣装を身につけて舞台に立っているというだけで尊敬に値する。

フラダンスとはそういうものなのか、みんな柔らかな笑顔を崩さないまま、踊っている。のんびりとしたハワイアン音楽とあいまって、見ているこちらまで穏やかな気持ちになれた。退屈だろうと高をくくっていたけれど意外にもおもしろく、もっと前のプログラムから見ていればよかったと思った。

しかしながら、あそこに母が立って踊るなんて、真依子にはにわかに想像できなかった。

「なんだか緊張してきたわ」

まゆみさんに耳打ちすると、実はわたしも、と真依子の手を握ってきた。まゆみさんの手はひやっと冷たくて、そのわりに頬は赤かった。

「やだ、わたしより緊張してる」

「そうなのよー」

眉をハの字にして言う。まゆみさんは、まゆみさんなりに母のことを大事に思ってくれている。夫であるクオンが、ベトナム人であることを隠してきたまゆみさん。自分もそうだったから、まゆみさんの気持ちは痛いほどわかる。

フラダンスが終わり、次のフラメンコの案内が流れた。出演者たちの名前が呼ばれる。青海春恵という名前を耳にしたとたん、手のひらが汗ばんだ。父が姿勢を正すと、それに倣うようにみんなも背筋を伸ばした。

音楽が流れ、袖から一人、また一人と出てきた。

「あっ」

と誰かが声をあげた。母だ。小柄なのですぐにわかる。あざやかなピンク色のブラウスに、これまたあざやかな水色のスカート。全員で二十人ぐらいだろうか。そのうちの二人だけが、赤と黒のいかにもフラメンコらしい色の衣装を身につけていた。母は髪をオールバックにして、素顔がわからないほどのメイクをしている。

曲に合わせて動き出す。激しくはないけれど、真依子には到底できそうにない動きだった。腕を振り上げて、足を踏み鳴らし、カスタネットを響かせながら前後二列で踊る。母は左手前方だ。くるくると回り、りりしい顔でポーズを決めている。はらはらして目が離せない。

そのうちにみんながはけていって、舞台上は赤と黒の衣装の二人だけになった。ベテランの人なのだろう。姿勢、ステップ、表情ともに堂に入っていた。

音楽が変わり、またみんなが出てきた。母は、今度は前方の中心あたりだ。崇さんが真剣な表情でビデオカメラを回している。

ゆったりした動きから速い動きまで、みんなだいたいそろっていた。母が出遅れるようなことはなかった。心配は杞憂《きゆう》に終わった。

すごい。すごいわ、メー。

こんな母を真依子ははじめて見たのだった。母は生き生きしていた。真依子は、放心したようにただただ母を目で追った。

最後ピタッと決まったところで、大きな拍手が鳴り響いた。

「ほら、みんなで持っていって」

ランが花束を奈月に手渡す。孫たち五人が舞台にかけ寄る。母が、驚いた顔で花束を受け取った。いつもよりふた回りくらい大きく縁取った唇が、うれしそうに笑っている。

「近くで見たら、すげえ化粧だった!」

戻ってきた賢人と大地が爆笑し、しずかにしなさい、とランにたしなめられた。

着替える前にロビーに出てくるということなので、全員で移動する。しばらく待っていると、フラメンコの衣装を着た何人かが出てきた。

「おばあちゃん!」

孫たちが母を見つけて取り囲む。賢人と大地は母の化粧がツボにハマったらしく、また笑いがぶり返している。

確かに近くで見ると、すごかった。ゴールドとブルーのアイシャドウ。付けまつげと、目を囲った太いアイラインで、目がいつもの倍は大きくなっている。チークのピンクも、おてもやんのようにくっきりと濃い。

「おばあちゃん、素敵だったよ。わたしもフラメンコやりたくなっちゃった」

奈月が優等生らしく言い、「こんぱるいろのスカートだね」と続けた。

「そうそう、きれいでしょ」

そう言って母が、スカートをつまんで広げてみせる。

「かっこよかったよ」と、美咲が声をかけ、

「なんかよくわからないけど、すごかったね！」

と、遥も素直な感想を伝えていた。真依子も、

「上手だったよ、メー。衣装もきれいだったね」

と声をかけた。母は大きくうなずいて、「きれいでしょ」と、また言って笑った。汗の粒が額にのっている。

「撮れた？」

母が崇さんに聞き、崇さんは「バッチリです」と指でOKマークを作った。

「お義母さん、キマってましたね」

克典が親指を立てる。相変わらず調子のいい、憎めない人だ。

「バーもなんか言ったら？」

ランに促され、父は「よかったよ」と、はにかんだようにぼそっとつぶやいた。

「そうでしょ。うまい。きれい。すごい」

母が自分で言うので、みんなで笑った。

「フラメンコたのしいよ。わたしの得意。とってもおもしろい」

鼻の穴をふくらませて言う。

「足をドンドンするのがいい。踊るの好きよ」

真依子は大きくうなずいて、ティッシュで母の額の汗をぬぐってやった。

「メーのスカートの色。こんぱるいろ、って言うのね」

「そうそう、ニャチャンの海の色」

ニャチャンの海の色。幼い頃、真依子もきっと目にしたはずだ。こんなにきれいな海のそばで生まれ育ったのだと思うと、なんだかうれしくなる。それにしても、自分の知らない母のことを、奈月はいろいろと知っているようだと思い、思わず苦笑してしまう。

ふいに目をやると、まゆみさんは口を真一文字に結んで、目尻をぬぐっていた。まゆみさんの内にある様々な葛藤が押し寄せてくる。真依子はまゆみさんの背中に手を当てて、やさしい兄嫁に礼を言った。

新しい年はあっという間にやってきた。お正月の二日、稲城の家にみんなで集まった。ついこの間、母のフラメンコで会ったばかりだったので、新鮮さはなかったけれど、親密さは増していた。

お正月特訓ということで、賢人は朝から塾の予定だったが、休みたいと言うので、真依子はしぶしぶといった体で了解した。逆に賢人が塾に行きたいと言って稲城の家に行かなかったら、塾なんて休みなさい、と諭していたかもしれない。でもまあ、そんな可能性はほとんどないけれど。

「行かないと、お年玉もらえないもんね」

奈月の言葉に、「うるさい」と賢人が返す。奈月はあさってからスキーで泊まりに行くらしいけれど、誰と、とはっきり言わないところをみると、御蔵くんと一緒なのかもしれない。まあ、二十歳を過ぎた娘になにを言ってもしょうがないだろうと思い、真依子も黙認している。

テーブルの上には豪華な料理が並んでいる。例年、お重のおせちはクオンたちが、カニ脚は真依子たちが用意することになっている。テーブルに並んだ既製品のオードブルはランが買ってきたものだろう。煮物や酢の物は、母の手作りだ。

お年玉をもらった子どもたちは、勢いよく料理を平らげ、早々に奥の和室へと移動した。ボードゲームやトランプ、UNO、Switchなどでさんざん遊び、飽きたら近所に買い物に行ったり初詣に行ったりと、毎年時間いっぱいまで従兄弟姉妹同士で過ごす。その間、大人たちは料理をつまみながらお酒を飲み、ゆったりとくつろぐ。

夫には弟が一人いて甥と姪がいるが、両親がすでに亡くなっていることもあってか、会うことはほとんどない。真依子としては気が楽だけれど、もったいないなあとも思う。

真依子は母とランとまゆみさんに、つまみ細工の花のブローチをプレゼントした。

「まあ、器用ねえ！　あなた、お店でも出しなさいよ」

と、頓狂な声を出したのはランだ。この程度なら誰にでもできるわよ、と言うと、わたしには死んでもできない、と返ってきた。

ランには、先が尖った花びらを三重にした黄色のブローチ。まゆみさんには、桜のモチーフで、白と薄ピンク色の二つを合わせたものにした。まゆみさんはたいそう喜んでくれ、すぐにその場でセーターにつけてくれた。今日着ている、ベージュのセーターと同系色で、とても似合っていた。

母には、先が丸い花びらを二重にしたブローチ。水色系のグラデーションにした。

「こんぱるいろ」

「あはは、気付いてくれた？」

白、藤色、水色、こんぱるいろの、四色の布を使って作った。

「メー、似合うわ」

黒いカットソーによく映える。母は普段から、黒や灰色や茶系の服が多いけれど、実は藤色や水色系が似合うのではないだろうか。今度、母にぴったりな色味の服を贈ろうと心づもりする。

「お義母さんのフラメンコ見ますか？」

崇さんの提案にみんながうなずくと、崇さんは録画したものをテレビにつないでくれた。

「わたし、はじめて見るよ」

母がうれしそうに言う。

「見たいって言ったけど、見せてくれなかったよ」

「あはは、すみません。みんなで見たほうがいいかなあと思って」

母は食い入るように画面を眺め、自分の姿を認めると、

「出た出た、わたし」

と言って指をさした。

「見ればわかるわよ」

ランがツッコむ。

「なかなかいいでしょ、わたし」

母の本気とも冗談ともつかない調子に、笑い声がはじける。

「衣装もいいね」

「うまいね」

「かわいいね」

次々と自ら言い立てる。

「それにしてもすごいメイクだったわねえ」

ランの言葉には、「あれくらい、ふつう」と返す。

「お義母さん、踊りのセンスがあると思いました。なんていうのか、ひとつひとつのポーズが決まってたというか、サマになってました」

まゆみさんの言葉に、うんうん、と母が自らうなずく。

「またあとで見るよ。何回も」

見終わったあとで、すぐにそんなことを言うのもおかしかった。

母が台所に立ったのを見計らって、真依子も席を立った。お汁粉を作るという。母の作る、白玉汁粉は子どもたちに大人気だ。エプロンを借りて、真依子も白玉作りにとりかかった。

いつもこういう役はランが多い。ときにまゆみさん。真依子は昔からおみそだったから、実家に来ても台所に立って働くことは、滅多になかった。お客さまみたいに座っているのが、真依子にとっても、他の人にとってもいいことなんだと思っていた。

だから、こんなふうに母と並んで白玉を一緒に作るなんて、本当にひさしぶりだ。中学生の頃までは、よく母に料理を習っていた。手際のいい母の作業を見るのが、真依子は好きだった。

「奈月、ニャチャン行ったね」

母がいきなりそんなことを言ったので、真依子は少し驚き、ああ、母はわたしに伝えたかったんだな、と思った。ランとは奈月の旅行の話をしたけれど、母とは話していなかった。ベトナム語を話せない真依子は、母とはいつも最低限度の会話となってしまう。母国語を話せない娘を、母はどう思っているだろう。

「うん、向こうの親類と会えてたのしかったみたい」

「スカイプで見たよ」

「うん、聞いた聞いた。ねえ、そういえばメーは日本に来てから、ニャチャンに帰ったことがあったよね」

「二〇〇八年」

即座に年が出てくる。あの頃の真依子は、両親がベトナムに行くと聞いても、まるで心動かされなかった。

「ニャチャンは変わった。昔と違う」

母が首を振る。脱出してから三十年。街並みもすっかり変わったことだろう。

「二〇〇〇年はじめの頃までだめだった。監視ね。厳しい。だから遅くなったよ」

二〇〇〇年代初頭までは、まだ情勢が不安定で監視の目が厳しかったと言いたいのだろう。だから行くのが遅くなったと。

「埃っぽくていやだった。ニャチャン変わったよ」

顔をしかめて言う。

「また行きたいと思う？」

真依子の問いに母は首を振ったが、「みんなには会いたいね」と続けた。

「また行けばいいのに。奈月もきっとついて行くわよ」

そう言うと、母はたのしそうに笑った。

「みんなが来ればいい、日本に」

「あ、それはいいアイデア」

奈月がニャチャンで会った人たち。いつかみんなで日本に来てほしい。

「わたし、広島行きたい。いーつーくしまあじんじゃ」

「厳島神社ね。わたしも行ったことない。行ってみたい」

「行こう」

「うん、行こう行こう」

真依子は大きく返事をして、本当に行けたらいいなと思った。賢人が小学生の頃までは、家族で夏休みに伊豆や箱根や房総に一泊したりしていたけれど、そこまで遠出したことはなかった。

賢人が高校に合格したら、春休みに行くのはどうだろう。みんなで行ってもいいし、父と母と三人でもいい。

「メーたちは、いろんなところに旅行に行ったよね」

両親は夏休みや土日に、国内旅行をたのしんでいた。母は神社仏閣をめぐるのが好きで、ご朱印帳を手に、方々をまわっている。

東日本大震災のときは父が中心となって、ベトナム難民の会でバスをチャーターし、炊き出しをしたり必要なものを調達したり、がれきの片付けをしたりとボランティア活動に勤《いそ》しんでいた。

当時真依子は、そんな両親を遠目に見ていた。とにかく、子どもたちを守ることに必死で、それどころではなかった。わずかな寄付をしただけで、よしとしていた。

「行きたいところ、たくさんあるよ」

「いいね」

真依子は隣にいる小さな母が頼もしかった。七十歳の今でも、おこづかい稼ぎと言って、工場で検品作業のパート仕事を続けている。

「あとでアルバム見よう」

うれしそうに言う母に、真依子はうなずいた。毎年お正月に集まると、母はアルバムを出してきてみんなに見せる。新しく追加された写真はそう多くないけれど、母はまめにプリントアウトして、アルバムに貼っている。

このご時世に、アルバムをめくる作業は新鮮で、データ保存した画像を見るのとは違った趣があった。毎年見ているというのに、子どもたちが幼い頃の写真を見れば、みんな自然と目を細めてしまう。

「ねえ、メーは日本に来てよかった？」

少しだけ思い切って、真依子は聞いてみた。母は真依子を見て、

「よかったよ。みんないるよ。よかったよかった」

と、笑顔で言った。

「オレオレ詐欺も大丈夫」

母の言葉に、ん？　と聞き返した。

「クオンは、もしもしお母さん、って言わない。わたしはメー」

意味がわかったところで、真依子は声をあげて笑った。オレオレ詐欺から、「お母さん、おれ」という電話がかかってきても、クオンは母のことを「お母さん」ではなく、「メー」と呼ぶから、詐欺には引っかからないというわけだ。

「それはよかったわ。よかったよかった」

真依子は言い、二人で笑った。

来月五日はテト、旧正月だ。バー、メー、ラン、クオン、マイの五人で集まる。土日に当たるときは、崇さんと美咲も参加するけれど、今年は平日だ。五人で母の作ったベトナム料理を食べて、毎年恒例の観音さまにお参りに行くことになるだろう。

母の大好きな観音さま。観音さまのやさしい顔を見ると、やさしい気持ちになれると母は

言う。

台所に立つ、母の小さな背中。ボートピープルとして日本に来て、真面目に働き、姉を大学、兄を大学院まで行かせ、一軒家を建てた。よくぞ、よくぞここまで。そんな言葉が、ふと頭に浮かぶ。

よくぞ、よくぞここまで。

時代劇みたいだろうか。大げさだろうか。真依子は母と並んで白玉をちぎって丸めながら、よくぞ、よくぞここまで、と胸のうちで繰り返した。

解説

早見和真

二〇二三年一月十九日。北上次郎さんが亡くなった。

僕自身、デビュー作から最新作まで多くの作品を取り上げていただいた、「ガッカリさせたくない」と思う大切な書評家の一人だった。

その北上さんの突然の訃報に驚き、ショックも癒えぬわずか数日後に、小学館の担当編集者を介して『こんぱるいろ、彼方』の文庫解説を依頼された。

この巡り合わせに運命を感じずにはいられなかった。なぜなら、僕は北上さんの書評によって椰月美智子という作家と出会ったからだ。

まだ僕自身がデビューする前、正確には『本の雑誌』の二〇〇七年一月号の記事だった。雑誌の名物企画ともいえる前年度の〈エンターテインメントベスト10〉の一冊として、北上さんは椰月さんの『しずかな日々』を挙げていた。

不勉強もはなはだしいが、それまで僕は椰月さんを知らなかった。その未知の作家の小説が、その年むさぼるようにして読んだ『鴨川ホルモー』（万城目学さん）や『愚者と愚者』

（打海文三さん）、『一瞬の風になれ』（佐藤多佳子さん）といった多くの傑作と並び、堂々の4位にランクインされていたのだ。もともと北上さんの書評を信頼していたこともあり、急いで『しずかな日々』を買いに走った。

とても印象的な読書体験だった。全編を貫く静謐《せいひつ》な筆致にも、少年期特有の甘酸っぱさを描き出す表現力にも、主人公の「いま」の起点となるひと夏を描くという構成にも心を動かされはしたものの、それ以上に鮮烈に記憶に残っているのは、自分に生じたある変化についてだ。

『しずかな日々』を読み終えた数日後、僕は電車で向かい合わせになった人を、ふと見ている自分に気がついた。

それどころかその知らない人をねちっこく観察し、日常生活に思いを馳《は》せ、勝手に共感したり、憤ったりしていた（とてもお見せできる代物ではないが、そのときにつらつらと書き記したメモらしきものもまだ残っている）。

間違いなく、『しずかな日々』に影響を受けてのことだった。椰月さんは「私はそんなことしていない」と笑うだろうが、プロの作家はこんなふうに人を見ているのかと痛感させられたのを覚えている。

以来、僕は一ファンとして椰月さんの作品を読み続けてきた。作品名を挙げ出したらキリがないが、どの物語を読んだあとも視野が広くなるような感覚があった。

ほんの一瞬すれ違うだけの人にも、当然のことながらその人自身を主人公とする物語があって、日々がある。

椰月さんの紡ぐ物語に触れるたびに、僕は必ずそれを思う。

今作『こんぱるいろ、彼方』も同様だ。春恵、真依子、奈月の三代にわたる母娘たちもまた、街で見かけるだけならそう気になる存在ではないのかもしれない。

三人ともきっとどこにでもいるような風貌だ。昨日、今日どこかで見かけていてもおかしくないし、彼女たち自身も淡々とそれぞれの日常を生きている。誰も自分たちを特別だなんて思っていない。

それでも、すべての市井の人たちがそうであるように、彼女たちもまた自分たちの物語を秘めている。まったく性格の違う母娘を突き通すキーワードは「ベトナム」だ。

半世紀近く前に祖国・ベトナムを家族とともに脱出し、ボートピープルとして日本にやってきた祖母の春恵。

自分がベトナム人であることを子どもたちに明かさずに暮らしている母の真依子。

大学の長期休暇を利用したはじめての海外旅行の行き先に、偶然にもベトナムを選んだ娘の奈月。

スーパーの小さな総菜コーナーから幕を開ける家族の物語は、奈月がパスポートを取得するところから波風が立ち始める。

穏やかな日々を送っていた母の真依子にとって、それはいつか必ず作動する「時限爆弾」だった。気を利かせたフリをして取得した戸籍謄本の、【出生地】の欄にあったカタカナの国と市の名前。吸い込んだ息が、ひゅっ、と音を立てる。

そこから物語は一気に……ということは決してなく、丁寧に、そして軽やかに時間と場所を行き来しながら、深く、大きな場所へと向かっていく。

何よりいいなと思ったのは、三人のベトナムに対する見方によって、それぞれの人間性が浮き彫りになっていく点だ。

普段、聞き取るのが大変なほど小さな声で日本語を話す春恵が、ベトナム語を口にするときは大きな声で、よく笑う。

真依子は五歳まで住んでいたベトナムに興味がない。自分もその一員だったボートピープルについての説明もできなければ、戦争のこともよく知らない。もちろん、ベトナム語も話せない。五歳以降の自らの日常にすべて必要のないものだった。

奈月は、母のそういった性格が信じられない。自分のルーツに興味があって仕方がない。真依子からはじめて出自を聞かされたとき、奈月は一週間も口を利かなくなるほど腹を立てる。

打ち明けられた話の内容が認められなかったからではなく、いまに至るまでその事実を隠されていたことに折り合いがつかなかったのだ。「学校でいじめられるかもしれないと思ったから」と、その理由を述べた真依子に、奈月は「わたしのことをまったく信用していないってことだよね」と呆《あき》れつつ、声を震わせて食ってかかる。

「なんでいじめられるのが前提なわけ？」

そんなまっすぐな奈月の好奇心に導かれるようにして、読者も一緒にベトナムを旅して回る。

「ぜんぶ茶色」のメコン川、ホーチミン市の統一会堂、東南アジア特有のスコール、戦争の匂いをいまも残すクチトンネル、そして金春色に輝くニャチャンの海……。僕自身もかつて見たことのあるいくつかの光景が、奈月の目を通すことによって新しい色に塗り替えられていく。

小説の持つ力の一つが「自分以外の誰かの人生を追体験させてくれること」という言説を信じるのならば、これはまさにそういう物語だ。枯れ葉剤の散布やサイゴン陥落、ボートピープルとしての国外脱出といった新聞や教科書でしか目にしてこなかった出来事が、まるで我が事のように身に迫る。

わずか四泊のベトナム旅行で奈月が出会ったのは、異国に暮らす多くの親戚だけでなく、一つの大きな気づきでもあった。

「みんなさ、それぞれの正義があるわけ。南側の人、北側の人、通称ベトコンの人。みんな自分の正しさを信じて戦ったの」

「それってさ、たぶん全員が正解だと思うんだ（……）誰がいいとか悪いとかってないんだよね」

「わたしの正義なんてくだらない」

そんな一連の奈月のセリフを、僕は母・真依子への許しの言葉として読んでいた。

辿《たど》り着いたニャチャンの地で、奈月は親戚が日本やベトナムだけでなく、アメリカにも、フランスにもいることを知る。

そして、こんなふうに思いを馳せる。

〈つながり。
そんな言葉がふいに浮かぶ。おばあちゃんが生まれたときから、いや、もっともっとずっと昔から、自分への糸はつながっていて、たくさんの人と関わり合いながら、糸を広げて絡ませて、今の自分が存在するのだ。ちょっとやそっとのことではビクともしない、強くてしなやかな糸。それは世界中の誰もが持っている、つながり、そのものだ。〉
ああ、そうなのか……と腑《ふ》に落ちる思いがした。それは、つまりは椰月さんの書く小説そのものだ。

椰月美智子という作家は、その「糸」を一貫して書いてきた。家族からつながり、他者と複雑に絡まり合いながらも、強く、しなやかで、決して切れることのない糸。今作『こんぱるいろ、彼方』をはじめ、多くの椰月作品に通じるのは大いなる人間賛歌だ。

たとえ考えの異なる人間であっても決して見切らない。

そもそも人間というものを強く信じ、疑っていない。

そんな人の書く物語だからこそ、僕はこんなに信頼してやまないのだ。

憧れた作家の文庫解説だ。どうしたって荷が重く、本音をいえば、なんとか断れないものかと考えていた。

それでも、ひょっとしたら北上さんが書くはずだったかもしれない解説だ、そう思い直し、引き受けることに決めた。

たとえ一人でも、二人でも。

この解説が新しい椰月ファンを生むきっかけになってくれたら、こんなにうれしいことはありません。


（はやみ・かずまさ／小説家）

〈参考文献〉
『泥まみれの死　沢田教一ベトナム写真集』沢田サタ（講談社文庫）
『戦場カメラマン』石川文洋（朝日文庫）
『戦場カメラマン　沢田教一の眼』（山川出版社）
『報道カメラマン　石川文洋写真集「戦争と平和」ベトナム報道35年』（ルック）
『「知」のビジュアル百科　写真が語るベトナム戦争』（あすなろ書房）
『アジアの小学生　ベトナムの小学生』（学研教育出版）
『ボート』ナム・リー／著、小川高義／訳（新潮社）
『洋上のアウシュヴィッツ』竹田遼（講談社）
『戦争の悲しみ』バオ・ニン／著、井川一久／訳（めるくまーる）
『トゥイーの日記』ダン・トゥイー・チャム／著、高橋和泉／訳（経済界）
『ベトナム難民少女の十年』トラン・ゴク・ラン／著、吹浦忠正／構成（中公文庫）
『サイゴンのいちばん長い日』近藤紘一（文春文庫）
『ベトナムの少女　世界で最も有名な戦争写真が導いた運命』デニス・チョン／著、押田由起／訳（文春文庫）
『わかりやすいベトナム戦争』三野正洋（光人社）
『地球の歩き方　ベトナム　２０１７〜２０１８年版』（ダイヤモンド・ビッグ社）
『ぼくはボートピープルだった　自由へのはばたき』フィン・カオ・グェン／原話、徳留徳／構成・文（ほるぷ創作文庫）
『ビエット君』河内美舟（ミネルヴァ書房）
『がんばれ！ティエンくん』河内美舟（同朋舎出版）
『ふるさとって呼んでもいいですか　6歳で「移民」になった私の物語』ナディ（大月書店）
このほかにも、テレビ番組や新聞・雑誌の記事、ウェブサイトを参考にさせていただきました。

ベトナム語監修　野平宗弘

執筆にあたり、ボートピープルとして日本に来られた方、現在ベトナムで暮らす日本人の方、ベトナムの日本語ガイドの方、みなさんに貴重なお話を伺いました。謹んでお礼申し上げます。

作中でのパスポート申請手続きの内容は、執筆時点のものです。

本作はフィクションです。実在の人物、団体とは一切関係ありません。

―――本書のプロフィール―――

本書は、二〇二〇年五月に小学館より単行本として刊行された同名小説を改稿し文庫化したものです。

小学館文庫

こんぱるいろ、彼方《かなた》

著者　椰月美智子《やづきみちこ》

二〇二三年五月七日　初版第一刷発行

発行人　石川和男
発行所　株式会社　小学館
〒一〇一-八〇〇一
東京都千代田区一ッ橋二-三-一
電話　編集〇三-三二三〇-五九五九
販売〇三-五二八一-三五五五
印刷所 ――― 凸版印刷株式会社

ISBN978-4-09-407252-5